語文教學叢書

閱讀理解與修辭批評

楊曉菁　主編

編序

　　2016 年 12 月 08 日至 13 日，由國立臺灣戲曲學院華語文中心、國立臺北教育大學語文與創作學系、臺北市立大學人文藝術學院與中國語文學系、國立臺中教育大學語文教育學系、國立高雄師範大學附屬高級中學、臺北市達人女子高級中學、桃園市慈文國民中學、中華文化教育學會、中國語文學會、中國修辭學會、中華多元智能教育協會等單位，聯袂舉辦六場「2016 海峽兩岸語文教學觀摩」研習活動，暨「修辭批評與華語文教學學術研討會」，本書即收錄學術研討會後，經送專家審查，刪取適合本書主題的 12 篇文章，纂輯而成：收錄篇目簡介如後；

　　一、丁美雪〈論「懸疑性」包裹下《解憂雜貨店》的創作〉。

　　作者以「作者—文本—讀者」三方面的接觸往來與相互關聯（閱讀活動），從時空的安排、人物關係的交織、視角的移轉等角度，解構東野圭吾創作出「沒有任何犯罪情節」卻充斥濃厚「懸疑性」的《解憂雜貨店》小說。從而提出讀者自「消遣式閱讀」轉換到「專業式閱讀」，以觸碰小說作者以懸疑的外表包裝《解憂雜貨店》「何以解憂」的真實核心思想，不僅解除故事主人翁的憂，也解除讀者隨著情節跌宕起伏鬱結於胸的憂思。

　　二、徐長安〈格式塔視域下的蘇軾詩歌修辭表現〉。

　　作者在探討蘇軾詩歌的修辭表現時，將「修辭」定義為「作者、文本與讀者」之間的協同作用和交流關係，也是我們的認知、情感、

欲望、價值和信仰全部參與的過程。從格式塔理論的知覺結構張力表現、格式塔的組織原則（圖形與背景原則、相近原則、相似原則、連續原則、閉合原則、對稱原則、簡化原則），以及異質同構的審美體驗三個向度，析探蘇軾詩歌的修辭表現。

三、郭妍伶、楊雁婷〈鄭板橋詩歌語言風格探析〉。

作者以《板橋詩鈔》、《板橋詞鈔》、《板橋家書》為範疇，透過音韻風格（雙聲疊韻）、詞彙風格（疊義詞的運用）、句法風格（對偶技巧）等角度進行分析，梳理鄭氏的詩歌作品，觀察其所呈現的現象，彰明板橋詩歌不同於杜詩相對工整、個人風格強烈之書寫藝術特色。

四、謝惠雯〈吳錦發〈放鷹〉、〈靜默的河川〉、〈燕鳴的街道〉語言風格初探〉。

作者分別從音韻風格、詞彙風格、修辭風格三方面，解析曾獲中國時報小說獎、吳濁流小說獎的作家吳錦發〈放鷹〉、〈靜默的河川〉、〈燕鳴的街道〉三篇小說的語言風格。作者發現吳氏在詞彙風格上，選擇多為擬聲詞、外來語詞、重疊詞、方言俗語、成語……，辭彙豐富且多元；修辭風格上，則多採「明喻」及「擬人」，以直抒小說情境、主角心境。

五、高麗敏〈自我抉擇的存在──〈我愛黑眼珠〉水意象探析〉。

作者透過水意象在〈我愛黑眼珠〉的隱喻，從文本內容找出水和李龍第的連結，並經由隱喻認知的視角，探索李龍第在本源域和目標域的映射下，建構的自我概念。包括水和妻子、妓女、自我的聯繫，斷裂的水意象，以及其虛幻和現實交合的寫作手法。藉由內容和結構的分析應證，從水意象的隱喻，體察李龍第內心深層的情感，即為一種自我抉擇的存在。

六、蕭士軒〈修辭教學在語境建構課程裡之運用──以國際文憑組織 IBDP 中文 A 語言與文學課程為例〉。

　　有別傳統中文課程的測驗、與地毯式閱讀與認識大量作家作品，IBDP 側重是文本專讀與精讀。本文強調以「語境」理解為主要學習核心的課程，並加強修辭理解與運用。作者指出教師必須在 IBDP 的中文課程前，徹底明白學生的語文程度，以避免學習強度過高，反使學生喪失學習興趣與動機。又本文也針對學生對於現代文學發展的脈絡與古典文學的閱讀與賞析能力薄弱的現象，提出眾多修辭教學中的有效教學建議。

　　七、謝淑熙〈探究式教學法融入經典閱讀教學──以蕭蕭《仲尼回頭》為例〉。

　　作者針對探究式教學法（Inquiry Teaching）融入經典閱讀教學，探討其對學生學習成效之影響。首先引導學生閱讀經典古籍，並學會如何利用圖書館網路資源，搜尋網路資訊、分析整理、及小組的辯論修正，提升對閱讀主題的了解，以增進批判性思考（critical thinking）的能力。期待培養學生良好學習態度的同時，反思運用探究式教學法以落實經典閱讀教學是否有成效。

　　八、劉崇義〈試談「審美意象」中「譬喻法」在篇章的運用──以國中範文為例〉。

　　作者以「譬喻法」為主體，說明「喻體」、「喻旨」除了本身審美的效果外，更與篇章組織（審美意象）產生關係，使文章的結構更為嚴謹。意即從修辭教學的角度入手，以提升學生的寫作能力。本文提供現場教師進行作文教學時的另類思考角度。

　　九、林宏達、何淑蘋〈流行歌同曲異詞運用修辭營造性別與氛圍之分析〉。

　　作者主要之論述，係以臺灣樂壇敘述男女情愛的情歌為例，針對同歌、不同詞的作品，進一步解析不同修辭所營造出的男女性別向度，以及利用修辭，鋪陳歌詞所凸顯的氣氛。藉由該文的析論，可理

解透過使用不同的修辭，能提高作品蘊含的情感濃度，也讓歌者有更多揮灑的空間。

十、楊曉菁〈「解碼」策略的穿透與應用——以《文心雕龍》創作論為視域〉。

「文術論」是《文心雕龍》中關於創作的通則、細目的分析與探討，作者主要運用文術論中所述及的創作細目來做為論述佐證。該研究之方向係以內容為考量，輔以語言認知為基礎，開展出「解碼」策略，而在其下，依據屬性之別，再細分成三個層次：「字的解碼」、「詞的解碼」及「句子解碼」。期待透過古典文學理論的佐助與互見，具體呈現系統性、序列性的閱讀策略，期能提供讀者進入文本與作者對話時，產生明確的指針與引導。

十一、陳宜政〈對話與獨白交織的空間——以巴赫金美學觀點為起始閱讀幾米《我的世界都是你》〉。

作者藉巴赫金對話理論：「只有當句子進入一定的語境，與其所處的特定時空、社會、文化等背景發生聯繫，並獲得特定的話主和聽者，形成前後應對的交際關係時，才能成為言語交際的單位」，分析幾米 2016 年的新作《我的世界都是你》，以理解在科技文明的當代，人與物我的真誠關係可超拔離世，帶出自我救贖力量，超凡入聖，持續人世間的時空旅程。

十二、馬薇茜〈《白蛇傳·遊湖借傘》戲詞的修辭探究〉。

作者藉由修辭學與「戲曲」唱段文本——「遊湖借傘」演出戲詞——實際相關呼應與對照，探討文字書寫與藝術表演形式間的轉換，試圖對修辭與表演戲曲文本之相關文詞做出分類，逐步瞭解戲曲與修辭學中的規範與差異，並探討修辭與戲曲文本轉換戲曲美化之過程關係與特色。從實質上「遊湖借傘」戲詞修辭中多是使用譬喻與轉化；對演員而言，透過修辭後的戲詞，更能具體呈現表演的內涵，幫

助看戲與聽戲的觀眾，更容易體會劇情與演員產生共鳴。

感謝大家的參與，才能讓專家會議順利進行，並有充分交換意見的機會；更感恩 20 多位審查委員們的細心指導，讓作者們的文章更臻完善。期待來年大家再聚，讓研究的薪火，屆屆相傳。

楊曉菁

序於國立臺灣戲曲學院華語文中心辦公室

二〇一七年六月三十日

目次

論「懸疑性」包裏下
《解憂雜貨店》的創作

丁美雪[*]

摘　要

　　人生有太多的憂愁與煩悶，有太多的不可知。閱讀小說，從小說中體驗人生……此部《解憂雜貨店》，擺脫了東野圭吾擅長的謀殺情節，沒有推理小說的犯罪情節，沒有警探，更沒有惡人擾亂破壞……但是，一樣地，讀者在閱讀的過程中依舊帶有深深的謎團。本文從東野圭吾如何形塑設計懸疑的情節吸引讀者投入？讀者的疑惑又如何被消解？探索東野圭吾一貫的懸疑性的設計，並思索作者的創作目的。就閱讀者而言：閱讀小說的迷人之處在於作者以說故事的方式，深化小說的主題內容，也不時觸動閱讀者的心靈深處。

關鍵詞：《解憂雜貨店》、東野圭吾、懸疑性設計、小說創作主題

---

[*]　國立高雄師範大學國文系博士，高雄市立旗山國中國文教師。

一　前言

　　日常生活中，我們不斷地在聽故事與說故事，故事無論是現實發生的事，還是文學創作中的虛構——透過文字、鏡頭、動作再現，來表達故事內容——故事，豐富了我們的人生。西方敘事學家一般採用「故事」（story）與「話語」（discourse）來區分敘事作品的表達對象與表達形式（申丹，2010：13）。故事涉及，敘述了什麼？包括事件、人物、背景等；話語則涉及，如何敘述？包括各種敘述形式及技巧。閱讀小說，讀者讀到了故事的發展，而作者則藉由話語的設計來包裝故事。由於每個人人生有限，讀者借由小說語言構建的虛擬世界，體驗虛擬的人生。事實上，小說閱讀除了某部分是娛樂消遣式的閱讀之外，某些小說也反映真實人生，引發讀者的共鳴。因此，我們閱讀小說。

　　2015年博客來網站熱門搜尋關鍵字次數第三的的「東野圭吾」[1]，其獨特的魅力究竟何在？試問周遭：「你讀過《解憂雜貨店》嗎？」十有八九回答：「讀過。好好看！好經典！」

1　截圖來源：2015博客來年度百大。https：//goo.gl/xpB9Ga（2016/06/09）

圖1

　　細究東野圭吾[2]以推理小說[3]知名，品評其小說者，以小說中的內涵做為評論之點的有：王麗〈希望與歧視輪迴——東野圭吾《信》的

2　東野圭吾，1958年生於日本大阪市，大阪府立大學工學部電氣工學科畢業。曾在汽車零件供應商擔任工程師，1985年以處女作《放學後》獲得第31屆「江戶川亂步賞」後，隨即辭職，專心寫作。1999年以《秘密》一書獲得第52屆「日本推理作家協會賞」，2006年又以《嫌疑犯X的獻身》榮獲第134屆「直木賞」，更憑此作入圍2012年度，由美國推理作家協會主辦的「愛倫坡獎」年度最佳小說獎，不僅成為史上第一位囊括日本文壇三大獎項的推理作家，更是第二位入圍「愛倫‧坡獎」年度最佳小說的日本作家。早期作品以校園青春推理為主，擅寫縝密精巧的謎團，獲得「寫實派本格」的美名。後期則逐漸突破典型本格，而能深入探討人心與社會議題，兼具娛樂、思考與文學價值。其驚人的創作質量與多元化的風格，使得東野圭吾成為日本推理小說界的超人氣天王。（2013，封面：作者簡介）

3　擁有「日本推理小說開山鼻祖」的江戶川亂步，將推理小說定義為「運用推理逐次撥開疑雲迷霧，去疑解惑，描寫偵破犯罪案件的過程，並以情節引人入勝」的小說。東野圭吾是現代日本最著名的推理小說家，他的作品多以二十世紀九十年代泡沫經濟時期的日本社會作為背景，融合了「本格派」的推理手法和「社會派」的社會主題，既能通過邏輯推理，從科學角度對小說中不合常理的情節進行合理解釋，又能將社會現實同時代痼疾相結合，深入挖掘犯罪產生的社會根源，從而開創了日本推理小說全新的創作流派——寫實本格派。（曹雅潔，2015：145）

解讀〉（2011）、華祺蓉〈論東野圭吾小說的救贖意識〉（2015）。以上兩篇書寫內涵大概為：從日本社會人與人之間的冷漠關係，社會的炎涼，從中探討人性、情感的永恆性主題。而從書寫形式評論的則有：楊寧〈極致的騙局——東野圭吾推理小說分析〉（2014），說明其小說的精彩在於打破一般形式：發現案件 → 細心推理 → 水落石出的普通結構，而以其巧妙的構思將讀者帶入無盡的謎團中。細讀東野圭吾小說，「巧妙的構思」的確為其特點，但是作者如何巧妙設計，讓情節的推衍超乎意外，且天衣無縫、合乎邏輯，卻無言說；李天〈時間之環——《解憂雜貨店》的時間變形〉（2011），以時距作為分析線索，但卻忽略了作者的時間變形是為了「懸疑性」的設計；曹雅潔〈論非聚焦型敘事視角下的懸疑設置——解析東野圭吾的《嫌疑人 X 的獻身》〉（2015），則從作者敘事視角的分析與對日期的隱藏談其小說的懸疑性，某些部分的確可以看出東野圭吾寫作手法的特色，但此為針對其推理犯罪小說的設置，與《解憂雜貨店》——非犯罪小說，兩者範疇並不相同。

筆者以為閱讀小說，敘事作為一種交流活動，必然觸及——作者—文本—讀者——三方面的接觸往來與相互關聯。作者如何與讀者進行交流？如何通過敘事修辭引導讀者領悟小說的修辭效果？閱讀東野圭吾的小說，的確有其獨特的魅力。尤其《解憂雜貨店》擺脫了謀殺情節，不同於推理小說的犯罪情節，沒有警探，更沒有惡人擾亂破壞……但是，一樣地，讀者在閱讀的過程中依舊帶有深深的謎團。

東野圭吾如何形塑設計懸疑的情節？讀者的疑惑如何被消解？閱讀時，讀者為何產生「陌生混亂又熟悉」的情感？除此之外，作者書寫小說的主題是什麼？再者，小說的迷人之處在於：小說每每觸動人心深處，作者如何以說故事的方式，深化小說的主題內容？細究書中主角面臨的問題，換個面向，也許就是讀者遭逢相同的難處——面對

生活的困境，不知如何解決的諮詢者，以及提供諮商的被諮詢者，兩者的關係究竟為何？是全然的信任？還是帶有試探的意味？對於被諮商者提供的建議或是答案，諮詢者會百分百言聽計從嗎？閱讀《解憂雜貨店》給了類似的建議經驗。

二　作者與讀者的敘事交流

讀者是如何透過小說與創作者進行交流？讀者閱讀時，應對作者所採用的修辭形式及其意義進行探究，以明瞭作者如何以有意或無意地運用多種修辭手段將訊息傳遞給讀者。在廣義修辭的定義下，讀者在解構文本時，或利用敘事學、或認知語言學……回溯作者設計文本的概念，以讀出一種深沈的意味。閱讀即是透過文本進行讀者與作者的交流，而交流是如何實現？1958年雅各布遜將言語傳達的交流過程以下列分解：

訊息

語境（指涉功能）

編碼者（發送者）--- 譯碼者（接收者）

關聯（編碼者與譯碼者兩者的聯繫）

代碼（訊息意義）

圖2

上述為交流過程中的不同功能構成的功能序列，適用於一般的言語、以符號媒介為交流過程。但文學作品具有眾多的型態，各有不同的特徵，因此有其獨特的傳達交流過程，從而構成不同的交流形式。如敘事文本的交流過程應有不同於以非敘事意圖為主的其他作品類

型,而具有其獨特性。1978年查特曼以符號學的交際模式說明敘事文本的交流過程:

敘事文本

真實作者---▶ 隱含作者→(敘述者)→(受述者)→隱含讀者 ---▶ 真實讀者

圖3

　　此圖說明了文本敘事交流涉及的基本要素與模式。真實作者與真實讀者被置於方框之外,表明兩者不屬於文本內部結構;虛線箭頭表示與敘事文本之間不存在直接關係。隱含作者是布斯1961年在《小說修辭學》所提出的概念,這一概念既涉及作者的編碼,又關乎讀者的解碼。就編碼而言,「隱含作者」是處於某種創作狀態、以某種立場來寫作的作者;就解碼而言,「隱含作者」則是文本「隱含」以供讀者推導這一寫作作者的形象(申丹,2010:70-71)。「隱含作者」和「真實作者」的區分在於處於創作書寫的人,和處於日常生活中的這個人的區分。「隱含作者」在智力和道德標準上常常高於真實作者本人。作者在他的作品中表現的思想、信念、規範、感情可以和他在日常生活中的不一樣,也可以相同,意即——「真實作者創造了隱含作者」。

　　「隱含讀者」,就是隱含作者心目中的理想讀者,或者是文本預設的讀者,是一種和隱含作者高度完全保持一致、完全能理解作品的理想化的閱讀位置。「隱含讀者」強調的是對作者的創作目的的理解與體現。生活中的「真實讀者」往往難以到達「隱含讀者」的層次,或受於不同經歷、不同立場導致阻塞真實讀者進入文本預設的接受狀態。因此,闡釋文本意義時,讀者應盡量將自己融入文本之中,擺在隱含讀者的位置去理解隱含作者所設置的文本意涵。

　　查特曼此圖表偏向於單向傳達交流，忽略了讀者與文本的交流，讀者是這一交流活動的最後承接者，但實際狀況果真如此嗎？依據德國接受美學的代表人物依瑟（W. Lser）看來，文學作品存在兩極，即藝術的一極和審美的一級。前者是作者創作的文本，後者是讀者對文本的具體化。因為文本只有在具體化中才獲得生命，而具體化的文本也必然帶有讀者的個人氣質。當讀者和作品發生關係，即閱讀或欣賞活動，文本才成為藝術作品，離開了讀者的參與，離開了讀者的閱讀和欣賞活動，藝術作品不過是堆印著的印刷文字或塗抹著的顏料。因此，讀者絕不是敘事文本意義傳達過程的最後接受者，而是讀者在「製造」文本的意義，不同的讀者在「創制」著不同的文本意義。就此而言，這是雙向交流的意義（轉引自譚君強，2014：35）。就閱讀本質而言，對一部已完成的作品闡釋，其意義的發掘與創造，主要在於讀者而非作者，雖然作者的創作意圖與讀者對於其創作結果所做的解釋可能存在種種差異。

　　由於查特曼並未考慮敘事交流過程中，真實作者和真實讀者、隱含作者和隱含讀者、敘述者與受述者可能相互交流，曼弗雷德・雅恩（Manfred Jahn）從敘事文本的交流過程出發，認為敘事文本的交流至少涉及三個層次，每個層次都關係到訊息發送與接收者的結構。

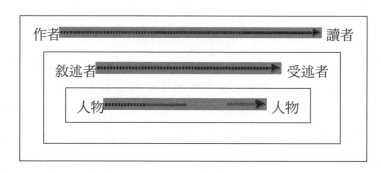

圖4

雅恩的敘事交流層次主要有三層。外層為真實交流層，作者與讀者處於這層次。而此層次不屬於文本範圍內的交流，因而，此層次為「超文本」層。中間層次為「敘事話語層」，虛構的敘述者向指明或未指明的受述者講述故事。中心層則為行動層。此圖指明了文本層次內人物之間的相互交流，但是，層次與層次之間，也可以跨越，甚至相互交流，使得不同敘事層次的故事情節交織，或時空交錯、不同時代的人物可以透過「虛擬」的時空，相互溝通。

三　《解憂雜貨店》的懸疑性與敘事交流

就敘事修辭的觀點而言，作者不僅表達所指，且有意識地利用能指的特徵的選擇或利用對能指的特定組合來產生和加強主題意義和審美效果。而讀者則通過小說的閱讀，探詢反推作者的態度，雙方進行敘事交流。通過敘事層反映出來的作者（隱含作者）的眼光和心裡傾向與主題意義和審美效果密切相關（申丹，2004：129）。本文以文本「懸疑性」的生成作為分析焦點，從中瞭解作者如何透過敘事策略引導讀者領悟作品的修辭效果與主題意識。

（一）故事簡介

三個小偷偷竊物件後，躲到附近的廢棄屋，在廢棄屋的鐵捲門發現了一封「很奇妙」的諮商信。寫信者為月亮兔，主要向「浪矢雜貨店」諮詢：「男友得到重病，她該照顧男友還是參加奧運？」。小偷在信中發現來信者並不知道「手機」，再從某些訊息發現他們所處的地方——「顯示的時機和實際時機有落差」，尤其雜貨店的「後門」開關與否更是決定了是否他們可以和四十年前的人通訊……乍看之下，這部小說似乎結合當下最夯的「時空穿越劇」，劇中角色可以預知諮

商者未來所發生的事件，並予以警示。第一章與第二章同樣是來自過去的信件……

　　第三章敘述對象則轉到「浪矢解憂雜貨店」店主的兒子——浪矢貴之，從貴之的角度敘述父親（浪矢雄治）自母親死後的消沈，到因為幫人消煩解憂而轉為精神矍碩。透過父子兩人的對話，瞭解店主對於「諮商」的看法。後由於雄治看到一篇報導：「一名29歲的未婚女子駕車墜海死亡」。雄治認定這名女子就是他曾經諮商過的綠河，由此產生懷疑：這些諮商者因為他的回答，人生會有怎樣的改變呢？在不知答案究竟為何的狀況下關了雜貨店，與兒子住在一起，身體也產生了病痛。爾後，冥冥中感到「未來幾十年後，有人把信投進了鐵捲門的郵件投遞口」，因此，回到雜貨店，收到來自未來的感謝信與一封沒有寫任何字的空白信。並與兒子約定他死後三十三年「用某種方法」昭告大眾——解憂雜貨店的諮商窗口復活。

　　第四章的敘事焦點是向浪矢雜貨店諮商的「和久浩介」，瞭解解憂雜貨店所在城鎮，（約略提及了第二章出現的「魚松」鮮魚店），由於父親經濟出現問題而向解憂雜貨店諮商：「是否應該和父母趁夜潛逃」，在潛逃的過程中，離開父母，住進孤兒院，化名為「藤川博」，成為木雕師傅。（後因孤兒院火災，回去關懷，遇到同是院童的「武藤晴美」——第五章諮詢者；寫了感謝信，由浪矢雄治收到——未來的信件）

　　故事最後一章再度回到三個小偷的視角，從投遞口傳來口琴的演奏聲（過去的時光），是小偷三人很熟悉的旋律，那是歌手水原芹的作品，而水原芹和她的弟弟在孤兒院丸光園長大，小偷三人也是丸光園長大的院童……再度收到諮詢信件，迷茫的汪汪——因為經濟窘困，是否應選擇陪酒？

　　整部小說在第四章以前似乎都各自成一獨立單元，但是細心的讀

者應該可以在前四章隱隱約約感受到彼此連結的環節，直到第五章，作者才開始串連完成整部小說的創作，也令讀者驚呼連連！

（二）懸疑性的包裹與消解

東野圭吾如何以懸疑性包裝此部小說？又如何消解小說的懸疑性？以下分述之。

1 時、空的錯置轉換

作者的敘事手法原屬於倒敘，但由於「穿越劇」的設計，在時間的安排上，一開始就讓劇中角色小偷三人組開始推測──「這到底是怎麼回事？」讀者當然也就跟著混淆了。仔細閱讀推敲時間的軸線，隱而不明，確切的日期隱藏在情節中。創作者在情節的安排有兩條線，主要為小偷三人組在廢棄屋收信與回信，分別是第一、二章與第五章。另一條支線為「浪矢雜貨店」，第三、四章，主要說明為人解憂的原因、經過以及預言三十三年後──「凌晨零點零分到黎明之間，浪矢雜貨店的諮商窗口復活」，詢問「當時的答覆，對你的人生有甚麼意義？有沒有幫助？還是完全沒有幫助？」

由於小說的敘述以人物諮商為中心，因此，在時間的安排上，常有錯亂迷惑之感。作者並不明示事件的確切時間，僅約略給了「大約四十年」、「差不多四十年」的約略估計時間，讀者必須重新解開讀者的時間之鑰，以瞭解整個故事梗概。以下按照時間順序，說明事件始末：

表1

年代	章節	事件
1970	第四章	保羅藍儂諮詢
1977	第三章	綠河（川邊綠）寫信諮詢
1979	第三章	3月綠河（川邊綠）駕車墜海死亡
		6月浪矢雜貨店關閉
		9月雄治收到來自未來的感謝信
	第一章	11月月亮兔（靜子，擊劍女運動員）寫信向浪矢雜貨店諮詢
1980	第二章	7月松岡克郎（魚店音樂人）諮詢
	第五章	9月迷途的小狗（武藤晴美）諮詢
	第三章	*9月13日雄治病逝*
1988	第二章	12月24日丸光園發生火災，松岡克郎為救人喪命。
2012	第五章	9月12日小偷三人組打劫了「迷途的小狗」武藤晴美的第二個家。
	第一、二、五章	9月13日零點～黎明，小偷三人組收到了來自過去的月亮兔、魚店音樂人、迷途的小狗的來信。

　　如上表，小說的實際時間是2012/9/13深夜～凌晨（第一章、第五章），可是作者的敘述章節卻完全沒有依照時間順序，而是以跳躍的手法加上隱微的訊息得知，如：第四章主角浩介因為孤兒院火災回到丸光園關心火災過後的景況，[4]讀者只能由敘事者所言：「他十八年沒

4　作者交代時間時，並不明確，約略以下法呈現：「一九八○年十二月，浩介從電視上得知披頭四成員之一的約翰藍儂遭到槍殺的消息，不禁深受打擊。」（p228），「過了八年，十二月的某一天，他在報紙上看到了驚人的消息。丸光園發生了火災，而且有人在火災中身亡。」（p229）。直至第五章：「三個人煩惱不已，不知道到底該不該把未來的事告訴『鮮魚店的音樂人』。是否該告訴他，一九八八年聖誕

有回到從小生長的城鎮」（p233），再往前推論得知浩介在1970離開家鄉（浪矢雜貨店所在地），因為孤兒院火災在1988年。時間的安排上，並非線性，而是採用環狀的結構：第一章與第五章的交融，故事時間實際只有半夜到凌晨，但是小說的時間卻跨越了三十三年，停留在一九七九年。

小偷三人組收到的諮商者分別是：月亮兔、魚店的新鮮人與迷茫的汪汪，依據整部小說前後的推論，小偷三人於2012年9月13日凌晨到黎明，在廢棄屋內，對接1979年9月（浪矢雄治回到雜貨店收未來信件）到1980年9月13日去世，這個時間就是三人組進入的「時間黑洞」；1979年9月浪矢雄治收信的那一天，從凌晨到黎明在雜貨店內，是2012年9月13日凌晨到黎明廢棄屋外的時空，收到了三人組的「未來信件」。在此，不得不佩服作者的想像空間與敘事張力──故事真實時間這樣短暫，但話語時間卻已經歷了三十三年！

2 糾葛的人物、情節

在不同時空、兩條情節線的串連是由人物負責，如：相同的人，出現在不同的章節有著不同的名稱，造成似陌生卻又熟悉的情感。以第一章的諮商者而言，諮商的代號是「月亮兔」，在往返信件得知月亮兔的身份為奧運擊劍選手。第三章浪矢雄治的兒子在父親死後，站在解憂雜貨店前：「他慌忙轉頭，一個身材高瘦，穿著運動裝的年輕女人推著腳踏車站在他面前，腳踏車的後車座上捆著運動袋……貴之目送著女人騎著腳踏車遠去。擊劍。的確是很陌生的運動項目，只有奧運時，會在電視上看到而已，而且，只能在奧運集錦中看到。今年日本抵制莫斯科奧運，所以連奧運集錦也沒看到。」（p169-170）第

夜，他將會在孤兒院丸光園遇到火災，並葬身火窟。」（p253）才明確告知。

五章知道其真實姓名為——北澤靜子，線索來自：「靜子目前是體育大學的四年級學生，她從高中開始就是<u>擊劍</u>選手，有機會參加奧運……今年夏天，靜子很悠閒地住在家裏。她之前以參加莫斯科奧運為目標，但<u>因為日本政府抵制</u>……」（p276）

作者著意安排將真實身份為「北澤靜子」與真實身份為「武藤晴美」（化名為「迷茫的汪汪」）的諮商者為鄰居，並告訴晴美解憂雜貨店雖然歇業，但仍可以諮商（以上為第五章）。小說第一章「北澤靜子」以月亮兔的身份跟2012年的小偷三人組諮商，又偶遇到她自以為的諮商者浪矢雄治的兒子（第三章），成功地將兩個時空，兩條情節串連起來。

因為時空的錯置轉換，人物由此可以藉由信件往返，敘事交流的層次就可以穿越，彼此交流。小說中，除了「月亮兔」擔任起串連的工作外，第四章因為丸光園著火回去關懷的真實身份為「和久浩介」亦是相同的功能。因為父母跑路而以「保羅·藍儂」為代號的諮商者，後遠離父母，改名換姓，「藤川博」成為他的化名。和久浩介在丸光園遇到同是院童的武藤晴美：「晴美猶豫了一下，才開口說：『如果你做投資買了股票和不動產，在一九九〇年之前都要脫手。因為日本經濟會在之後走下坡。』浩介不解地注視著她的臉，因為她說話的語氣太有自信了。」（p232。細心的讀者會特別注意作者天外飛來一筆，此為穿梭劇特有的「預示」功能。），並且遇到浪矢雄治的兒子——貴之。而貴之在第三章知道父親收到來自未來的信（貴之、和久浩介兩人皆不知道這封信是和久浩介寫的，但是讀者知道），不經易地說出：「我父親竟然持續為大家諮商了這麼久，其中有<u>該不該跟著父母跑路</u>之類嚴重的煩惱，也有愛上了學校的老師這種包含了微妙問題的煩惱——」（p236）。以下為小說人物出現在各章節的表格：

表2

諮商者	回信者	出現章節	真實身份	其他代號	備註
月亮兔	小偷三人組	1、3、5	北澤靜子		擊劍運動員
魚店音樂人		2、5	松岡克郎		作品《重生》
迷途的小狗		4、5	武藤晴美		事務所社長
綠河	浪矢雄治	3	川邊綠		
保羅・藍儂		3、4	和久浩介	藤川博	職業木雕師
非諮商者		2、3、5	水原芹	天才女歌手	演唱《重生》
		3	綠河女兒		水原芹經紀人

　　1988年發生的火災更是牽動小說發展連結兩個時空的重大橋段，松岡克郎因救了水原芹的弟弟而亡，天才女歌手的水原芹為了感念克朗，不時演唱克朗的創作曲〈重生〉以紀念他，而水原芹的經紀人恰是曾經向浪矢雄治諮商的川邊綠的女兒，小偷三人組也因為對〈重生〉曲調的熟悉推判事情的來龍去脈；因為火災而前去關懷的藤川博（和久浩介）與武藤晴美是同時期的院童，武藤晴美向真實身份為小偷三人組進行諮商……串起了不同時空的兩條線。

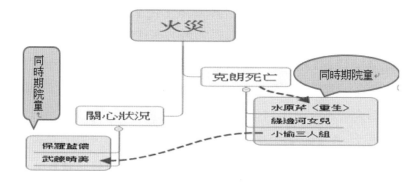

圖5

　　不同的名稱、代號，卻是同樣的一個人，造成訊息的干擾，讀者隱隱覺得「面熟」，卻又不知在哪見過，作者為避免單一而形塑錯綜複雜的情節，也造成了讀者心中的謎團。此外，小說中大量的「為什麼」、「怎麼回事？」、各式各樣的「？」的言語，不僅出現在小說當中三個小偷的言詞，甚至諮詢者也頻繁出現。在錯置的時空中，在交錯的人物情節中，作者如何消解讀者的懸疑？

3　視角的自由移轉

　　綜觀整部小說，以「懸疑性」為最其書寫特色。而「懸疑性」在一般推理犯罪小說可能來自於「兇手是誰」？為什麼警察找不到證據？在情節的推動過程中，需要一個像「柯南」的偵探與「兇手」進行智力的對決……東野圭吾大部分的小說大抵以上類型小說知名。但《解憂雜貨店》有別於此類小說的懸疑性——有怪異的情節、扣人心弦的懸念，卻沒有詭異的氣氛和恐怖的場景。[5]讀者閱讀時總有既陌生又熟悉且混亂的情感，偏又夾雜著深深的懸念。

　　依據王穎（2011，71-72）：懸疑的美感來自于懸念的成功營造，讀者因懸念而陷入迷惑，從而得到不同於其他敘事範疇的閱讀的美感。懸疑是敘事者和讀者之間的智力遊戲，能夠使讀者體會到智性的愉悅美感。……但即使所有的細節都擺放在讀者的面前，他們還是找不到懸念的答案，或者得到錯誤的答案。個中原因，除了作者具有超人的邏輯推理能力之外，還由於對敘事中的資訊發佈的強力控制。作者會在合適的時機突出反常資訊、或者製造隱含資訊，甚至隱瞞特定資訊，從而使觀眾常常在思考和判斷中不知不覺地中了作者的圈套，進入了作者所設置的迷宮之中。

5　一般以為推理犯罪小說的懸疑性來自於怪異的情節、扣人心弦的懸念、詭異的氣氛和恐怖的場景。（朱洪祥2007：23）

　　細究東野圭吾在本部小說所採用的視角為：零聚焦的全知全能敘述者，但敘述視角卻不時轉移。以第五章〈在天上祈禱〉為例，作者一開始回顧第二章〈深夜的口琴〉揶揄諮商者——魚店的新鮮人是「好命人的任性」，作者從小偷三人的角度敘寫：

> 　　於是，他們用<u>揶揄</u>的方式，在回信中<u>痛批</u>了這種天真的想法，但自稱是「魚店的音樂人」的諮商者似乎難以接受，立刻回信反駁。敦也他們再度寫了<u>果決</u>的回信，當諮商者再度送信上門時，發生了奇妙的事。
>
> 　　當時，敦也他們在店裏等待「鮮魚店的音樂人」的信。不一會兒，信就塞進了投遞口，但在中途停了下來。下一剎那，發生了令人驚訝的事。
>
> 　　<u>從投遞口傳來口琴的演奏聲，而且是敦也他們很熟悉的旋律，</u><u>而且也知道那首歌的名字。那首歌叫〈重生〉。</u>
>
> 　　那是名叫水原芹的女歌手踏入歌壇的作品，除此以外，這首歌背後還有一個故事。而且，這首歌和敦也他們並非完全沒有關係。水原芹和她弟弟在孤兒院丸光園長大。在她讀小學時，孤兒院曾經發生火災。當時，她弟弟沒有及時逃出，有一個男人去救了她弟弟。那個人是來聖誕派對演奏的業餘音樂人，為了救她的弟弟，全身嚴重燒傷，最後在醫院斷了氣。〈重生〉就是那位音樂人創作的歌曲。為了回報他救弟弟的恩情，水原芹不斷唱這首歌，也因此讓她在歌壇保持屹立不搖的地位。<u>敦也</u><u>他們小時候就知道這個故事。因為他們也是在丸光園長大的，</u><u>水原芹是所有院童的希望之星，每個院童都夢想自己也能像她</u><u>那樣發光。</u>聽到這首〈重生〉時，敦也他們驚訝不已。口琴演奏完畢後，那封信從投遞口投了進來。是從外面塞進來的。

到底是怎麼回事？他們三個人討論這個問題。諮商者生活在一九八〇年代，水原芹雖然已經出生，但年紀還很小，當然，〈重生〉這首歌也還沒有出名。<u>只有一個可能，「鮮魚店的音樂人」就是〈重生〉的作者，是水原芹姊弟的救命恩人。</u>（頁252-253）

透過全知全能的敘述方式，讓讀者透視小偷三人組的背景，從揶揄痛批諮商者——魚店新鮮人天真的想法，到諮商者反駁，再次寫果決的信回應，爾後，「發生了令人驚訝的事……〈重生〉就是那位音樂人創作的歌曲」。創作者在此詳細說明了事件的來龍去脈，並推論了事件的原因。而在第二章〈深夜的口琴〉從克朗的角度是這麼寫的：

浪矢雜貨店像往常一樣佇立在昏暗中。克郎走近鐵捲門，撥開信件投遞口，把信封從牛仔褲口袋裏拿了出來，塞進去一半。因為他覺得鐵捲門內似乎有人的動靜。果真有人的話，應該會從裏面把信封拉進去。於是，他打算把信塞進去一半後，停在那裏觀察。一看手錶，發現是深夜十一點多。

<u>克郎把手伸進另一個口袋，拿出口琴，深呼吸後，對著鐵捲門內緩緩吹了起來。他希望裏面的人可以聽到他的口琴聲。那是他創作的曲子中，自己最喜歡的一首。曲名叫〈重生〉，還沒有寫歌詞，因為他還沒想到適當的歌詞。去 Live house 表演時，總是用口琴演奏這首曲子，旋律很悠揚抒情。</u>

他演奏完一段後，把口琴從嘴邊拿了下來，注視著放進投遞口的信封，但是，沒有人把信封拿進去。裏面似乎沒有人。可能回信人每天早晨來拿信。克郎用指尖把信封塞了進去，隱約聽到那封信「啪答」的掉落聲音。（頁107）

同樣事件的敘寫，一邊是「克朗吹口琴」，一邊則是感到「很熟悉的旋律」，但事實上兩邊無論是在時間或是空間上都相距甚遠。作者在第二章寫的較為簡略，採取的視角為魚店新鮮人的角度——「克朗」；在第五章則是透過透過三人組的觀點。第五章的敘寫，讀者知道的訊息比與角色三人組少，[6]透過三人的推理，才知道事件的前因後果。作者敘寫的目的在於與拉近讀者的距離，引發讀者的好奇心。在第二章讀者則比角色三人知道的訊息為多，創作者轉化以克朗的眼光感受事物，目的在於觸動觀眾對克朗的感同身受。透過對三人組背景的瞭解，不僅將事件的前因後果交代清楚，也隱隱透露三人組與魚店新鮮人某種部分是因為「丸光園」而產生關連⋯⋯。

偶爾，作者甚至故意偏移讀者的觀察焦點。例如：第二則〈深夜的口琴〉以松岡克郎到孤兒院慰問演奏，特別關注和少女小芹，作者以全知敘事者的旁觀的角度描寫，從中產生懸念：兩人的關係是什麼？克朗的意圖為何？

> 她隱約帶著憂鬱的表情吸引了克郎，散發出一種不像是小孩子的女人味。克郎努力試圖讓她看向自己⋯⋯克郎放下吉他，拿出口琴，調整呼吸後，閉上眼睛，緩緩吹了起來。他已經演奏過幾千次，根本不需要看樂譜。他花了三分半鐘演奏完這首曲子，體育館內鴉雀無聲。克郎在吹完口琴的前一刻張開眼睛，頓時愣了一下。因為那個女孩-注地望著他，她的眼神很認真，克郎一把年紀了，忍不住心跳加速。（p70-71）

6　Robert Mckee認為：好奇心與關切創造了三種可能的方式來連結觀眾與故事，也就是推理、懸疑、戲劇反諷。「推理」：觀眾知道的比角色少；「懸疑」：觀眾和角色知道同樣的事；「戲劇反諷」：觀眾知道的比角色多（2016：344-349）。以《解憂雜貨店》而言，本部小說在懸疑的過程中混合了「推理和戲劇反諷」，讓敘事更豐富多元。

　　筆者以為此部小說的創作特點在於，區分章節的同時，在章節之下再區分若干小節，筆者以為這就是創作者成功轉換敘事觀點的原因。透過章節的轉換，讀者於此停頓，作者也巧妙地轉換了視角，透過視角的自由移轉，讀者的謎團才得以被消解。

（三）何以解憂──作者創作主題

　　在奧運集訓和陪伴男友中不知如何選擇的月亮兔；因火災而亡的魚店音樂人，留下的曲目〈重生〉正是現今女歌手演唱的歌曲；和父母一起跑路的木雕家保羅・藍儂；不知是否應該去酒店上班的迷茫汪汪……人生有太多的憂愁與煩悶，有太多的不可知。奔逃到廢棄屋的小偷，因緣際會成了被諮商者，卻發現諮商者──迷茫的汪汪，原來是他們偷竊的對象；為了要測試，隨意投進投遞口的空白信紙，卻收到浪矢誠心誠意、絞盡腦汁給的回信：「地圖是白紙當然很傷腦筋，任何人都會不知所措。但是，不妨換一個角度思考，正因為是白紙，所以可以畫任何地圖，一切都掌握在你自己手上。你很自由，充滿了無限可能……」（p347）

　　誰可以為別人諮商？一般以為應是道德高尚、富有人生經歷、熟知心理學的人適合當被諮商人。可是作者卻刻意設計，面對人生的難題，小偷直接粗魯的回應令諮詢者詫異，也重新省示自我。諮商人諮商後的心情為：「我覺得老闆很厲害，<u>說話毫不含糊，也不會掩飾，我被罵得體無完膚，但也多虧了他，讓我清醒了，也知道之前是在自我欺騙</u>，所以，我才能夠毫不猶豫地投入擊劍訓練。」（靜子言語，p279）；「靜子說得沒錯，<u>回信內容直截了當，完全沒有任何修飾。既沒有顧慮，也毫不客氣，甚至覺得言詞充滿挑釁，好像故意要惹人生氣。</u>『這就是浪矢雜貨店的做法，這樣才能激發諮商者內心真實的想法，讓諮商者自己找到正確的路。』」（晴美言語，p281）

　　同樣地，面臨喪妻之痛，藉著幫人解憂重新振作起來的浪矢雄治，溫柔委婉的作風與小偷解憂的風格迥然不同，會自我反省的雄治擔心自己的諮詢是否對諮詢者造成不良的後果，因此，終日惶惶，最後關了雜貨店，也有了33年後的相約……。

　　作者洞悉人性，藉浪矢雄治所言，透露出作者對於諮商的看法：「我諮商多年，終於瞭解到一件事。通常諮商者心裏已經有了答案，找人諮商的目的，只是為了確認這個答案是正確的。所以，有些諮商者在看了我的回信後，會再寫信給我，可能是我的回答和他原本想的不一樣。」（浪矢雄治，p131）；「從她的信中的確可以感受到她想要生下孩子的想法，但重要的是，她的心情和意志是兩碼事。也許她很想生下這個孩子，但也知道現實不允許她生下來，寫這封信給我的目的，是想要堅定自己的決心。果真如此的話，我教她生下來，會造成反效果，會讓她更加痛苦。」（浪矢雄治，p131）藉著與諮商者不一樣的答案，激發諮商者內心真正的想法，因為他會申論，說明自己的想法、立場與想這麼做的原因、理由。被諮商者只是引導諮商者面對自己的問題，自己解決問題，而不是告訴他答案。的確，人生在世，哪會沒有煩惱？誠如書中所言：「他們內心有破洞，重要的東西正從那個破洞漸漸流失。」（浪矢雄治，p124）

　　作者刻意設計兩個截然不同性格的人進行諮商，以資對照。刻板印象中，小偷三人組是不適合當被諮商者，作者刻意的設計，帶引出諮商者不得已需要坦然面對自我，自我解決所有人世間遇到的難題。心中有破洞的人，需要有人引導，將破洞補起來。素未謀面的彼此，通過信件傳遞訊息，本質上是都自己在跟自己對話。

四 結語

　　如果人生某個部分像小說，則小說亦是搬演人生，只是小說家透過材料的選取與精心設計，讓讀者從紙本中，不用像真實人生所經歷的切膚之痛，而是安全地閱讀，體驗與我們截然不同的人生。透過對《解憂雜貨店》的創作分析，作者巧妙以時空的轉換錯置，人物情節的糾葛，敘事視角的自由移轉……讓敘事交流層次不僅在行動層、敘述話語層，更在超文本層次，讓讀者來往穿越，與小說人物彼此交流。而身為讀者則要反思：如何從「消遣式」的閱讀轉化為「專業式」的閱讀？如何晉身為作者心目中的「理想讀者」？

　　筆者以為，躋身於作者的「理想讀者」──完全能理解作品的理想化的閱讀位置，來自於：除理解小說書寫內容為何之外，更多為來自於深層的理解──作者的敘事修辭手法，含作者如何安排情節、如何塑造人物？以致於讀者為此深深著迷、不忍釋卷。實際上，作者的敘事修辭與讀者的閱讀效果有時是交互產生影響的，因為作者的敘事修辭，讀者會讀到某一種特殊效果。以此部小說為例，筆者舉用了「懸疑性」作為觀察焦點，在解析懸疑性何以生成而反覆地翻閱文本時，書中的主題意識也相對地產生了，令人駐足低吟，為之讚嘆不已。只是這樣的閱讀需要深度與專業。如前所述，隱含讀者不同於真實讀者，隱含讀者必須站在與隱含作家相同的高度，理解著隱含作家的創作意圖。透過對小說的細讀後，瞭解作者的敘事修辭手法後，對於小說的主題內涵為何？觸動所有人共同的因素為何？答案在深化探索之後。

　　本文就小說敘事交流──作者的敘事修辭與讀者的閱讀效果，探索小說的主題意識。經過文本分析後，發現作者東野圭吾以說故事的方式，通過小說技法「懸疑性」的包裝，藉著諮商者與被諮商者的往

來，剖析全人類所共同面臨的問題——「如何解決難題」。在作者精
采絕倫的敘事修辭之下，讀者不知不覺也隨者書中人物，進行了一場
心靈的洗禮——勇氣的滋生與成長的必須。

參考文獻

王　穎，2011〈懸念的技巧與懸疑的美感〉《山東文學》，11期：70-72。

王　麗，2011〈希望與歧視輪迴——東野圭吾《信》的解讀〉，《北方文學》，四月刊：35-36。

申丹、王麗雅，2010《西方敘事學：經典與後經典》，北京：北京大學。

申　丹，2004《敘事學與小說文體學研究》，第三版（1998第一版），北京：北京大學。

朱洪祥，2007〈構建讀者與讀者構建——美國當代懸疑小說的讀者反應批評研究〉，《牡丹將教育學院學報》，第1期，總第101期：23-25。

李　天，2015〈時間之環——《解憂雜貨店》的時間變形〉，《佳木斯職業學院學報》，第6期，總第151期：58-59。

東野圭吾，王蘊潔譯，2015《解憂雜貨店》初版三十刷，臺北：皇冠文化。

俞曉紅，2015〈淺析東野圭吾《解憂雜貨店》的救贖主題〉，《考試週刊》第90期：13-14。

胡亞敏，2014《敘事學》臺灣：若水堂股份有限公司。

曹雅潔，2015〈論非聚焦型敘事視角下的懸疑設置——解析東野圭吾的《嫌疑人 X 的獻身》〉，《文本解析》，20期：145-146。

華祺蓉，2015〈論東野圭吾小說的救贖意識〉，《安徽文學》，第7期，總第384期：93-94。

楊　寧，2014〈極致的騙局——東野圭吾推理小說分析〉，《長春教育學院學報》，第30卷第15期：7-8。

譚君強，2014《敘事學導論——從經典敘事到後經典敘事學》，第二
　　　版，北京：高等教育。

Robert Mckee，戴若棻等譯，2016《故事的解剖》初版二十刷，臺北：
　　　漫遊者文化。

2015博客來年度百大 https://goo.gl/xpB9Ga（2016/06/09）

格式塔視域下的蘇軾
詩歌修辭表現

徐長安[*]

摘　要

　　傳統的修辭學可以分為對修辭格（文字藝術）的研究和對話語之說服力（作者如何勸服聽眾或讀者）的研究這兩個分支。本文在探討蘇軾詩歌的修辭表現時，係將「修辭」定義為作者、文本與讀者之間的協同作用和交流關係，也是我們的認知、情感、欲望、價值和信仰全部參與的過程。

　　蘇軾的精湛學養，曠達襟懷，透過篇帙浩繁的文學創作啟迪照亮著我們；其文學之美，千百年來無人能望其項背。格式塔心理學美學與中國傳統美學有契合之處，為文學美感及修辭美學提供了理論價值與啟示意義。本文從格式塔理論的知覺結構張力表現、格式塔的組織原則（圖形與背景原則、相近原則、相似原則、連續原則、閉合原

---

* 　臺北市立大學中國語文學系博士。

則、對稱原則、簡化原則），以及異質同構的審美體驗三個向度，析探蘇軾詩歌的修辭表現。

關鍵詞：修辭學、格式塔心理學、張力、異質同構、蘇軾詩歌

一　前言

　　提起修辭學，很多人馬上會想到修辭格，但我們知道亞里士多德的《修辭學》所涉及的並非修辭格，而是勸服的藝術。傳統上的修辭學可以分為對修辭格（文字藝術）的研究和對話語之說服力（作者如何勸服聽眾或讀者）的研究這兩個分支。[1] 20世紀90年代西方後經典主義抬頭，對敘事理論有了不一樣的反思與定義，美國詹姆斯・費倫（James Phelan）在他的著作《作為修辭的敘事》中認為：修辭含有一個作者，通過敘事文本，要求讀者進行多維度的（審美的、情感的、觀念的、倫理的、政治的）閱讀；反過來，讀者也試圖公正對待這種多維度閱讀的複雜性，然後作出反應。在此模式中，作者、讀者和文本之間的界限是模糊的，修辭是此三者之間的協同作用。[2]因此在我們討論作者、文本和讀者之間的一種修辭關係時，指的是寫作和閱讀這一複雜及多層面的過程，要求我們的認知、情感、欲望、價值和信仰全部參與的過程。[3]

　　修辭學所談的是如何使文章流利生動，如何能更有效的表達思想，其目的是在求「美」；格式塔心理學在「美學」的研究上提出了具體論述，頗能詮釋文學作品的修辭之美。心理學這門學科是以人的心理現象和心理規律作為研究對象，而文學作品則是人的幽杳內在心靈和複雜精神世界的外在顯現，因此文學和心理學可說是共同擔負著探索及理解人性的重要任務。自20世紀初以來，在人文科學的領域

1　申丹、王麗亞：《西方敘事學：經典與後經典》（北京：北京大學出版社，2010年），頁171。

2　詹姆斯・費倫著，陳永國譯：《作為修辭的敘事：技巧、讀者、倫理、意識形態》（北京：北京大學出版社，2003年），前言頁5。

3　同上註，前言頁23-24。

中，有愈來愈多的自下而上的實驗方法被應用到藝術分析中，這種從心理學出發對美學的研究，對以往自上而下的邏輯推理的思維方法，無疑是一個很大的突破，他們更著重於探討具體的審美體驗問題。格式塔心理學美學就是這種自下而上的美學；除了討論審美體驗的新穎見解，它也為文學美感及修辭美學提供了理論價值與啟示意義。格式塔心理美學的代表人物為魯道夫‧阿恩海姆（Rudolf Arnheim, 1904-2007），他不僅系統化了格式塔心理美學，尤其他在彌合理性與感性、思維與感知、科學與藝術之間的努力，對後世美學影響至鉅。蘇軾則是曠世天才，全能文士，他精湛的學養，曠達的襟懷，對宇宙人生深沈的思考，透過其汗牛充棟的創作，啟迪照亮著我們，千百年來無人能望其項背。本文即是以分析法來探討格式塔美學視域下的蘇軾詩歌修辭表現。

二　格式塔美學與中國傳統美學的契合

什麼是格式塔呢？格式塔是德文「Gestalt」的音譯，它具有兩種涵義。一種涵義是指形狀或形式，亦即物體的性質；另一個意義則是指任何分離的整體。中文將其意譯為「完形」，故格式塔心理學亦稱為完形心理學。[4]

「格式塔」一詞是由奧地利的心理學家艾倫費爾斯（Christian Von Ehrenfels, 1859-1932）在1890年首先提出；後來由三個德國人韋特海默（M. Westheimer, 1890 -1943）、考夫卡（K. Koffka, 1886-1941）、柯勒（W. Kohler, 1887-1976）發揚光大，發展成格式塔心理

4　庫爾特‧考夫卡著，黎煒譯：《格式塔心理學原理（上）》（臺北：昭明出版社，2000年），頁10。

學；他們主要是反對構造主義心理學把一切心理現象都看成是一個個的感覺元素，只是通過聯想過程（水泥）將這些感覺元素（磚）結合起來，藉以疊成構造主義的大廈。[5]格式塔心理學譏諷此種理論為「磚塊和灰泥心理學」；主張人們知覺到的事物應該是整體，而非支離破碎的部份。艾倫費爾斯在首次提及「格式塔」這個詞時，舉了這樣一個例子：如果讓十二名聽眾同時聽一首由十二個樂音組成的曲子，每一個人規定只聽取其中的一個樂音，這十二個人的經驗相加的和，決不會等同於僅有一個人聽了整首曲子之後所得的經驗。[6]因而「整體決不等於部分相加之和」這一觀點，就成了格式塔心理學著名的理論。

格式塔這個術語，起始於視覺領域的研究，但它又不限於視覺領域，甚至不限於整個感覺領域，其應用範圍遠遠超過感覺經驗的限度，它可以包括學習、回憶、志向、情緒、思維、運動等過程。廣義地說，格式塔心理學家們用格式塔這個術語，研究心理學的整個領域。[7]把格式塔心理學的新發現和新成就運用到藝術研究中，將其作為對美學研究的理論工具者，則是魯道夫‧阿恩海姆，他提出了「簡化」、「張力」、「表現」等重要的美學原則，為現代美學提供了新的心理學依據。

我國古代美學理論雖有不同層次，但未能系統化的具體論述；如果運用格式塔心理學的一些看法，就可以得到合理性解釋。格式塔心理學在20世紀30年代就已經由蕭孝嶸引進到中國，但當時並未引起心

5　庫爾特‧考夫卡著，黎煒譯：《格式塔心理學原理（上）》（臺北：昭明出版社，2000年），頁120。

6　魯道夫‧阿恩海姆著，滕守堯譯：《藝術與視知覺》（北京：中國社會科學出版社，1985年），引言頁5。

7　庫爾特‧考夫卡著，黎煒譯：《格式塔心理學原理（上）》（臺北：昭明出版社，2000年），頁110。

理學界的重視；直到80年代阿恩海姆的《藝術與視知覺》翻譯出版，才引起廣大關注；這跟阿恩海姆的美學理論與中華文化有契合之處關係甚大。阿恩海姆在他的〈中國古代文學與它的現代性〉一文中，研究了中國歷代幾個典型的書畫家（如：南朝謝赫），他從剖析視知覺中的理論因素著手，揭示了藝術的感受、形象、思維的奧祕，意識到中國美學中直覺及感悟的說法與他的異質同構說和整體論有相通之處。[8]為了表現他對中國美學精神的理解，阿恩海姆並引用蘇軾〈書晁補之所藏與可畫竹〉這首詩以作說明：

> 與可畫竹時，見竹不見人。豈獨不見人，嗒然遺其身。
> 其身與竹化，無窮出清新。莊周世之有，誰知此凝神。[9]

　　這是一首題畫詩，作於宋神宗元祐二年（1087年）。文與可是蘇軾的表兄，善畫竹。蘇軾描寫與可畫竹時先對竹子做深入細緻的觀察了解，再反覆不斷的醞釀構思，心目中已隱然形成完整的、成熟的竹子形象，下筆自能心手相應，一氣呵成。這種從生活體驗到藝術創作的過程，也就是形象思維的過程。從「見竹不見人」的形似，到「其身與竹化」的忘我境界，蘇軾文學作品中的審美造詣，不僅光耀古今，更成為中外學者參照之圭臬。

　　以下將就格式塔心理學的美學主張，歸納為知覺結構的張力表現，格式塔組織原則的應用，以及異質同構的審美體驗，分別闡述之，並藉以分析蘇軾詩歌的修辭表現。

8　Rudolf Arnheim."Ancient Chinese Aesthetics and Its Modernity". British Journal of Aesthetics, Vol.37, No.2, April 1997, p.p.155-157.

9　張志烈、馬德富、周裕鍇主編：《蘇軾全集校注・詩集》（石家莊：河北人民出版社，2010年），頁3160。以下簡稱《蘇軾全集校注》。

三　知覺結構的張力表現

　　阿恩海姆認為知覺是藝術思維的基礎，也是審美體驗的基礎。

（一）知覺結構的「張力」美學

　　阿恩海姆認為一切知覺對象都應該被看作是一種力的結構。他在《藝術與視知覺》中言及：「在讀這本書的時候，我們要求人們首先要記住：每一個視覺式樣都是一個力的式，正如對一個活的有機體，不可以用描述一個死的解剖體的方法去描述一樣；視覺經驗的本質也不能僅僅通過距離、大小、角度、尺寸、色彩的波長等去描述。……至於知覺對象的生命，它的情感表現和意義卻完全是通過我們所描述過的這種力的活動來確定的。」[10]阿恩海姆稱這種「力」是一種「不動之動的張力」，也就是一種「具有方向性的張力」。

　　很顯然地，阿恩海姆所說的「具有方向性的張力」，並不是真正的物理力，而是人們在知覺活動所感知的心理力。張力結構是由知覺對象本身的結構骨架來決定，這種結構骨架就是由審美對象的形狀、顏色、光線以及矛盾衝突所構成的力的圖式。我們必須認識到那推動我們情感活動起來的力，與那些作用於整個宇宙普遍性的力，實際上乃是同一種「力」。這種張力結構，造就了文學藝術之美。

（二）從張力美學看蘇軾〈荔枝歎〉修辭表現

　　宋代的惠州位處嶺南（兩廣）一帶蠻荒之地，盛產荔枝。蘇軾於宋哲宗紹聖元年（1094年）被誣以「譏斥先朝，援古況今」的罪名貶

10　魯道夫・阿恩海姆著，滕守堯譯：《藝術與視知覺》（北京：中國社會科學出版社，1985年），頁8-9。

至惠州，不得簽辦公事，於是尋幽訪勝，體物察情，原本平淡無奇的荔枝獲得了他的青睞；也因他的作詩謳讚，使惠州荔枝得以名傳千古。蘇軾寫了很多首有關荔枝的詩，紹聖二年（1095年）他在惠州第一次吃荔枝，作了一首〈四月十一日初食荔枝〉，其中：「海上仙人絳羅襦，紅紗中單白玉膚」[11]兩句，將荔枝作比仙女，用「絳羅襦」意即深紅色的絲綢短襖來描繪荔枝的外殼，以「紅紗中單」來形容荔枝殼與瓤內間的薄膜，又以「白玉膚」來比喻荔枝的瓤肉；可以看出蘇軾對荔枝的款款深情，極盡讚美之能事。同年又作結合朝政與史實的〈荔枝歎〉。照說歷經「烏臺詩案」黃州流放之後的蘇軾，早已從積極進取的儒家哲學轉變為超脫自在的佛道思想；但〈荔枝歎〉中吾人仍可見這位憂國憂民，義憤填膺的大文豪，針砭時政，火力全開；充滿了經世濟民的情懷。筆者以為，蘇軾之所以為蘇軾，這就是他的可敬又可愛之處。

　　〈荔枝歎〉是一首諷諭詩，也是一篇政論文。原詩如下：

> 十里一置飛灰塵，五里一堠兵火催。顛坑仆谷相枕藉，知是荔枝龍眼來。飛車跨山鶻橫海，風枝露葉如新採。宮中美人一破顏，驚塵濺血流千載。永元荔枝來交州，天寶歲貢取之涪。至今欲食林甫肉，無人與觴酹伯游。我願天公憐赤子，莫生尤物為瘡痏。雨順風調百穀登，民不飢寒為上瑞。君不見武夷溪邊粟粒芽，前丁後蔡相籠加。爭新買寵各出意，今年鬥品充官茶。吾君所乏豈此物，致養口體何陋耶？洛陽相君忠孝家，可憐亦進姚黃花。[12]

---

11 見《蘇軾全集校注・詩集》〈四月十一日初食荔枝〉，頁4570。
12 見《蘇軾全集校注・詩集》〈荔枝歎〉，頁4585。

　　此詩為七言古詩，詩分三段，每段八句，借荔枝生發出奸佞爭寵，百姓遭殃的不滿之情；章法在自然變化中，呈現波瀾壯闊之態。正因蘇軾的直陳時弊、憂國憂民，故全詩顯得氣勢十足，所散發的張力表現震懾古今。

　　漢和帝永元年間及唐玄宗天寶年間，均是以荔枝做為貢品的著名朝代。《後漢書》記載：「舊南海獻龍眼荔枝。十里一置，五里一堠。奔騰阻險，死者繼路。」[13]蘇軾起首即引史實，十里設一驛站，五里設一瞭望臺，從「十里」到「五里」數字驟減的張力，將運送荔枝急如星火的奔馳催趕之狀，描繪得生動儷人。唐代杜牧〈過華清宮〉有言：「一騎紅塵妃子笑，無人知是荔枝來。」斥責楊貴妃愛吃荔枝，唐玄宗不惜千里傳送之事；蘇軾反用其語，寫成：「知是荔枝龍眼來。」將「無人知」的否定，改為「知是」的肯定修辭，更將送荔枝的役夫顛仆死亡之慘貌，與荔枝生來無辜，卻因人謀不臧而肇禍的血淚事實緊緊相扣，產生出共鳴效應。「飛車跨山鶻橫海，風枝露葉如新採」，在力的結構上，充分展現荔枝傳遞的快速，從四川到長安如此遙遠的路程，到達時新鮮的就像剛採下來一樣。張華《博物志》曰：「奇肱國，其民善機巧，以殺百禽，能為飛車，從風遠行。」[14]「飛車」乃乘風飛行之車，那種風馳電掣的動力表現，將文意推到極至。而《史記・留侯世家》有「鴻鵠高飛，一舉千里。羽翮已就，橫絕四海」之語，其中「鶻橫海」一詞比喻的也是飛遞迅速；這正是格式塔美學強調的有方向性的張力，也就是動力。蘇軾博覽群籍，借用「十里一置」、「五里一堠」、「飛車跨山」、「鶻橫海」的張力表現，將帝王之家窮奢極慾，甚至為搏后妃美人一笑，竟視民命如草芥之舉，揮灑得淋漓盡致。

---

13 見《後漢書・和帝紀》。
14 見張華：《博物志》卷八。

　　第二段用逆敘法來發議論感慨，以「永元荔枝來交州，天寶歲貢取之涪」，總結第一段漢、唐兩代的荔枝進貢之事，在時間上是縱向的延伸；交州在今廣西蒼梧，涪州在今重慶涪陵，以空間來看則為橫向的擴展。如此由時空縱橫交構的視域，令平凡的詩句有了動態的生命。「至今欲食林甫肉，無人舉觴酹伯游」，拿唐代佞臣李林甫與漢代諫臣唐伯游互為對照，突顯出蘇軾對忠奸的價值判斷，以及忠臣亦不見得被禮遇尊崇的感傷。「我願天公憐赤子，莫生尤物為瘡痏。雨順風調百穀登，民不飢寒為上瑞」，此處看似卑微的小心願，卻反映著憂國憂民的大情懷，展現蘇軾民胞物與的胸襟與氣節。

　　第三段以「君不見武夷溪邊粟粒芽」展開對當代時政的批判。由古時的奸臣，想到眼前一些官吏為了媚上取寵，各出奇招的作為；又從荔枝談到了武夷山的建溪茶，以及洛陽的牡丹花，皆成為爭新買寵的貢品。除了對奸佞之人的痛加指責外，亦對皇帝表達不滿，但因詩家為尊者諱的傳統，只以「吾君所乏豈此物，致養口體何陋耶」婉轉帶過；蘇軾心中的抑鬱，不言可喻。汪師韓曾評此段曰：

> 「君不見」一段，百端交集，一篇之奇橫在此。詩本為荔枝發歎，忽說到茶，又說到牡丹，其胸中鬱勃有不可以已者。惟不可以已而言，斯至言至文也。[15]

　　「君不見」三字，確實爆發力十足，令人聯想到李白的〈將進酒〉：「君不見黃河之水天上來，奔流到海不復回？君不見高堂明鏡悲白髮，朝如青絲暮成雪？」[16]蘇軾的「君不見」則更摻雜了忠肝義

---

15 見汪師韓：《蘇詩選評箋釋》卷六。

16 邱燮友註譯：《新譯唐詩三百首》（臺北：三民書局股份有限公司，1991年），頁157。

膽，屢遭打壓貶謫的鬱悶；以及在絕境中仍不放棄，亟思積極任事的
那份「剪不斷，理還亂」的期待！煎熬困頓所交織出的張力表現，呈
現了難得的開拓風光。

四　格式塔組織原則的應用

格式塔是一種組織（或建構）；格式塔心理學家認為，我們自然
而然觀察到的經驗，都帶有格式塔的特點，都是依照組織原則才能經
驗到有意義的知覺場。[17]

（一）格式塔組織原則

凡是視覺刺激物被組織成很規則而又很簡潔的格式塔，就被稱為
「好的格式塔」；格式塔心理學家發現，這種格式塔能給人舒服、平
和、順暢及愉快的感受。然而在很多情況下，有些刺激物本身的特性
是不太容易被知覺組織成好的格式塔，這時在觀看者身上，就會表現
出兩種企圖改變刺激物的強烈趨勢：一方面會放大、擴展那些適宜的
特徵；另一方面又會取消和忽視那些阻止或妨礙其成為一個簡潔規則
好的格式塔的特徵。[18]其後經過一系列的實驗佐證，發展出良好的
「格式塔知覺組織原則」，包括圖形與背景、接近性、相似性、連續
性、閉合性、對稱性和簡單化。[19]

---

17 庫爾特・考夫卡著，黎煒譯：《格式塔心理學原理（上）》（臺北：昭明出版社，
　　2000年），頁23。

18 魯道夫・阿恩海姆著，滕守堯譯：《視覺思維——審美直覺心理學》（四川：四川人
　　民出版社，2010年），前言頁5。

19 庫爾特・考夫卡著，黎煒譯：《格式塔心理學原理（上）》（臺北：昭明出版社，
　　2000年），頁23。

1 圖形與背景原則（the principle of figure / backdrop）

圖形與背景之間的關係，就是指一個封閉的式樣與另一個和它同質的非封閉的背景之間的關係。也就是說在具有一定配置的場內，有些對象會突顯出來形成圖形，有些對象則退居到襯托的地位而形成背景。黃永武《中國詩學‧設計篇》有言：

> 大凡宇宙間的人情物態，其深淺、大小、晦明、苦樂等的比例，常須兩相比較，始顯出明晰的概念。所以在詩歌寫作的技巧上，對於一個單寫的事物，往往不易顯示特色，那就須用背景的陪襯或對比的映照，使意象顯映出來。[20]

可知用背景的陪襯，才能使文學的意象顯映出來。為什麼格式塔心理學家很重視「圖形與背景」的關係呢？這是因為「圖形」只有在合適的「背景」扶持下，才能顯示出它的特徵；也只有圖形與背景緊密結合，才能避免分散觀看者對圖形的注意。一般說來，圖形與背景的區分度愈大，圖形就愈可突出而成為我們的知覺對象，例如：色盲表的運用，以及紅花需要綠葉來襯托等。

2 接近原則（the principle of proximity）

某些距離較短或相互接近的部份，容易組成整體。我們對知覺場中客體的知覺，是根據它們各部分在時間或空間上彼此相近及鄰近的程度而組合在一起；各部份愈是接近，組合在一起的可能性就愈大。例如：桌上散置著許多筷子，我們通常會把距離最相近的兩枝筷子看作是一雙。

---

20 黃永武：《中國詩學‧設計篇》（臺北：巨流圖書公司，1996年），頁38。

3 相似原則（the principle of similarity）

人們在知覺時，對刺激要素相似的項目，會傾向把它們聯合在一起。例如：○代表白色，●代表黑色，我們會把顏色、大小相同的圖形，自然組合為整體。

4 連續原則（the principle of continuation）

連續原則是指如果能夠排列成連續性的圖形，即使它們之間無連續關係，在人們的知覺中也會傾向把它們看作是一個完整的群體。例如：在畫一條直線時，即使線條中間稍有間斷，人們的經驗還是會將其看成是一條連續的直線。

5 閉合原則（the principle of closure）

知覺印象有趨於完整的傾向，會隨環境而呈現最完善的形式。知覺者的心理會產生一種推論傾向，把一種有缺口的圖形在心理上使之趨合，當作是閉合而完整的整體。例如：在完成一幅長頸鹿的拼畫時，即使其中少了一小塊圖卡，觀察者仍然會將此拼畫視為長頸鹿的圖形。

6 對稱原則（the principle of symmetry）

對稱基本上是由同一個母形的「左-右」或「上-下」並置，而形成的一種鏡式反映關係，[21]從而使觀看者身體兩半的神經作用處於平衡狀態，產生一種極為輕鬆的心理反應。但是藝術之所以是藝術，主要在於它表達了對世界的解釋和看法，而非用具有嚴格對稱和秩序的

---

21 魯道夫·阿恩海姆著，滕守堯譯：《視覺思維——審美直覺心理學》（四川：四川人民出版社，2010年），頁21。

圖式去統一它。正如阿恩海姆所言：「如果藝術過分強調秩序，同時又缺乏具有足夠活力的物質去排列，就必然導致一種僵死的結果。」[22] 因此，對稱原則指的並非是嚴格的對稱。

7 簡化原則（the principle of pragnanz）

阿恩海姆認為簡化包含有兩種意思。第一種意思是量的簡化，就是我們通常說的「簡單」；主要是從量的角度去思考。是指某一個式樣中包含著很少幾個成分，而且成分與成分之間的關係很簡單。第二種意思是意義的簡化，就是在簡潔中具有多樣性，就儘量以最少的式樣，去解釋那些具有多樣性的特殊事物和事件，以及解釋進入這個範疇之內的全部現象。

（二）從格式塔原則看蘇軾〈縱筆三首〉修辭表現

《文心雕龍・情采》云：

> 故立文之道，其理有三：一曰形文，五色是也；二曰聲文，五音是也；三曰情文，五性是也。五色雜而成黼黻，五音比而成韶夏，五性發而為辭章，神理之數也。[23]

劉勰作《文心雕龍・情采篇》，係因齊梁之際，文勝而質亡，故劉勰痛陳其弊，「情采」之意就是要因情以敷采。立文之道雖有形、有聲、有情，但形、聲之文實亦本於情。惟真性情始能動人心扉，惟真性情才能千古共鳴！蘇軾在政治仕途上屢遭排擠、貶謫，最後流放

---

22 同上註，前言頁22。
23 劉勰：《文心雕龍》（上海：上海古籍出版社，2015年），頁63。

至海南儋州；儋州乃荒瘠之地，蘇軾過著三餐無以為繼，皆賴鄰居父老救濟的生活。餓其體膚，動心忍性的結果，他的詩文創作風格亦產生丕變，呈現出反樸歸真的白描手法，赤裸裸的訴說著自己的衰老與飢寒；但他畢竟是飽讀詩書，見過大風大浪的大文豪，詩作在無奈中仍能保持著幾許詼諧幽默，在淒楚中仍能感受到那份士大夫的傲骨。〈縱筆三首〉為其代表作：

其一

> 寂寂東坡一病翁，白鬚蕭散滿霜風。
> 小兒誤喜朱顏在，一笑那知是酒紅。[24]

其二

> 父老爭看烏角巾，應緣曾現宰官身。
> 溪邊古路三叉口，獨立斜陽數過人。[25]

其三

> 北船不到米如珠，醉飽蕭條半月無。
> 明日東家當祭竈，隻雞斗酒定膰吾。[26]

〈縱筆三首〉寫於宋哲宗元符二年（1099年），蘇軾時年六十四歲，已是歷經風霜一老翁。此時的他在儋州謫居近兩年了，不但病魔

---

24 見《蘇軾全集校注‧詩集》〈縱筆三首〉，頁5040。
25 同上註，頁5041。
26 同註25。

纏身，而且在寫給推官程儒的信中，還說自己面臨的是「食無肉，病無藥，居無室，出無友，冬無炭，夏無寒泉，然亦未易悉數，大率皆無耳」[27]的窮乏之境。第一首詩就是在自嘆衰老，曲筆寫來，頗富戲劇性。先述自身滿頭白髮，孤獨多病的形象；「白鬚蕭散滿霜風」一句，曾出現在蘇軾之前於惠州所作的同名詩作〈縱筆〉中，當年遭逢愛妾朝雲去世的東坡，形容枯槁，滿臉滄桑，但竟出人意表的寫道：「白頭蕭散滿霜風，小閣藤床寄病容。報說先生春睡美，道人輕打五更鐘。」[28]此詩本為東坡自寫酣適之貌，並無怨刺之情，但宰相章惇不解東坡在失意中自嘲的幽默，認為他的日子真是過得太舒服了，於是又把他從惠州貶到海南儋州。如今東坡身居海南，再度重覆此詩句，何以故？筆者以為此乃東坡的真誠率性使然，因為那就是他最真實的感受，以及他對自己身處逆境，貧病交迫的外貌形容；當然反映的也正是他蕭颯的心境！話鋒一轉，「小兒誤喜朱顏在」這句詩渾化自白居易「醉貌如霜葉，雖紅不是春」；[29]小孩子誤將東坡的酒後泛紅，當成是臉色紅潤，此雖為美麗的錯誤，卻也掀起「驚喜」的火花，在寂寥中注入了活水與生機。

若說第一首詩是寂寞走向熱鬧，那麼第二首詩則是反其道而行，從喧嘩回歸平靜。蘇軾才名遠播，文章、氣節皆受百姓敬仰與歡迎，海南雖為化外之地，但亦略有耳聞，因此「父老爭看烏角巾，應緣曾現宰官身」鋪陳開來，就是一幅爭睹偶像的場景。「烏角巾」是隱士的頭巾，「宰官身」之說則突顯了此時的蘇軾佛家思想成為支撐他生命的力量；《法華經》中曾言：「應以宰官身得度者，即現宰官身而為

---

27 見《蘇軾全集校注・文集》〈與程秀才〉，頁6068。

28 見《蘇軾全集校注・詩集》〈縱筆〉，頁4770。

29 白居易〈晏作閒吟〉詩云：「霜侵殘鬢無多黑，酒伴衰顏祇暫紅。」

說法。」[30]在形容憔悴中，蘇軾仍不忘自己曾在朝為官，展露了一份士大夫的自豪。喧囂之後，垂垂老翁孤獨的站在溪邊路口，無聊的細數三三兩兩的過路行人；悲涼之情，不言可喻。第三首詩描繪出蘇軾與黎民百姓交情的深厚。東坡謫居海南時，盡賣酒器，以供衣食，酒盡米竭後，則賴父老鄰居對之接濟；故在北方船隻不到，儋州米價昂貴的情況下，東坡半月不得醉飽的窘態，可以想見。他指望的是隔天祭祀竈神之後，鄰居一定會致送祭品給他吃。如此率言直書，千古讀者皆要一掬同情之淚；但吾人卻無絲毫鄙視之情，蓋因東坡之人格、風範已產生知人論世的效應。

　　以格式塔理論的組織原則來閱讀〈縱筆三首〉修辭表現，則更能彰顯其意境與精髓。筆者先以「心智圖」（如圖1）將全詩三首分析如下圖：

---

30 見《妙法蓮華經・觀世音菩薩普門品講記》（臺北：中華民國宣揚道德協進會，2015年），頁341。

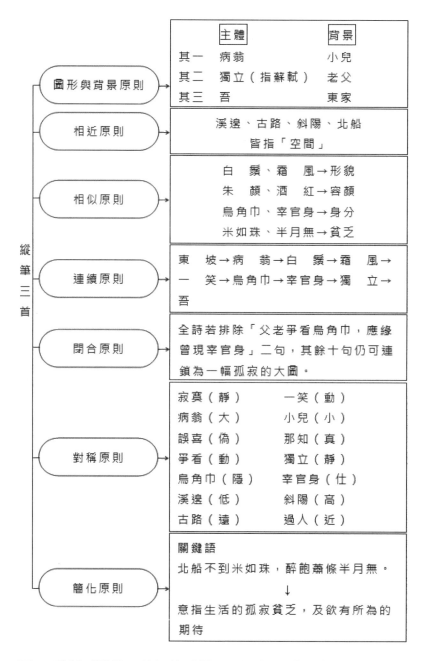

圖1　蘇軾〈縱筆三首〉格式塔原則心智圖（筆者自行設計）

　　蘇軾所處的年代與格式塔心理學的萌興，相距大約八百年，兩者自不可能有時空的交會。但我們今天以格式塔組織原則來閱讀蘇軾的文學作品，卻覺「力場」相合，分外清楚明白。以〈縱筆三首〉而言，三首詩中呈現的三幅畫面，無論是「白鬚蕭散滿霜風」的病翁，「獨立斜陽數過人」的宰官身，或是「隻雞斗酒定膰吾」的乞食者，皆是以蘇軾為主體，借著背景「小兒」、「父老」及「東家」襯托，將一代文豪滿腹的委屈幽怨、悲憤孤獨，寓於波瀾起伏、詼諧幽默的筆調，呈現出一種豁達祥和的美感；使讀者在激憤東坡不平遭遭的同時，更感動於他與儋州居民的深厚情誼；當然這也是他努力傳播文化、開鑿井泉、散發藥劑，與黎民百姓同甘共苦的真誠付出所換得的。一位民胞物與、仁慈敦厚，又歷經折磨與風霜的勇者形象，躍然紙上。這就是「圖形與背景原則」。

　　借助此原則的「語境」剖析，除了解其修辭表現外，我們亦可澄清對「語義」的理解。譬如：在第一首詩中「小兒誤喜朱顏在」，或有「小兒」係指蘇軾的幼子蘇過之說，因蘇軾被貶儋州時，只有蘇過隨侍在側。但推測蘇軾作此詩之時，蘇過年已二十八歲，應不太可能將「酒紅」誤認為「朱顏」；尤其對照第二首詩之背景為「父老」，第三首詩之背景為「東家（鄰居）」，故「小兒」之意應指「兒童」，較能符合整體文意的延伸。且「兒童」可能不止一人，在〈被酒獨行，遍至子雲、威、徽、先覺四黎之舍，三首〉中，蘇軾曾言：「總角黎家三四童，口吹蔥葉送迎翁。」[31]他去拜訪在儋的四位黎姓友人時，黎家的小孩們熱情的吹著用蔥管做成的樂器來歡迎他，由此可見蘇軾的好人緣是老少咸宜的。

---

31 見《蘇軾全集校注・詩集》〈被酒獨行，遍至子雲、威、徽、先覺四黎之舍〉，頁5022。

　　〈縱筆三首〉為組詩，每首四句，共十二句；全詩即使排除「父老爭看烏角巾，應緣曾現宰官身」二句，其餘十句依舊可連鎖成一幅之前所描繪的孤寂大圖；此即經由「閉合原則」帶給我們的「完形」感受。溪邊、古路、斜陽、北船皆指「空間」，因「相近原則」創造出蒼涼之感。孤獨的蘇軾站立在溪邊古路斜陽之下，在三度空間交織出的情景下，這位才高八斗的病翁思考的是什麼呢？是生命的安頓與省悟？是靈魂的洗禮與覺醒？還是完成一段與自己生命初心的相遇？在亙古恆存、壯闊無垠的空間中，如何體察與看待我們存在的獨特意義，是作者與讀者心靈交會的歷程，將我們引入無限遐想之境。「北船」的置入，將東坡拉回了現實；現實中的他已長期不得醉飽，在蠻荒又僻遠的海南，遙望著北方船隻的到來，除了糧食的補給外，還有赤膽忠貞對聖主的期待。蘇軾在知道自己將謫海南之時，曾示弟弟蘇轍曰：「莫嫌瓊雷隔雲海，聖恩尚許遙相望。」[32]可見他還是抱著童騃似的樂觀及欲有所為的渴望。那是何等剪不斷，理還亂的煎熬悱惻之情？「北船」道盡了千古沈痛！

　　「相似原則」和「對稱原則」妝點了全詩色彩多變與比例平衡的美感。第一首詩裡「白鬚」、「霜風」皆指白色，「朱顏」、「酒紅」則是紅色，形容的是蘇軾的外貌容顏。第三首詩用「米如珠」代表的是物資貧乏，米價上漲，生活因而更見窘蹙，也造成蘇軾半月沒有酒肉可食的蕭條境況；故「米如珠」與「半月無」兩者皆是以「相似原則」描繪度日艱難景象。在文學作品的創作上，蘇軾是掌鏡高手，透過鏡頭的翻轉跳躍，呈現了作品的生命力。病翁（大）與小兒（小）之間的互動，勾勒出關懷與慈愛的意象；從「誤喜」（偽）到「那知」

---

32 見《蘇軾全集校注‧詩集》〈吾謫海南，子由雷州，被命即行，了不相知，至梧乃聞其尚在藤也，旦夕當追及，作此詩示之〉，頁4835。

（真）的真相揭曉，則充滿了美麗錯誤的童趣。動靜之間的修辭，饒富變化，自「寂寂」（靜）跳至「一笑」（動），一掃沈重抑鬱的基調；而從「爭看」（動）回歸到「獨立」（靜），又展露出繁華落盡的寂寥。「烏角巾」（隱）與「宰官身」（仕），道不盡的是入世與避世的矛盾煎熬。古路（遠）、過人（近），以及溪邊（低）、斜陽（高）所交融的對稱鋪排，呈現出蒙太奇的畫面，深具「淺斟低唱」的美感，有「物與我皆無盡」的達觀，更蘊含「青山依舊在，幾度夕陽紅」的亙古慨嘆！

　　「簡化原則」強調意義的簡化，就是在簡潔中具有多樣性。李浩《唐詩美學》曾云：

> 詩最大的特點是以有限的、簡潔而凝鍊的語言，表現無窮的蘊含。[33]

　　蘇軾行雲流水的創作風格與高風絕塵的美學理念，總能緊扣讀者心弦。其〈縱筆三首〉關鍵語即在「北船不到米如珠，醉飽蕭條半月無」兩句，它所傳遞的意旨，除了表達遙望聖恩的渴盼及對生活貧困孤寂的陳述外，更令人辛酸的則是一代文豪竟淪為一位乞食者。蘇軾被貶黃州、惠州時雖已窮蹇困頓，但在儋州的日子則更形險惡；筆者運用「連續原則」整理這三首詩對主體描述的脈絡，自「寂寂東坡」起首，然後「病翁—白鬚—霜風——笑—烏角巾—宰官身—獨立斜陽—醉飽蕭條」，至最後的「定膰吾」；何謂「定膰吾」？意指鄰居們一定會把他們祭祀竈神之後的祭品送給我吃，東坡自一個孤獨的病翁，變成靠鄰人接濟的「天涯淪落人」。陶淵明曾作〈乞食〉詩，蘇

---

33 李浩：《唐詩美學》（西安：陝西人民教育出版社，1992年），頁25。

軾以〈書淵明乞食詩後〉述己之見，曰：「淵明得一食，至欲以銘謝主人，此大類丐者口頰也。哀哉！哀哉！非獨余哀之，舉世莫不哀之也。饑寒在身前，聲名常在身後，二者不相待，此士之所以窮也。」[34]其實，陶淵明並非真的去「乞食」，只是到好友家去消磨了一頓飯，詩的題目不過是一句「玩笑話」。當日東坡之言，應只是借題發揮罷了；然今日之東坡，卻的確需要依賴儋州父老的供食，始能度日。他寫得那麼直白率真，一點也不做作掩飾！紀昀評云：「真得好。」[35]毫無卑鄙之情；「君子固窮」的氣節，古今共鳴。蘇軾在詩作中表達的曠達與幽獨情懷，藉由格式塔組織原則，令讀者更能體會其文學創作的美感與精髓。

五　異質同構的審美體驗

《論衡‧別通》有言：「古賢文之美善可甘，非徒器中之物也，讀觀有益，非徒膳食有補也。」[36]將閱讀與美學作了最佳的連結與比喻。美學長期以來，一直是哲學的附庸；當美學以獨立之姿，佔據一席學術之地，它的光焰就銳不可當的輻射到人類生活的各個角落。本節從「審美比喻」欣賞蘇軾詩歌的修辭之美。

（一）格式塔美學的異質同構說

美國人本主義心理學家馬斯洛（Abraham Maslow, 1908-1970）提出了著名的「需要理論」，認為人的需求從最基本的層次，逐級走向

---

34 見《蘇軾全集校注‧詩集》〈書淵明乞食詩後〉，頁7558。

35 見紀昀：《紀評蘇詩》卷四二。

36 王充撰，韓復智註譯：《論衡今註今譯（中冊）》（臺北：國立編譯館，2005年），頁1479-1480。

最高層次，依序為：生理的需要、安全的需要、愛與歸屬的需要、尊重的需要、認知與瞭解的需要、美感的需要、自我實現的需要。由此理論觀之，對「美的需求」是屬於人類高級層次的需要，也可以說它是促進自我實現的動力。那麼審美體驗的根源是什麼呢？審美對象與審美情感的關係又是如何呢？在格式塔心理學美學誕生前，美學家們有著不同的看法，歸納言之，大致可分為三類，即經驗說、習俗論和移情說，都屬於聯想主義的範疇，但也都是格式塔心理學美學所反對的。阿恩海姆認為這些傳統的理論，僅僅只能讓人們把審美知覺當作是他們從記憶庫中喚出知識和情感的導火線，卻未產生知覺結構的作用，而且割裂了客體與主體心理之間的統一關係。他主張表現性就存在於結構之中，[37]應從客觀的事物與人們心理活動在內在結構的一致性上來說明藝術的表現性問題；也就是說客體的物理力與主體的心理力兩者雖是「異質」，卻形成一種「同構」的關係。

依據阿恩海姆的看法，「藝術的本質，就在於它是理念及理念的物質顯現的統一」。[38]「理念」是精神現象，「理念的物質顯現」是物理現象，儘管在性質上截然不同，但卻存在著相同的力的結構，也就是所謂的「同形同構」或「異質同構」。透過這樣的視角去看問題，我們才能真正意識到自身在整體宇宙中所處的地位。阿恩海姆企圖以異質同構的理論來解釋人類的審美心理結構，他認為透過審美比喻，可以將那些不同事物之間所存在的共同的力的基本式樣互相溝通，然後透過客觀事物的外表，就能把本來只有很少共同點的不同事物聯繫起來，並從中得到心靈的感應與共鳴。這種「審美比喻」的手法，為

---

37 魯道夫・阿恩海姆著，滕守堯譯：《藝術與視知覺》（北京：中國社會科學出版社，1985年3月），頁614。

38 魯道夫・阿恩海姆著，滕守堯譯：《藝術與視知覺》（北京：中國社會科學出版社，1985年3月），頁184。

中國文學作品的詮釋，提供了具體論述。

（二）從「審美比喻」看蘇軾詩歌修辭表現

傳統修辭學中的「譬喻」修辭法，亦強調其理論架構是建立在「心理學」的基礎上。黃慶萱言：

> 譬喻是一種「借彼喻此」的修辭法，凡二件或二件以上的事物中有類似之點，說話、作文時運用「那」有類似點的事物來比方說明「這」件事物的，就叫「譬喻」。它的理論架構，是建立在心理學「類化作用」（Apperception）的基礎上-利用舊經驗引起新經驗。通常是以易知說明難知；以具體說明抽象。使人在恍然大悟中驚佩作者設喻之巧妙，從而產生滿足與信服的快感。[39]

格式塔心理學家阿恩海姆的美學理論，認為「審美比喻」就是要找到不同事物之間力的基本式樣的共同點。他主張：比喻手法要達到完美的效果，還須要讀者們在自己的日常經驗中，對各種表象和各類活動的象徵性或比喻性含義有著豐富的體驗。只有這樣，我們才能對日常生活事件和普通的事物賦予尊嚴和意義。

蘇軾深具此種善用比喻的藝術特點。蘇軾生平好學不倦，他深諳「故書不厭百回讀，熟讀深思子自知」之理，故能下筆如有神，呈現出純熟用事的驚人才華。清・葉燮《原詩》云：「其境界皆開古今之所未有，天地萬物，嬉笑怒罵，無不鼓舞於筆端。」[40]宋人魏慶之

---

39 黃慶萱：《修辭學》（臺北：三民書局股份有限公司，2010年），頁321。
40 葉燮：《原詩・內篇》（北京：人民文學出版社，1979年），頁9。

《詩人玉屑》曰：「子瞻作詩，長於譬喻。」[41]蘇軾的善譬，或讓人在豐富的歷史典故與人情世事中發聾振聵；或在平淡中突顯新意，予人遐想。施補華《峴傭說詩》即云：「人所不能比喻者，東坡能比喻。人所不能形容者，東坡能形容。比喻之後，再用比喻；形容不盡，重加形容。」[42]錢鍾書先生亦云：「他（蘇軾）在風格上的大特色是比喻的豐富、新鮮和貼切。」[43]蘇軾仕途坎坷，使他獲得了豐富的生活經驗，也練就卓越的觀察事物的能力，所以他的詩作取喻左右逢源，且甚具審美價價。如〈百步洪二首・其一〉：

> 長洪斗落生跳波，輕舟南下如投梭。水師絕叫鳧雁起，亂石一線爭磋磨。有如兔走鷹隼落，駿馬下注千丈坡。斷弦離柱箭脫手，飛電過隙珠翻荷。四山眩轉風掠耳，但見流沫生千渦。險中得樂雖一快，何異水伯誇秋河。我生乘化日夜逝，坐覺一念逾新羅。紛紛爭奪醉夢裏，豈信荊棘埋銅駝。覺來俯仰失千劫，回視此水殊委蛇。君看岸邊蒼石上，古來篙眼如蜂窠。但應此心無所住，造物雖駛如吾何？回船上馬各歸去，多言譊譊師所呵。[44]

此詩為七言古詩，蘇軾於宋神宗元豐元年（1078年）作於徐州。百步洪在徐州東南，懸流激湍、亂石奔濤，甚為壯觀，但今已不存。詩的前半段描寫舟行洪中的驚險，後半段則是縱談人生哲理。其中

---

41 見魏慶之：《詩人玉屑》卷十七。

42 施補華：《峴傭說詩》收錄於《清詩話》（上海：上海古籍出版社，1978年），頁990。

43 錢鍾書：《宋詩選注》（北京：人民文學出版社，1997年），頁61。

44 見《蘇軾全集校注・詩集》〈百步洪二首・其一〉，頁1858。

「有如兔走鷹隼落，駿馬下注千丈坡。斷弦離柱箭脫手，飛電過隙珠翻荷」四句連用妙喻，渲染入神。蘇軾觀察灘陡渦旋之「力」，找到了「狡兔疾走」、「鷹隼猛落」、「駿馬奔騰」的「力」的樣式與之相合；繼之再以輕舟在動盪波濤上疾行之「力」，與「斷弦離柱」、「飛箭脫手」、「飛電過隙」、「荷葉上跳躍的水珠」所產生的「力」的圖式相譬喻。趙翼云：

> 六七層譬喻，一氣噴出，而不覺其拉雜，豈非奇作？[45]

汪詩韓則言：

> 用譬喻入文，是軾所長。此篇摹寫急浪輕舟，奇勢迭出，筆力破餘地，亦真是險中得樂也。[46]

四句中連用七種比喻，各極其態、各逞其妍，有聲有勢，蔚為壯觀，誠乃千古罕見。此種設譬，在傳統修辭學中稱為「博喻」；而格式塔心理學美學則強調「表現就存在於結構之中」，也就是說客體的物理力與主體的心理力兩者雖是「異質」，但卻形成一種「同構」的關係，為「審美比喻」提供了有力的心理學依據。

又如〈飲湖上初晴後雨二首·其二〉：

> 水光瀲灩晴方好，山色空濛雨亦奇。欲把西湖比西子，淡粧濃抹總相宜。[47]

---

45 見趙翼：《宋金元三家詩選》批語。
46 見汪詩韓：《蘇詩選評箋釋》卷二。
47 見《蘇軾全集校注·詩集》〈飲湖上初晴後雨二首·其二〉，頁848。

熙寧六年（1073年）蘇軾在杭州做官，杭州美麗的湖光山色沖淡了蘇軾內心的抑鬱煩憂，也喚起了「性本愛丘山」的他內心深處對大自然的熱愛。有一次他在西湖上飲酒遊賞，剛開始陽光明麗，後來下起了雨，兩種不同的景色都奇妙雅致。「瀲灩」波光閃動，「空濛」煙雨迷茫，這兩個都是疊韻詞，增強了詩歌語言的音樂性。將「西湖」比喻作絕色美人「西施」，傳統修辭學稱之「擬人化」；而以格式塔心理學美學來閱讀蘇軾此詩，則是更具體的將西湖天姿自然、不施鉛華之美，與西施的絕色風情這兩種不同事物之間，找到了「力」的基本式樣的共同點；不僅賦予西湖之美以生命，而且情味雋永，予人無限遐想。此詩反映出蘇軾開闊的胸襟與達觀自適的性情；林語堂曾將此詩評為表現西湖最好的詩，[48]可證蘇軾之才情及此詩審美價值之高。

六 結語

日本當代詩人，也是蘇軾研究專家的山上次郎在其《蘇東坡循迹》中云：「古代中國在世界上數得著的政治家、文學家為數甚多，但最受民眾敬愛的要算蘇東坡；其原因即在蘇東坡具有崇高的人格和優美的詩歌，並兼具仙風道骨。就其一生而言，又是具有偉大悲劇性的人物，因而更加征服了人們的心。」閱讀蘇軾詩作的修辭之美，確實對此番評論感受深刻。格式塔心理學美學與中國傳統美學理論頗能契合，經由格式塔理論的知覺結構張力表現，格式塔組織的七項原則，以及異質同構的審美體驗剖析之後，蘇軾詩歌的修辭表現，更生動具體的展現出生命的新視域。

---

48 林語堂：《蘇東坡傳》（臺南：德華出版社，1979年），頁150。

參考文獻

一　中文部分

申丹、王麗亞：《西方敘事學：經典與後經典》，北京：北京大學出版
　　　社，2010年。

李　浩：《唐詩美學》，西安：陝西人民教育出版社，1992年。

林語堂：《蘇東坡傳》，臺南：德華出版社，1979年。

邱燮友註譯：《新譯唐詩三百首》，臺北：三民書局股份有限公司，
　　　1991年。

施補華：《峴傭說詩》，上海：上海古籍出版社，1978年。

庫爾特・考夫卡著，黎煒譯：《格式塔心理學原理（上）》，臺北：昭
　　　明出版社，2000年。

張志烈、馬德富、周裕鍇主編：《蘇軾全集校注》，石家莊：河北人民
　　　出版社，2010年。

黃永武：《中國詩學》，臺北：巨流圖書公司，1996年。

黃慶萱：《修辭學》，臺北：三民書局股份有限公司，2010年。

葉　燮：《原詩》，北京：人民文學出版社，1979年。

劉　勰：《文心雕龍》，上海：上海古籍出版社，2015年。

詹姆斯・費倫著，陳永國譯：《作為修辭的敘事：技巧、讀者、倫
　　　理、意識形態》，北京：北京大學出版社，2003年。

魯道夫・阿恩海姆著，滕守堯譯：《藝術與視知覺》，北京：中國社會
　　　科學出版社，1985年。

魯道夫・阿恩海姆：《視覺思維──審美直覺心理學》，四川：四川人
　　　民出版社，2010年。

錢鍾書：《宋詩選注》，北京：人民文學出版社，1997年。

魏慶之：《詩人玉屑》，北京：古典文學出版社，1958年。

二 英文部分

Rudolf Amheim."Ancient Chinese Aesthetics and Its Modernity". British Journal of Aesthetics, Vol.37, No.2, April 1997.

鄭板橋詩歌語言風格探析

郭妍伶*、楊雁婷**

摘　要

　　以「詩書畫三絕」聞名的板橋道人鄭燮，個性疏放不羈，灑脫豁達，處事率真，坊間流傳諸多其仕宦、在野之軼事，是清代著名詩人、書畫家。既為「揚州八怪」代表，又自創「六分半書」，藝術成就高超卓越，也因此世人往往較關注其書畫，而稍忽略了包括詩、詞、散文等文學作品。然而，板橋之詩詞及家書，不管數量和內涵上多有可觀，試檢《板橋詩鈔》、《板橋詞鈔》、《板橋家書》，箇中便有不少名篇佳構，值得仔細咀嚼。板橋文學作品，以詩歌最夥，統觀前人研究成果，亦多聚焦於詩歌之寫作背景、淵源、理論、思想內涵等，而較少涉及語彙、句法。故本文以此為範疇，透過語言風格之角度進行分析，嘗試梳理板橋豐富的詩歌作品，觀察其所呈現的現象，彰明板橋詩歌書寫藝術特色。

關鍵詞：鄭燮、板橋道人、詩歌、語言風格

---

* 　實踐大學應用中文學系助理教授。
** 臺北市立大學中國語文學系碩士生。

一 前言

　　鄭板橋（1693-1766），名燮，字克柔，板橋其號也。江蘇興化人。自幼喪母，從父立庵先生學。其父言「文章品行為士先」，課徒數百，為人稱善，知家風庭訓若此，影響深遠。板橋天資聰穎，才華滿腹，惜容貌不揚，性好臧否，加之境遇，使其懷抱孤傲不平之氣。誠如自敘云：「幼時殊無異人處，少長，雖長大，貌寢陋，人咸易之。又好大言，自負太過，漫罵無擇。諸先輩皆側目，戒勿與往來。然讀書能自刻苦，自憤激，自豎立，不苟同俗，深自屈曲委蛇，由淺入深，由卑及高，由邇達遠，以赴古人之奧區，以自暢其性情才力之所不盡。」[1]二十歲後，師從陸震學習，二十三歲，成家生子坐館營生。然而經濟窘困，遂棄館至揚州賣畫，緣此結識眾多志同道合的文人畫友，日後更成「揚州八怪」之一員。

　　板橋原本不欲出仕，但生活困頓窘迫，加上父親、妻兒接連辭世，使他不得不投身干祿，遂成了「康熙秀才、雍正舉人、乾隆進士」。綜觀彼一生波折，才名聞達於世，在清代文學、藝術史上卓然而有一席地位，不容忽視。若專究其詩歌，前人研究多觸及寫作背景、淵源、理論、思想內涵等，而較少涉及語彙、句法，故本文擬聚焦語言風格，冀能從音韻、詞彙、句法三方面探討板橋詩歌的各種表現。

　　文本方面，坊間流傳的板橋詩作，包括《鄭板橋全集》[2]、《揚州八怪詩文集》[3]等。大抵而言，其詩鈔編排有一編一百八十八首、二

1　〔清〕鄭燮：〈板橋自序〉，《鄭板橋集・補遺》（臺北：鼎文書局，2001年），頁197。

2　《鄭板橋全集》有數家出版，包括臺北天人出版社（1968年）、臺北漢聲出版社（1971年）、臺南大孚書局（1989年）。以下引用鄭燮詩文用天人出版社本，不另出注。

3　卞孝萱主編：《揚州八怪詩文集》（南京：江蘇美術出版社，1985年）。

編一百五十一首，至於〈補遺〉一輯，係從公私單位、藏家及相關書報碑拓中收錄編成，來源較複雜，故不納入討論。總計板橋所寫詩歌多達三百三十九首，以此作為本文探討之範圍。

至於語言風格學，是一門結合語言學與文學的研究法，它是利用語言學的方法分析各種文學作品，也是品評賞析作品的另一種視角。語言風格學大致上可分為音韻風格、詞彙風格、句法風格三面向討論，涵蓋範圍甚廣，包含了一切語言形式的風格，然而能在分析時不失作品溫度，才是對作品的完整詮釋。黎運漢《漢語風格探索》提到：

> 文學鑑賞是一種藝術認識。它開始於形象的感知活動，始終離不開形象，但也不能離開理性活動，而僅限於感性認識，只有感性認識和理性活動結合，才能達到鑑賞目的。[4]

每個人對於語言修辭與音韻的偏好，都有自己的一套方式。本文首先以雙聲疊韻構詞，來探究鄭板橋之音韻風格；其次，以重疊詞的運用，分析詞彙風格；最後，以偶化技巧歸納句法風格。三者彼此相互呼應，希冀呈顯鄭板橋詩歌的風格現象。

二 音韻風格──以雙聲疊韻的構詞運用為範疇

語言風格又可稱為風格，而「風格」二字不易明確界定，究其原因，任何人、事物的風格皆具抽象特質，但又可用具體的文字表現出這種難以描摹的氛圍與印象。換言之，當我們在進行交際活動時，就會產出不同的行為反應，因此稱作「風格」。而在音韻風格的研究領

4　黎運漢：《漢語風格探索》（北京：商務印書館，1990年），頁25。

域，則可歸納出四種類型：（一）「韻」的音響效果；（二）平仄交錯所造成的語言風格；（三）「頭韻」的運用；（四）雙聲疊韻構詞造成的語言風格。[5]就「韻」的音響效果來說，一篇文學作品裡，情感變化通常都離不開韻的表現，作家對用韻的喜好差異，也造就了不同的情感表達，如：

> 前人往往拿劉邦的〈大風歌〉和項羽的〈垓下歌〉來對比，前者正是用的江陽一類的韻，是英雄得意的慷慨高歌；後者用陰聲韻，而且用「音短而迫促」的去聲韻腳開頭，造成低沉、傷懷的氣氛。[6]

這種將作者內心感受化為音韻，透過文字與押韻的交織，更能具體地使讀者感受其衷懷。就平仄交錯所造成的語言風格而論，詩歌利用平上去入的交錯，造成韻律感的一種展現；就「頭韻」的運用而論，頭韻是在作品中，開頭第一個字的用韻特色，此一巧妙排列可以顯現出韻律效果，雖然古人對此並無硬性規定，但頭韻運用於新詩、古詩往往可以觀察到此一現象；就雙聲疊韻構詞造成的語言風格而論，雙聲、疊韻是漢語雙音節詞彙中一種特殊結構，藉由部分相同的聲音結構，造成音韻節奏之美，此一情況大量運用在詩歌、詞曲上，如李重華《貞一齋詩話》便云：

5　竺家寧：《語言風格與文學韻律》（臺北：五南圖書出版公司，2001年），頁31-41。張慧美探討語音的風格作用，則分舉：1、輔音和元音的風格作用；2、「韻」的音響風格作用；3、平仄交錯的風格作用；4、「頭韻」運用的風格作用；5、「疊音」運用的風格作用。詳見張慧美：《語言風格之理論與實務》（高雄：復文圖書出版社，2014年），頁24-27。

6　竺家寧：《語言風格與文學韻律》，頁31。

疊韻如兩玉相扣,取其鏗鏘;雙聲如貫珠相連,取其婉轉。[7]

王國維《人間詞話》亦云:

余謂苟於詞之蕩漾處多用疊韻,促節處多用雙聲,則其鏗鏘可誦,必有過於前人者。[8]

兩家明白指出雙聲、疊韻在詩歌中的作用與影響。竺家寧教授則指出:

杜甫詩特別重視寫作技巧,所謂「語不驚人死不休」。晚年更講究格律、辭藻。因此詩句中佈置了雙聲疊韻的效果,成了他晚年的風格之一。例如「戎馬關山北,憑軒涕泗流」中,「關山」、「涕泗」都是疊韻。像這種在上下聯的相對應位置上,運用雙聲疊韻詞相互呼應的現象,是杜詩的語言風格之一。[9]

雙聲疊韻的應用,不僅可使語氣、情感具體強化,其音韻特色也一覽無遺。透過這樣的分析,可以觀察出每一篇章皆具備不同的音韻格局。雖然這種方式並不能完整、全面地概括所有作品,但相對能夠掌握的要素更趨豐富,也可更近一步探究音韻中的奧秘。本文將音韻風格的研究範圍,聚焦於雙聲疊韻構詞的運用,觀察這種排列對比,相互交疊的音韻特色於板橋詩作中如何體現。

關於板橋詩運用雙聲疊韻的情況,可歸納四點簡述:

7　轉引自袁行霈:《中國詩歌藝術研究》(北京:北京大學出版社,1987年),頁124。

8　王國維著,滕咸惠校注:《人間詞話新注》(臺北:里仁書局,1978年),頁24。

9　竺家寧:《語言風格與文學韻律》,頁33。

（一）僅符合雙聲疊韻的構詞應用

板橋詩歌中，雙聲疊韻的表現如〈種菜歌〉：

> 家有賢媛魏國孫，甘貧茹苦破柴門。燒殘昔日鴛鴦錦，滌盡從前翡翠恨。（頁1）

作者自題為「常延齡」作。常延齡，明初開國大將常遇春的後代。明亡後，「蕭然布衣終老」，這首詩歌實為板橋對做人應存氣節、為官當守清廉的殷殷期勉。其中，「賢媛」、「茹苦」與「翡翠」，分別運用 /an/、/u/、/ei/ 疊韻，但「賢媛」、「茹苦」僅限於位置相對，並沒有運用對偶修辭，「鴛鴦錦」和「翡翠恨」在詞性對，然而僅「翡翠」為疊韻，故這三個詞彙僅能視為句中疊韻的運用。又如〈偶然作〉：

> 英雄何必讀書史，直攄血性為文章。……縱橫議論析時事，如醫療疾進藥方。名士之交身莽蒼，胸羅萬卷雜霸王。（頁3）

此詩雖題偶然作，實為板橋對士大夫為人處世的殷深期許。其中，「縱橫」與「莽蒼」皆為疊韻，「縱橫」為 /-eng/，「莽蒼」為 /-ang/，均可造成悠揚遠曠之感，與詞意形容郊野景色廣大迷茫的樣子相呼應。但這也僅是句中分別出現在首尾的疊韻用法，並未刻意追求效果。

而雙聲的運用，如〈懷舍弟墨〉：

> 樹大枝葉富，樹小枝葉貧。況我兩弱幹，荒河蔓草濱。走馬折為鞭，樵斧摧為薪。（頁15-16）

此詩對身世深具感懷之意，既哀憐手足薄弱，無所依憑，亦慨歎子嗣空虛。「荒河」既是雙聲，/x/ 為舌根擦音，呼應作品流露出的深切慨歎與無奈。又如〈贈潘桐岡〉：

> 十千沽酒醉平山，便拉歐蘇共歌泣。君不見迷樓隋帝最荒淫，千秋猶占煙花國。名姬百琲試琵琶，駿馬千金買鞍勒。（頁17）

詩人斥責隋煬帝荒淫侈逸的行徑，亦是藉刺古以諫今。「琵琶」為雙聲，/p/ 為送氣雙唇音，可惜僅為詩句中單獨出現的雙聲詞用法，比較難看出運用雙聲的效果。

（二）使用上的重複

經反覆誦讀可發現，板橋作品中部分雙聲疊韻的重複性高，如〈贈石道士〉中運用「玲瓏」一詞：

> 樓殿玲瓏草木閒，洞簫吹徹碧雲間。車程莫擬無投贈，新洗羊脂白玉環。（頁5）

而在〈山中夜坐再起陪起上人作〉亦重複使用「玲瓏」，如：

> 人語山上煙，月出秋樹底。清光射玲瓏，峭壁澄寒水。（頁25）

「玲瓏」既為雙聲、又為疊韻，/l/ 為舌尖音，/-ong/ 則具備舌面後元音，足以營造所欲表現之圓滿晶瑩之感。此外「參差」一詞也時見重

複，如〈山中夜坐再起陪起上人作〉：

> 骨脈微參差，有愛忍心割。未得如抽繭，鍼尖隱毛褐。既得如
> 尸解，蜣蜋忽蟬脫。（頁25）

與〈法海寺訪仁公〉：

> 參差樓殿密遮山，鴉雀無聲樹影閒。門外秋風敲落葉，錯疑人
> 叩紫金環。（頁24）

由是可知板橋亦有慣用之雙聲詞彙，「參差」為 /tsʰ/ 之雙聲，舌尖
音，呼應此詩所欲表現出來的錯落感或景象。

（三）句子排列中出現雙聲疊韻

　　梳理板橋作品可發現，作者時於詩句排列中運用雙聲疊韻，但並
未特意擺放在相對的位置上，這可能僅是板橋慣於使用某些詞彙，而
非刻意經營。如〈贈圖牧山〉：

> 我訪圖牧山，步出沙窩門。臃腫百本樹，斷續千丈垣。（頁
> 25）

圖牧山是滿州官員，與當時江南文人往來甚密，移居北京後遂漸失聯
繫。板橋此作是記其拜訪牧山，轉達江南友人思念之情。首句「圖牧
山」與「沙窩門」同為專有名詞，詞性亦相對，「百本樹」對「千丈
垣」，但是「臃腫」使用了疊韻，但「斷續」卻沒有。此外還有〈題
程羽宸黃山詩卷〉一例：

黃山擘空青，造化何技養？陰陽未判割，精氣互溾瀁。團結勢綿迂，抽拔骨撐掌。（頁20）

其中，「陰陽」對「精氣」，但「陰陽」為雙聲，並未對應到「精氣」，但詞性相同；而「判割」對「溾瀁」，「溾瀁」即晃動、波動之意，為疊韻，對上「判割」，皆是動詞。在另一首〈送職方員外孫丈歸田〉詩中，也出現這樣的寫作手法：

鶴兒灣畔藕花香，龍舌津邊梗稻黃。小艇霧中看日出，青錢柳下買魚嘗。（頁10）

「鶴」、「龍」相對，「灣畔」對「津邊」，但可惜「津邊」並無雙聲疊韻之效果，但也因如此，吾人對板橋詩歌的風格感受，並不僅專注於辭藻堆疊，更多是玩味其間所透顯的生命體會。

（四）對偶句中，雙聲疊韻於相對位置出現

　　將雙聲疊韻的運用放在相對位置上，使整體結構更趨完善，此一部分舉出的例子便可視為板橋的巧妙安排，如〈法海寺訪仁公〉首句：

昔年曾此摘蘋婆，石逕欹危挽綠蘿。金碧頓成新法界，惜他荒朴轉無多。（頁24）

「摘蘋婆」與「挽綠蘿」相對，「蘋婆」、「綠蘿」皆是雙聲疊韻的表現，在格式上不僅韻腳相同，誦讀時更具備了音韻和諧的美感。此外，又有〈瓜洲夜泊〉一例：

　　葦花如雪隔樓臺，咫尺金山霧不開。慘淡秋燈魚舍遠，朦朧夜
話客船偎。（頁59）

　　「慘淡」對「朦朧」皆係疊韻用法，在音韻的風格展現中，也是巧妙
的存在。不僅為作品增添修辭變化之趣，同時也彰顯了作者寫作的風
格手段。

　　綜觀上述音韻風格的四個面向，本文試析鄭板橋在雙聲疊韻的運
用上，雖不如杜甫那樣強烈工整，但這些技巧運用於不同詩作中，其
音韻與內容、情感產生呼應，增強讀者感知，體察作者所欲傳遞的感
情。以上四項分類，使用數量最多的是僅為雙聲疊韻之應用，較少措
意安排，缺乏相對羅列，卻也表現出板橋詩歌反覆雋永的一股清新
氣象。

三　詞彙風格──以疊義詞的運用為範疇

　　詞彙又可稱語彙風格，是建構語言過程中不可或缺的元素之一。
詞彙的使用非常多變，不僅能將事物具體表現，更能透過詞彙的轉
換，傳達出細微描摹。本文於詞彙風格的研究方法上，參照竺家寧教
授分類中重疊詞的運用。重疊詞顧名思義即疊字，分疊音與疊義兩大
類。疊音為兩個疊字詞不作擬聲用，也非原來的字義，而是如連綿詞
一般延伸出其他用法，如「胖嘟嘟」、「髒兮兮」、「苦哈哈」等。而疊
義則由兩個各別的詞素組成，是為實詞，如「霧茫茫」、「飄飄然」，
常見形式有 AA 型、AABB 型 ABB 形等。綜合上述，擬以竺家寧教
授的論著為基礎，探究鄭板橋詩歌的詞彙風格，及其詞彙風格中疊義
詞的展現。以下就「疊義詞的使用」、「對偶句中相對的疊義詞」分別
探討。

（一）疊義詞的使用

板橋詩歌，疊義詞的使用多是一種補充修飾、生動強化的表現，如〈弘量上人精舍〉：

> 淼淼秋濤湧樹根，西風落葉破柴門。蠻鴉日暮無人管，飛起前村入後邨。（頁11）

「淼淼」意為水流廣大貌，用來強化後面「湧樹根」的情境，使畫面更覺具體清晰。

又如〈贈巨潭上人三首〉之一：

> 墨碟鉛匙一兩三，半窗畫意寫江南。誰家絹素催人急，先向空中作遠嵐。寒煙裊裊淡孤邨，一絡霜華界瓦痕。睡足曉窓無一事，滿山晴日未開門。（頁13）

「裊裊」一詞，乃歷來詩人所慣用，以之形容煙氣騰升貌。裊裊寒煙，點綴山野孤村，呈現一片靜謐。

又如〈秦宮詩後長吉作〉：

> 方庭四角燒艷香，酒闌妓合燈煌煌。金輿翠幰貴人散，只有秦宮入畫堂。（頁31）

「煌煌」有明亮、光亮之意，《詩經》用以形容天上星子（見《詩・陳風・東門之楊》），後世則常謂燈燭。此用於句末，既為韻腳，也凸顯宮燈輝耀閃亮，正如唐代白居易〈牡丹芳〉「百枝絳點燈煌煌」，予人明耀亮眼之感。

（二）對偶句中相對的疊義詞

　　詩句中的偶化狀況將在下節論及，在此，本文先聚焦於疊義詞的使用，值得一提的是，在這偶化狀況下，上下詩句的疊義詞也有極工整的應對，如〈泜水〉：

> 泜水清且淺，砂礫明可數。漾漾浮輕波，悠悠匯遠浦。千山倒空青，亂石兀崖堵。（頁9）

　　「漾漾」用來形容水流的狀態，對上「悠悠」，形容流水綿延不斷地匯入江河，塑造出悠遠的空間感。又如〈徐君墓〉：

> 湛盧夜哭墳頭樹，天神百怪精靈聚。月射芙蓉冷露凝，霜寒鞞琫銀蛇吐。殷殷時乎水底龍，熊熊欲化山頭虎。為表延陵萬古心，忍服徐君三尺土！（頁10）

　　「殷殷」有眾多、盛大之意，「熊熊」即火勢壯烈，兩者皆用來形容後面的「水底龍」、「山頭虎」，恰如其分地表現出疊義詞的風格特色。
　　另有〈歷覽三首〉之例：

> 歷覽名臣與佞臣，讀書同慕古賢人。烏紗略戴心情變，黃閣旋登面目新。翻笑腐儒何寂寂，可憐世味太津津。勸君莫作閒君賦，潘岳終須負老親。（頁46）

　　「寂寂」與「津津」相對，同是加強修飾當句中的主語。而〈平陰道上〉裡，「蕭蕭」對「蕩蕩」也運用相同風格：

關河夜雨，車馬晨征。瀟瀟日出，蕩蕩波平。山城樹碧，古戍花明。雲隨馬足，風送車聲。漁者以魚，耕者以耕。高原婦饁，墟落雞鳴。帝王之樂，野人之情。（頁48）

此外，還有〈窘況為許衡州賦〉：

萬里西風雁陣哀，五更霜月起徘徊。薄田累我年年種，秋稼登場事事來，私券官租紛夙欠，女裙兒褐待新裁。老親八十豪情在，斗米焉能廢臘醅。（頁57）

「年年種」對「事事來」，這種疊義詞的功能作為副詞用，具體修飾動作的詞語更使詩句充滿動態與張力。

除此之外，板橋〈孤兒行〉同時具有多種疊義詞的運用：

孤兒蹢躅行，低頭屏息，不敢揚聲，阿叔坐堂上，叔母臉厲秋錚錚。嬌兒坐堂上，孤兒走下堂；嬌兒食梁肉，孤兒兢兢捧盤盂，恐傾跌，受苔罵。……嬌兒著紫裘，孤兒著破衣，嬌兒騎馬出，孤兒倚門扉，舉頭望望，掩淚來歸。……老僕攜紙錢，出哭孤兒父母，頭觸墳樹，淚滴墳土；當初一塊肉，羅綺包裹，今日受煎苦！墓樹蕭蕭，夕陽黃瘦，西風夜雨。（頁49）

〈孤兒行〉講述的是兩者對比的生活環境與感受，從「叔母臉厲秋錚錚」、「兢兢捧盤盂」、「舉頭望望」、「墓樹蕭蕭」，這種利用疊義詞不斷的鋪成排序，一方面強化孤兒形象，使之更加深刻；另方面也凸顯孤兒心中的哀戚酸楚，使整個作品更加動人。

疊字在修辭法中被歸為類疊之一種，黃慶萱解釋：「同一個字、

詞、語、句，或連接，或隔離，重複地使用著，以加強語氣，使講話行文具有節奏感的修辭法。」[10]板橋除詩作採用重疊字詞外，散文也時見運用。檢視其給堂弟鄭墨的十六通家書，多有運用疊字者，舉數例如下：

> 字字馨逸。（第三通）
>
> 當刻刻尋討貫穿，一刻離不得。（第四通）
>
> 刻石示子孫永永不廢。（第五通）
>
> 吾輩存心，須刻刻去澆。（第五通）
>
> 細細想來。（第六通）
>
> 老弟亦當時時勸我。（第六通）
>
> 愚兄更不必瑣瑣矣。（第七通）
>
> 而春秋已前，皆若渾渾噩噩，蕩蕩平平，殊甚可笑也。（第九通）
>
> 眼中了了，心下匆匆。（第十二通）
>
> 以少少許勝多多許者。（第十六通）

是知板橋無論詩文，多用疊字表數量，如「字字」、「少少」、「多多」；表時間，如「刻刻」、「永永」、「時時」；表心緒，如「匆匆」、「渾渾噩噩」、「蕩蕩平平」；表情狀，如「瑣瑣」、「了了」等。

除了疊字的運用外，爬梳板橋詩文，可以發現其作品用字遣詞較少使用冷僻詞彙，更多是貼近日常生活的描寫敘述，例如〈雨中〉：「家釀亦已熟，呼僮請盎盆。小婦便為客，紅袖對金尊。」（頁28）以「家釀」、「盎盆」、「小婦」、「紅袖」等表現尋常人家的生活模式。

---

10 黃慶萱：《修辭學》（臺北：三民書局，2002年），頁531。

又如〈贈甕山無方上人二首〉：「煙雨江南夢，荒寒薊北田。閒來澆菜
圃，日日引山泉。」「澆菜圃」、「引山泉」皆閒適生活之體現。板橋
的文學思想前有所承，如在〈署中示舍弟墨〉云：「詩學三人，老瞞
與焉；少陵為後，姬旦為先。」（頁51）是知其嚮往之風格，且如
〈偶然作〉所云：「英雄何必讀書史，直攄血性為文章。」（頁3）直
書其率真性情，誠如王漁洋說：「為詩先從風致入手，久之，要造於
平淡。」此一「平淡」當為板橋追求的境界。板橋於〈述詩二首〉評
議歷代詩家：

> 詩法誰為準？統千秋姬公手筆，尼山定本。八斗才華曹子建，
> 還讓老瞞蒼勁，更五柳先生澹永。聖哲奸雄兼曠逸，總自裁本
> 色留深分。一快讀，分倫等。
> 唐家李杜雙峰竝，笑紛紛詩奴詩丐，詩魔詩鴉。王孟高標清徹
> 骨，未免規方略近，似顧步驊騮未騁。怪殺韓碑揚巨斧，學昌
> 黎險語排生硬。便突過，昌黎頂。（頁73）

可知板橋以為作詩當秉承周公、孔子，述志寫實，顯詩才不流於雕
飾，造奇語不顯艱澀，故其評點歷代詩家，總歸以不失本色為要務。

四　句法風格──以偶化技巧為範疇

　　句法是語言結構中可以依循的法則，又稱語法。句法若要發揮其
風格作用，必依靠上下文的連結，或其他排列組合，才能發揮真正的
功效。換句話說，在語音、詞彙的堆疊下，句法得要經由規則才能構
成，如張德明所言：

從風格學的角度看，語法手段也可以充當風格手段。如上所述，詞彙是有風格色彩的，但必須靠作家在一定的上下文裡用詞造句、組合配置才能真正發揮風格作用。這正如建築材料，如果沒有建築結構，就不能形成建築物，因而也就不能形成建築格調和建築風格一樣，有了詞彙材料，如果沒有語法結構，就不能組詞成句，積句成章，因此也就不能形成篇章的或話語的風格。[11]

漢語的句型包羅萬象，可以透過不同的研究方法針對作品進行統計與分析，藉此反映其語法特色。故在此句法的風格色彩中，本文將關注板橋詩歌偶化句的使用狀況。

在偶化的使用上，以下分四部分討論：

（一）正對

即上下句中，無論虛實、名物、數字等皆相對，而此一偶化狀況如〈寄許生雪江三首〉之一：

> 詩去將吾意，書來見爾情。三年俄夢寐，數語若平生。細雨窗明火，鴉棲柳暗城。小樓良夜靜，還憶讀書聲。（頁5）

「詩」對「書」，「去」對「來」，「吾意」對「爾情」，字詞相對工整，故此為正對。此外，〈公新渝人由翰范視學貴州〉亦有此種偶化狀況，如：

---

11 張德明：《語言風格學》（臺北：麗文文化事業公司，1995年），頁100。

歸朝晉秩列卿班，檢點彤儀肅珮環。虎旅千人排象闕，鵷行九
品拜龍顏。再持文柄心逾下，屢沐殊恩意轉閒。慚愧無才經拂
拭，也隨桃李謁高山。（頁21）

首句中「列卿班」與「肅珮環」相對，但並不屬於正對格律，而下句
「虎旅」對「鵷行」，數字上「千人」對「九品」，最後是「排象闕」
對「拜龍顏」，無論字義或詞性，皆屬相對應的排列。

　　板橋詩歌中，頗負盛名的〈還家行〉也有此一特色，如：

死者葬沙漠，生者還舊鄉。遙聞齊魯郊，穀黍等人長。日營青
岱雲，足辭遼海霜。拜墳一痛哭，永別無相望。（頁54）

首句「死者」、「生者」，起筆便產生極大的對比。接著用「葬」、
「還」兩字分別表示死者與生者的動作。最後以「沙漠」對「舊
鄉」，雖為正對，但仍具強烈反差。

　　再以〈黃慎〉與〈杭州駿〉為例：

愛看古廟破苔痕，慣寫荒崖亂樹根。畫到情神飄沒處，更無真
相有真魂。（〈黃慎〉，頁43）
門外青山海上孤，階前春草夢中癯。宦情不及閒情熱，一夜心
飛入鑑湖。（〈杭州駿〉，頁45）

黃慎（1687-1772），本名盛黃慎，字恭壽、恭懋，號癭瓢子、東海布
衣。福建寧化人。清代知名畫家，揚州八怪之一，作品多取材自歷史
人物、神仙佛道、樵夫漁父。板橋與黃氏交善，曉識其人其畫之專長
特點，「畫到情神飄沒處，更無真相有真魂」，顯其肯定推許。〈黃

慎〉中,「愛看」對「慣寫」,「古廟」對「荒崖」,「破苔痕痕」對「亂樹根」。〈杭州駿〉中,「門外」對「階前」,「青山」對「春草」,「海上孤」對「夢中癯」,以上亦屬正對的一種。

此外,〈閒居〉所記正好呼應〈杭州駿〉所言「宦情不及閒情熱」,詩云:

> 嬾慢從來應接疏,閉門掃地足閒居。荊妻拭硯磨新墨,弱女持牋索楷書。柿葉微霜千點赤,紗廚斜日半窗虛。江南大好秋蔬菜,紫笋紅薑煮鯽魚。(頁5)

看似怠慢人情交際、應酬的閒散日常,方能細細品賞生活好滋味。詩中「荊妻」對「弱女」,「拭硯」對「持牋」,「磨新墨」對「索楷書」。餘如「得句喜撚花葉寫,看書倦當枕頭眠」(〈邨塾示諸徒〉,頁7)、「東枝近簷屋,西枝過鄰牆」(〈舍弟懷墨〉,頁16)等,均是此例。

(二)鄰對

鄰對,即上下文句語意相近。例如〈平山宴集詩〉:

> 閒雲拍拍水悠悠,樹繞春城燕繞樓。買盡煙花消盡恨,風流無奈是揚州。春風細雨雷塘路,旭日明霞六一祠。江上落花三十里,令人愁殺冷胭脂。(頁28)

「平山堂」位於揚州大明寺殿西側,係宋代歐陽脩興建,以「遠山來與此堂平」得名。揚州自古便是繁華所在,而此處又有「揚州第一名勝」之稱,素為文人墨客所喜,讌遊雅集,吟賞煙霞,風流一時。板橋亦曾於此處與友人共聚,歡宴之餘,感懷歷史蒼涼。詩中「細雨」

與「明霞」相對，而「雷塘路」對「六一祠」，兩者皆遊宴過程經歷
或造訪的去處。兩對句雖非極工整，亦符合鄰對要件。又如描述金陵
四十八景之首的「莫愁湖」，便道此處「風從綠箸梢頭響，雲向青山
缺處流。」（〈追憶莫愁湖納涼〉，頁9）「綠箸梢頭」與「青山缺處」
雖詞性未能完全相對，但仍能符應鄰對條件。又如〈贈甕山無方上人
二首〉：「雨晴千嶂碧，雲起萬松低。」（頁9）之「晴」為形容詞轉作
動詞方能與下句相應；〈再到西村〉：「送花鄰女看都嫁，賣酒村翁興
不違。」（頁14）之「看都嫁」與「興不違」亦然。

（三）錯綜對

錯綜，即相對的詞語不拘其位置擺放。例子有〈董偉業〉：

> 百首新詩號竹枝，前明原有艷妖詞。合來方許稱完璧，小楷抄
> 謄枕秘隨。（頁44）

板橋四十八歲時，嘗為董偉業《揚州竹枝詞》作序，可知兩人情誼。
詩中前兩句「新詩」對「妖詞」，雖在不對稱的位置上，但詞語相
對，即構成了錯綜對。又如〈和學使者于殿元枉贈之作〉云：「潦倒
山東七品官，幾年不聽夜江湍。昨來話到瓜洲渡，夢遶金山曉日
寒。」（頁58）「夜江」與「曉日」亦為此例。

（四）流水對

流水對即上下意義及語法關係都不成立，但卻具有相承關係，前
後次序不能顛倒。例如〈由興化迂曲至高郵七截句〉：

> 一塘蒲過一塘蓮，荇葉菱絲滿稻田。最是江南秋八月，雞頭米

賽蚌珠圓。船窗無事哺秋蟲，容易年光又冷風。繡被無情團扇
薄，任他霜打柿園紅。（頁22）

尾聯「繡被無情團扇薄，任他霜打柿園紅」，由於兩句順序不可調
換，繡被薄，只能任由霜打，具承接之意，故可將本句視為流水對的
例子。

　　以上四種類型僅是較粗淺的分類舉例，而不能逕視為板橋作品的
全貌。除上述梳理結果外，另有一種特殊的偶化情況，於板橋詩歌出
現次數較多，它通常是上下兩句的前兩個字或後三個字相對偶化，或
同時具有偶化，以〈贈博也上人〉與〈晝苦短〉為例：

閉門何處不深山，蝸舍無多八九間。人跡道稀春草綠，燕巢營
定畫梁間。黃泥小竈茶烹陸，白雨幽窗自學顏。獨有老僧無一
事，水禽沙鳥聽關關。（〈贈博也上人〉，頁11）
晝苦短，夜正不長，清歌妙舞看未足，樓頭曙鼓聲皇皇。明星
拔地纏數尺，日光搖動來扶桑。（〈晝苦短〉，頁16）

以〈贈博也上人〉觀之，「黃泥」對「白雨」，「小爐」對「幽窗」，僅
有前兩組詞語出現對應，爾後便無；然以〈晝苦短〉論之，「明星」
對「日光」，亦是如此。而另一種句中後三個詞語相對，以〈贈國子
學侯嘉璠弟〉與〈酬中書舍人方超然弟〉為例：

我詩無部曲，瀰漫列卒伍。轉鬭屢蹎傷，猶思暴猛虎。家非山
水鄉，半生食鹽鹵。頑石亂木根，憑君施巨斧。（〈贈國子學侯
嘉璠弟〉，頁22）
蚜粉宮箋五色裁，兔毫揮斷紫煙煤。書成便擬蘭亭帖，何用蕭

郎賺辨才。君家兩世文盛名，宦況蕭條分所宜。笑我筆花枯已盡，半生冤枉作貧兒。(〈酬中書舍人方超然弟〉，頁23)

〈贈國子學侯嘉璠弟〉的「亂木根」對「施巨斧」，皆最後三字相對，而〈酬中書舍人方超然弟〉的「文盛名」、「分所宜」，亦是如此結構。

五　結論

本文透過觀察雙聲疊韻、疊義詞的運用，及句法偶化狀況，了解鄭板橋詩歌顯現出的音韻、詞彙、句法三方面風格特色。音韻方面，板橋並未大量堆疊華美詞句，以做出工整排列，而是用字特色寫實中略帶清新，誦讀時產生的語音變化，讓情感更形綿延。詞彙方面，疊義詞的運用，多為修飾或補強句中情感狀態，一來能使文句通暢生動，二來使讀者充分感受作者所欲表達的情境，藉由疊義詞的表現為作品畫龍點睛。句法方面，作品中偶化狀況有數種，多數表現於上下文句中在單一或數個的相對位置上，形式也較多。雖然經整理後，發現板橋創作上，並不同於杜詩那樣相對工整、個人風格強烈，但仔細品讀其詩歌，便可感受到作者生活蘊含的各種況味，不僅是板橋文學風格的呈現，更是其思想與人生觀的另一種延伸。

參考文獻

（清）鄭燮：《鄭板橋全集》，臺北：天人出版社，1968年。

（清）鄭燮：《鄭板橋集・補遺》，臺北：鼎文書局，2001年。

卞孝萱主編：《揚州八怪詩文集》，南京：江蘇美術出版社，1985年。

王　幻：《鄭板橋評傳》，臺北：臺灣商務印書館，1967年

王建生：《鄭板橋研究》，臺北：文津出版社，1999年。

王家城：《鄭板橋傳》，臺北：九歌出版社，2001年。

王錫榮注：《鄭板橋集詳注》，長春：吉林文史出版社，1986年。

竺家寧：《語言風格與文學韻律》，臺北：五南圖書出版公司，2005年。

胡倩如：《盛清詩壇的奇流──鄭板橋詩歌及其思想》，臺北：文史哲
　　　　出版社，2013年。

張德明：《語言風格學》，高雄：麗文文化事業公司，1994年。

曹惠民、李紅權編：《鄭板橋詩文書畫全集》，北京：中國言實出版
　　　　社，2006年。

程祥徽、鄧駿捷、張劍樺：《語言風格》，香港：三聯書店，2003年。

程祥徽：《語言風格初探》，臺北：書林出版公司，1991年。

黃慶萱：《修辭學》，臺北：三民書局，2002年10月增訂三版。

黎運漢：《漢語風格學》，廣州：廣東教育出版社，2000年。

鍾隆榮：《鄭板橋的詩書畫》，臺北：國家圖書館，2008年。

吳錦發〈放鷹〉、〈靜默的河川〉、〈燕鳴的街道〉語言風格初探

謝惠雯*

摘　要

　　吳錦發，高雄市美濃人，曾獲得中國時報小說獎、吳濁流小說獎。本文以語言風格學賞析吳錦發〈放鷹〉、〈靜默的河川〉、〈燕鳴的街道〉，分別從音韻風格、詞彙風格、修辭風格三方面予以賞析。

關鍵詞：吳錦發、放鷹、靜默的河川、燕鳴的街道、語言風格

---

*　臺北市立大學中國語文學系博士生，新北市立明志國中國文教師。

一 前言

　　吳錦發（1954-），高雄美濃客家人，中興大學社會系畢業。曾在電影公司、《臺灣時報》、《民眾日報》、《臺灣日報》工作，曾任行政院文化建設委員會副主任委員，現任屏東縣文化處處長。作品曾獲吳濁流文學獎、中國時報小說獎、聯合文學小說新人獎中篇小說獎，這些獎項的肯定，均奠定了吳錦發在臺灣文壇上的地位。

　　吳錦發1980年出版《放鷹》，1982年出版《靜默的河川》，1985年出版《燕鳴的街道》。筆者認為出版時選書中的篇名當書名，該篇小說於當時對作者應有某種特殊的意義，故此次在篇目的選取時，便以此三篇小說為探討範圍。

　　《燕鳴的街道》是吳錦發的第三本小說集，然而，這第三本小說集「燕鳴的街道」更上一層樓，充分發揮了吳錦發充沛的生命力，他更能以冷靜的、理性的思考來詮釋鄉土的現實，同時那由不得他控制的熱情往往會噴出浪漫的火花。[1]「燕鳴的街道」這一本書顯示了80年代臺灣年輕作家摸索、尋覓的流程；所以這本書也可以代表整個臺灣文學80年代發展的軌跡。[2]

　　本文根據竺家寧教授《語言風格與文學韻律》一書，分別從音韻風格、詞彙風格、修辭風格三方面來探討吳錦發的小說文學風格，同時兼採了文本探討、統計的研究方法。在修辭風格的探討上，對偶著眼於句子的對偶，詞語的句中對，如：花好月圓，則不在此次的探討範圍；而設問、感嘆的修辭亦不在本次的探討範圍。

1　葉石濤，〈理性中的浪漫——序「燕鳴的街道」〉，《燕鳴的街道》（高雄市：敦理出版社，1985），頁 3。
2　同註1，頁5。

二 〈放鷹〉語言風格

(一)〈放鷹〉之音韻風格

杜甫詩特別重視寫作技巧，所謂「語不驚人死不休」。晚年更講究格律、辭藻。因此詩句中佈置了雙聲疊韻的效果，成了他晚年的風格之一。[3]

以下分別就雙聲、疊韻來看〈放鷹〉之音韻風格。

1 雙聲

出現次數	詞彙
5	這種
4	掙扎、身上
3	伸手、一樣、坐在、歡呼
2	替他、邊把、莫名、掛勾、他跳、空曠、說是、軟弱、摔傷
1	美夢、露了、乒乓、衝出、帶到、到達、幼鷹、思索、講究、指著、誰說、嬉笑、緊揪、焦急、不逼、硬要、即將、手上、答道、酒跡、大堆、賣命、仍然、公共、溪蝦、抵達、背包、抽出、往外、惱怒、草叢、伸手、便把、小心、樹梢、鮮血、後悔、折衷、呼喊、發瘋、柔軟、追逐、亮麗、雙手、歇息、尖叫、事實、打到、自責、打斷、躲到、碩士、冷落、來了、車窗、小學、敬酒

〈放鷹〉中重複出現頻率較高的雙聲依序為：5次的「這種」，4次的「掙扎」、「身上」，出現的雙聲約有73個詞語。

3　竺家寧：《語言風格與文學韻律》（臺北：五南，2005年），頁33。

2 疊韻

出現次數	詞彙
4	大家、把他、生動
3	床上、籠中、武術、安全
2	看見、不顧、把牠、空中、槍響、往常、陽光、晶瑩、沙發
1	凸出、兩旁、盛行、開拍、一筆、連喊、右手、演員、鈕扣、木屋、扯著、怒目、渾身、開外、煎蛋、賴在、不住、把她、洶湧、想放、就有、緩慢、上場、驚醒、滿臉、通紅、刹那、喇叭、情形、力氣、兜頭、冰冷、旋轉、千萬、上香、脾氣、傻話、空瓶、抿緊、鼻翼、幫忙、一起、飯碗、報導、混身、猛衝、一急、打下、淒厲、父母、拿下、糊塗、這個、全權、聳聽、抖動、衝動、簡單、往上、盤旋、雀躍、輕聲、開懷、要跳、戲裡、群人、極其、淒厲、顯然、怕他、他把、散彈、無辜、浮出、找到、百來、束縛、完全、廳中、通紅、嘮叨、眉飛、面前、喝著、厭煩、披起、進門、酒臭

　　〈放鷹〉中重複出現頻率較高的疊韻依序為：4次的「生動」、「大家」、「把他」，3次的「床上」、「籠中」、「武術」、「安全」，出現的疊韻約有104個詞語。

　　由雙聲約73個、疊韻約104個詞語數量，所以可以看出在〈放鷹〉這篇小說中：疊韻的使用要比雙聲來得多許多。

（二）〈放鷹〉之詞彙風格

　　以下分別就擬聲詞、重疊詞、方言俗語、外來語詞、數字語詞、顏色語詞、成語、諺語、歇後語及共存限制來看〈放鷹〉之詞彙風格。

1 擬聲詞的運用

這是描寫自然界客觀音響的詞彙。文學作品常常藉「聲音」效果來造成鮮明逼真的感覺，同時喚起視覺與聽覺的臨場感。[4]

〈放鷹〉中的擬聲詞有：乒乒響、放得不不響、格格作響、嘩啦嘩啦、咕嚕咕嚕、拍達一聲像摔南瓜的聲音、嘎嘎嗚叫。

2 重疊詞的運用

詞的重疊式，是漢語構詞的一項特色：重疊有些是用作擬聲，有些用作一般的形容詞，少數也作動詞和名詞。從另一個角度看，重疊詞可以分為「疊音」和「疊義」兩大類。

疊音類如《詩經》「憂心烈烈、四牡奕奕、耿耿不寐」，這些疊字詞不用作擬聲，也不是原來單字的意思，它們性質上像聯綿詞，功能上作形容詞用。在現代漢語裡，疊字式通常以 ABB 的形式出現，例如：白花花、胖都都……等。[5]

〈放鷹〉中的屬於這類 ABB 的重疊詞有：想看看、黑忽忽、黑呼呼、孤零零。

疊義類的兩個組成成分都是實詞，屬於兩個個別的詞素，疊音類的兩個字組成為一個單一的詞素。[6]

---

4 同註3，頁43。

5 同註3，頁45。

6 同註3，頁45。

〈放鷹〉中屬於這類的有：AABB 的如：歪歪斜斜、婆婆媽媽、迷迷糊糊；ABCC 的如：氣勢洶洶、憂心忡忡。

> 重疊詞的形式除了一般常見的 AA 型、AABB 型、ABB 型之外，臺灣的閩南籍作家往往也使用 AAB 型重疊，如：「強強滾」、「夏夏叫」、「俗俗賣」、「直直落」等。這是受閩南方言的影響，造成一種新的詞彙風格。[7]

〈放鷹〉中屬於一般常見的 AA 型有：狠狠、喃喃、推推、緊緊、定定、看看、憤憤、急急、愣愣、匆匆、遠遠、悻悻、走走、輕輕、茫茫、漸漸、瞄瞄、深深、嚅嚅、想想、大大。

　　另外在〈放鷹〉中的重疊詞尚有 ABAC：跳來跳去、不知不覺；ABAB：舒展舒展、湊合湊合；AAB：吹吹氣、好好睡；ABA：套一套、敢不敢、看了看、笑了笑、去不去；ABCB：福大命大。

3 使用方言俗語的風格表現

> 現代文學還有很多是以方言呈現其語言風格的，如老舍用北京方言詞語表達幽默詼諧的特色。臺灣的閩南籍作家夾雜閩南語詞彙進行創作，表達濃厚的鄉土味，也形成地方性的語言風格。[8]

〈放鷹〉中的方言俗語有：操你媽、這羣沒血沒目屎的龜孫、藝術個屁、王八蛋才喜歡、王八蛋才不在乎、不顧人家死活、不顧人死活、幹伊娘、安全個屁。

7　同註3，頁46。

8　同註3，頁48。

其中有些為罵人的粗話，讓讀者可以直接感受到作家直率、語言文字較不經過修飾的一面。

4 使用外來語詞的風格表現

漢語中的外來語主要指的是「音譯詞」。[9]

〈放鷹〉中的外來語有：歐巴桑、開麥拉、NG、沙發、麥克風。其中來自日文的音譯詞有：歐巴桑，日語「おばさん、おばあさん」的音譯；來自歐美的音譯詞有：開麥拉（英文 Camera）、NG（英文 No Good）、沙發（英文 Sofa）、麥克風（英文 Microphone）。

5 使用數字語詞的風格表現

〈放鷹〉中的數字語詞有：六點正、七點鐘、三個月、兩點、四十開外年紀、十二隻狗大戰十二隻貓、九點多、兩個人、第二天、兩隻鷹、四十多公尺長、星期三、七星山、兩個孩子、九點鐘、三點鐘、十幾年、幾十秒鐘、兩個月、兩個黑點、兩兄弟、百來公尺、兩隻幼鷹、兩株高大的松樹。

由上述的數字可以發現：作家在數字的使用上喜歡用偶數。

6 使用顏色語詞的風格表現

〈放鷹〉中出現的顏色語詞有：微紅的耳根、雪白的後頸、藍色的天空、滿臉通紅地、通紅的眼睛、臉色仍然非常蒼白、嘴唇出奇地蒼白、紅色的花朵、雪白的小羊。

由上所列的顏色語詞，可以看出作家在顏色的呈現上偏好紅、白二色。

---

9 同註3，頁49。

7 由作品中的成語、諺語、歇後語看風格

> 有的作品收入大量的成語、諺語、歇後語，藉以增強文章的表
> 達力。[10]

〈放鷹〉中出現的成語有：大驚小怪、眉飛色舞、不假思索、莫名其
妙、古靈精怪、大撈一筆、口沫橫飛、惱羞成怒、噤若寒蟬、歇斯底
里、漫不經心、餘悸猶存、必死無疑、此起彼落、危言聳聽、聲嘶力
竭、鴉雀無聲、不顧一切；而諺語則有：敬酒不吃吃罰酒。

8 由共存限制看語言風格

> 自然語言裡，詞和詞之間有一定的搭配關係，有的可以相連接
> 出現，有的詞不能相連接，研究詞與詞的這種搭配規律即是
> 「共存限制」的課題。……量詞（又稱「單位詞」）和什麼樣
> 的名詞搭配，也是有一定限制的。[11]

〈放鷹〉中出現的量詞有：一陣煎蛋的聲音、一隻腳、一陣悸動、一
家產科醫院、半張臉、幾隻麻雀、吃了個蛋、兩隻幼鷹、一絲風、身
上打了個結似的、一部、放個屁、一陣大笑、一陣爆笑、把戲說了一
遍、一陣爭吵、鞠個躬、墊個海棉墊子、帶全整個畫面、一大群人、
一陣淒厲的信號聲、幾個場務工、幾個箭步、順口一句、吼了一句、
一股怒氣、一招手、一股酒臭、東一處西一處的酒跡、一大堆的穢
物、一陣嘔吐、一隻腿、睡一會兒、兩隻鷹、一段路、一座百來公尺
高的小山丘、幾隻溪蝦、一身汗水、一片空曠、兩株高大的松樹、一

---

10 同註3，頁52。
11 同註3，頁53-54。

句緊逼一句、有幾道被鷹抓傷過的疤痕、那隻母鷹、一槍、一羣小學生、一條腿、倒抽一口冷氣、一株古松、一羣人、一夥人、一個鏡頭、一天外景、這句話、一朵紅花、一片草原、幾隻雪白的小羊、大喝一聲、生個寶寶、玩了個把鐘頭、黑忽忽的一團、一天一天增大的肚子。

　　由上所羅列之量詞可以發現：「一陣」出現的頻率最高，有：一陣煎蛋的聲音、一陣悸動、一陣大笑、一陣爆笑、一陣爭吵、一陣淒厲的信號聲、一陣嘔吐。而腳（腿）的量詞則有：一隻腳、一隻腿、一條腿，詞彙多樣，完全沒有重複使用的問題。

（三）〈放鷹〉之修辭風格

1 譬喻

　　〈放鷹〉中出現的譬喻修辭有：像揮舞著武士刀的劍客般、像是硬要撐起那一片即將暗下來的天空似的、我像哄小孩一般、風更像野馬般奔馳起來、被吹得像鐘擺一般晃過來晃過去、隱約間似乎看到那隻鼓動著翅膀的母鷹一般、有若千萬隻螞蟻在爬般、像條剝了皮的蛇般不斷扭動、我像兜頭被淋了盆冰水般、拍達一聲像摔南瓜的聲音、像安詳地睡著了一般、大家發瘋似地、身上打了個結似的。

　　從上面的譬喻修辭句子裡，可以看出幾乎都採用譬喻中的「明喻」。

2 對偶

　　〈放鷹〉中出現的對偶修辭有：換褲子，理棉被。

3 轉化

　　〈放鷹〉中出現的轉化修辭有：奔馳的雲。

這裡是用了轉化中的「擬人」。

4 誇飾

〈放鷹〉中出現的誇飾修辭有：有若千萬隻螞蟻在爬般、大家發瘋似地、驀然間千萬斤般的重量猛地壓了下來。

〈放鷹〉中出現的修辭有：譬喻、對偶、轉化、誇飾這四種，而從上所列之句子，不難發現作者在修辭使用上，以「譬喻」為最多。

三 〈靜默的河川〉語言風格

（一）〈靜默的河川〉之音韻風格

以下分別就雙聲、疊韻來看〈靜默的河川〉之音韻風格。

1 雙聲

出現次數	詞彙
4	巡行、坐在
3	威武、輝煌、家具
2	傳出、身上、掙扎、石獅、豪華、究竟、面目、眉毛、警覺、真正、雙手、神聖
1	叮噹、事實、掩映、替他、高貴、非凡、屋瓦、製紙、糾結、擄掠、新興、酒家、莫名、各個、襤褸、指著、躊躇、想像、櫥窗、那年、學校、即將、來臨、斑駁、一樣、流露、驚懼、細小、很好、面貌、冷冽、一言、心虛、蛇噬、泥淖、收拾、尖叫、凌冽、這種、西想、打斷、顛倒、不把、照著、這樁、大膽、空曠、乞求、蜘蛛、訝異、上身、得多、不變、再走、呼吼、走在、帶刀、睜著、驚叫、抽搐、消息、水深、大多、地帶、昇上、蜷曲、小心、些許、麻木、來了、呼喝、亙古

　　〈靜默的河川〉中重複出現頻率較高的雙聲依序為：4次的「巡行」、「坐在」，3次的「威武」、「輝煌」、「家具」，出現的雙聲約有89個詞語。

2 疊韻

出現次數	詞彙
14	人們
9	村人、大家
8	鈴聲
5	這個、曾經、孤獨
4	淒厲、眼看
3	他家、跑到、搜救、找到、完全、把他
2	沙啞、不出、所說、前面、兇猛、一起、晚飯、帶來、奉公、方向、他把、光芒、遭到、深沉、驕傲、垃圾、落寞、逃到、驚楞
1	訴苦、尾隨、底細、本人、木柱、生動、提起、阿爸、龍鳳、面前、爽朗、經營、洋房、各個、哭訴、說過、想像、動用、鋤路、衰敗、冷硬、隔著、刻著、把它、往常、不足、盤旋、和著、把牠、唾沫、沉浸、插話、做過、底里、鼓足、不住、佝僂、汗衫、晚年、證明、裹縮、身份、懦弱、猝不、咬倒、轟動、畏罪、賭徒、成功、雄風、脫落、渾身、破落、剝落、轉眼、記憶、竟從、唐裝、布褲、顯然、鼻翼、重逢、溫存、臭狗、踐在、摩挲、山尖、拋掉、襲擊、嚎叫、行動、速度、孔中、生命、命中、短暫、濺滿、號啕、眼前、胸中、洶湧、洗衣、跳到、站滿、聞訊、忽浮、厭煩、沉悶、幫忙、往上、氣息、擺在、稻草、沾染、緊捆、縫中、喉頭、詢問、辦完、人群、呼出、無數、滄桑、激起、連串

〈靜默的河川〉中重複出現頻率較高的疊韻依序為：14次的「人們」，9次的「村人」、「大家」，出現的疊韻約有139個詞語。

由雙聲約89個、疊韻約139個詞語數量，所以可以看出在〈靜默的河川〉這篇小說中：疊韻的使用要比雙聲來得多許多。而「各個」、「想像」這兩個詞彙，則是雙聲兼疊韻。

（二）〈靜默的河川〉之詞彙風格

以下分別就擬聲詞、重疊詞、方言俗語、外來語詞、數字語詞、顏色語詞、成語、諺語、歇後語及共存限制來看〈靜默的河川〉之詞彙風格。

1 擬聲詞的運用

〈靜默的河川〉中的擬聲詞有：叩──叮噹、乒乒乓乓地把貨車的玻璃敲得粉碎、刷──一聲、嘻唷！嘻唷！

2 重疊詞的運用

重疊詞類型	詞彙
ABB	一陣陣
AABB	疏疏落落、前前後後、隱隱約約、矮矮胖胖、乾乾淨淨、哭哭啼啼、點點滴滴、凸凸硬硬、乒乒乓乓、走走停停、踉踉蹌蹌、呢呢噥噥、嘰嘰唱唱
AA	層層、高高*2[12]、哈哈、狠狠*5、常常*2、往往*3、云云、種種、小小、整整、薄薄、猙猙、柔柔、悄悄*2、輕輕*2、漸漸*5、緩緩*4、灼灼、深深*3、統統、喃喃*2、惶惶、慢慢、摸摸、斜斜*2、等等、緊緊*3、靜靜、漱漱、陣陣、連

12 後面有*數字，表示這詞在該篇小說中出現的次數。

重疊詞類型	詞彙
	連、森森、哏哏、厚厚、炎炎、遙遙*3、默默、紛紛*2、慢慢*2
ABAC	又濃又黑、有財有勢、又驚又怕、隨時隨地、久而久之、愈來愈弱、忽浮忽沉、又深又廣、不卑不亢、時濁時清
ABAB	一步一步、一波一波
ABA	一圈又一圈、一遍又一遍、看了看、點了點、一次又一次、送了送
ABB	峭楞楞、心惶惶、笑盈盈、白森森、眼睜睜、紅通通、顫危危*2
ABCB	東想西想

由上表可知：AA 類型的詞彙出現最多，「狠狠」、「漸漸」這兩個詞出現頻率最高，出現了5次。

3 使用方言俗語的風格表現

〈靜默的河川〉中的方言俗語有：死鬼的元配、奉公、挖掉你的蕃薯根、後生仔、你阿公還康健吧、共褲穿的好兄弟，好同年、老顛倒、老貨仔、日頭炎炎、像蜷曲的蝦公一般。

多為客家語，作者將自己的母語帶入小說的寫作之中。

4 使用外來語詞的風格表現

〈靜默的河川〉中的外來語有：巴格，來自日文的音譯詞，日語「ばか」的音譯。

5 使用數字語詞的風格表現

〈靜默的河川〉中的數字語詞有：七、八個村莊、四進房子、兩

張氣派非凡的相片、太師椅就有幾十把、值十幾萬、兩條糾結在一起、四十歲、河川兩岸、幾十匹馬、高三、兩座小石獅子、四、五年的長工、數十年、四、五個古董店的工人、一年多、兩隻手、兩節手杖、兩手、第二天、兩個健壯、兩人。

由上述的數字可以發現：作家在數字的使用上喜歡使用偶數。

6 使用顏色語詞的風格表現

〈靜默的河川〉中出現的顏色語詞有：眉毛又濃又黑、留下淤血烏青的手掌印、白色的倩影、潔白的仁丹鬍子、白鬍子、血紅的臉色、張開白森森的利齒、紅通通的肉、流出淡紅的血水、米白色的唐裝、黑色棉布褲、白色仁丹鬍子、染紅了傷口附近的毛、面孔出奇地蒼白、泛著暗紫的色彩。

由上所列的顏色語詞，白色出現七次，紅色出現四次，可以看出作家在顏色的呈現上偏好白、紅二色。

7 由作品中的成語、諺語、歇後語看風格

〈靜默的河川〉中出現的成語有：夜深人靜、氣派非凡、金碧輝煌、活靈活現、目瞪口呆、五顏六色、張牙舞爪、肆無忌憚、蒸蒸日上、深更半夜、莫名其妙、不寒而慄、衣衫襤褸、躊躇滿志、手足無措、不發一言、無來由地、歇斯底里、盤根錯節、悶不作聲、久而久之、一無所有、金屋藏嬌、神智不清、擅自作主、堂而皇之、不甘示弱、轟動一時、畏罪潛逃、繪聲繪影、百孔千瘡、出奇不意、眾目睽睽、日復一日、毛骨悚然、漫無目的、交頭接耳、心裡有數、凶多吉少、不約而同、若無其事、不卑不亢、油然而生；而諺語則有：敢怒不敢言、越雷池一步。

8 由共存限制看語言風格

〈靜默的河川〉中出現的量詞有：這句話、一聲長嘆、那隻掛著鈴鐺的木杖、一所防衛森嚴的禁地、一條兇猛的狼犬、一個神經質的老頭、幾個外莊來的郵差、咬了一口、挨了木貴老人一杖、一個封閉的寨堡、七八個村莊、四進房子、兩張氣派非凡的相片、太師椅就有幾十把、一個人、一個解不開的謎、一座製紙工廠、一個遠房親戚、兩條糾結在一起的蠶、一個大肚腩、一頭爽朗的平頭、一座豪華的洋房、拿了把掃帚、一桶水、一把刀、多少個磚廠、幾十匹馬、一片遼闊的田野、這座山、一段歷史、這個莊子、一個軼事、每戶人家、一條產業道路、一位風水先生、一座冷硬的塑像、一尊臘像、一把竹椅子、一座小小的類似墳墓的小建築物、一塊刻著福德正神香座位字樣的石碑、兩座小石獅子、一棵盤根錯節的大榕樹、一把巨傘、一大群從遠方返巢的白鷺鷥、那隻大狼犬、一個巨大光滑佈滿了壽斑的頭顱、一嘴潔白的仁丹鬍子、一個小圈、整個面貌、一股冷冽的氣勢、一個人搬了把竹椅子、一道可怕的疤痕、一條狗、一種驕傲、一枚暗雷、一群不經意的人、整個牛埔莊、一點家產、一個神智不清、一家骨董收藏店、四五個古董店的工人、悶吼一聲、一陣亂擊、一場激烈的人狗交戰、這椿轟動一時的狼犬咬傷人的事件、一家療養院、那件事、整座宅院、那條兇犬、幾個月、報以一頓石頭、一座龐大的廢墟、這座大宅院、一個日頭炎炎的午後、一輛客運車、這班車上、那隻掛著鈴鐺的拐杖、兩隻手、一隻癩皮狗、一隻手、這對久逢重別的朋友、一個……傍晚、一株桃花心木、一隻活動的兩節手杖、一口氣、痛呼一聲、最冷酷的一幕、一大灘血沫、一陣噁心、一股灼熱、一艘竹筏、幾個粗壯的年輕人、一個又深又廣的潭、拿了條麻繩、幾個人、幾捆稻草、一股淒涼的情緒、兩個……年輕人、一扇木板門、一聲呼喝、一個……巨人、一連串……的故事、一條……河川。

由上所羅列之量詞可以發現：「個」出現的頻率最高，有：一個神經質的老頭、幾個外莊來的郵差、一個封閉的寨堡、七八個村莊、一個人、一個解不開的謎、一個遠房親戚、一個大肚腩、多少個磚廠、這個莊子、一個軼事、一個巨大光滑佈滿了壽斑的頭顱、一個小圈、整個面貌、一個人搬了把竹椅子、整個牛埔莊、一個神智不清、四五個古董店的工人、幾個月、一個日頭炎炎的午後、一個……傍晚、幾個粗壯的年輕人、一個又深又廣的潭、幾個人、兩個……年輕人、一個……巨人。

（三）〈靜默的河川〉之修辭風格

1 譬喻

〈靜默的河川〉中出現的譬喻修辭有：像是掛在黃牛脖子上的鈴鐺步行時發出來的聲音一般、像兩條糾結在一起的蠶一般、就感到像隔著玻璃櫥窗看一尊臘像一般、像薄薄地鑲上了一層金一般、像是有唾沫骾著一般、頓時像遭到蛇噬一般、像揮動武士刀一般、像用茅一般、血便像噴湧的泉水般湧出來、像噬血的猛獸一般、那輓歌般的木貴老人的哭聲、屍體像蜷曲的蝦公一般、荖濃溪像一個歷經了無數滄桑的巨人。

從上面的譬喻修辭句子裡，可以看出幾乎都採用譬喻中的「明喻」。

2 轉化

〈靜默的河川〉中出現的轉化修辭有：它張牙舞爪恣意地在我的面前賣弄著它威武的神采、當他權勢的皮鞭被時代所奪去、雜草從庭院中喧嘩地流洩出來，霸佔了房子破落的角落，老鼠群肆無忌憚地把

此處當成了牠們的樂園，恣意地在此戀愛生子、一波一波地往我內心深處鑽進來。

從上面的轉化修辭句子裡，可以看出幾乎都採用轉化中的「擬人」。

3 映襯

〈靜默的河川〉中出現的轉化修辭有：一條污濁而神聖的河川。

〈靜默的河川〉中出現的修辭有：譬喻、轉化、映襯這三種，而從上所列之句子，不難發現作者在修辭使用上，以「譬喻」為最多。

四 〈燕鳴的街道〉語言風格

（一）〈燕鳴的街道〉之音韻風格

以下分別就雙聲、疊韻來看〈燕鳴的街道〉之音韻風格。

1 雙聲

出現次數	詞彙
5	叮噹
4	指著
3	身上、坐在、到底
2	尖叫、一眼、受傷、形象、上山、休息、一樣、山上、雙手
1	各個、裸露、上身、男女、四散、美妙、呼喚、拉了、吻我、並不、伶俐、消息、莫名、都到、訝異、接近、有意、祕密、觀光、尷尬、抓著、抓住、不必、愣了、臂膀、大的、這種、琳瑯、是說、又要、公狗、決絕、再走、盡撿、來拉、對待、她媽、藉酒、打得、別把、弄凝、壓抑、催促、單調、淒清

〈燕鳴的街道〉中重複出現頻率較高的雙聲依序為：5次的「叮嚀」、4次的「指著」，出現的雙聲約有59個詞語。

2 疊韻

出現次數	詞彙
7	慌忙
6	大家
5	把她
4	不住、上床
3	顯然
2	舞步、輕聲、前面、眼看、言談、衝動
1	三天、高潮、各個、並從、沉渾、緩慢、這個、老少、弧度、閉起、心神、嬌笑、極其、還在、演員、簡單、平靜、渾身、一氣、同情、形成、聆聽、祕密、琴音、笑鬧、賴在、截鐵、搞到、牆上、畫家、欲雨、滿目、再來、目不、她把、嘩啦、決絕、糊塗、酩酊、喝得、哇啦、硬要、叫好、臉蛋、把他、拍開、骯髒、蜂湧、淒厲、哭出、沙啞、滿臉、還會、暗淡、空洞、方向、傻瓜、右手、孤獨

〈燕鳴的街道〉中重複出現頻率較高的疊韻依序為：7次的「慌忙」、6次的「大家」、5次的「把她」，出現的疊韻約有70個詞語。

由雙聲約59個、疊韻約70個詞語數量，所以可以看出在〈燕鳴的街道〉這篇小說中：疊韻的使用要比雙聲來得多。而「各個」、「祕密」、「決絕」這三個詞彙，則是雙聲兼疊韻。

（二）〈燕鳴的街道〉之詞彙風格

以下分別就擬聲詞、重疊詞、方言俗語、外來語詞、數字語詞、

顏色語詞、成語、諺語、歇後語及共存限制來看〈燕鳴的街道〉之詞彙風格。

1 擬聲詞的運用

〈燕鳴的街道〉中的擬聲詞有：呵──唶啊，呵──唶啊、呵──唶──唶，呵──唶，呵──唶，呵唶啊──、叮噹，叮噹，叮噹，──、咯咯──。

2 重疊詞的運用

重疊詞類型	詞彙
ABB	一串串、嬌滴滴、一陣陣
AABB	老老少少、男男女女、嘻嘻哈哈、嘰嘰咕咕、吞吞吐吐、唯唯諾諾、彎彎曲曲、唧唧吱吱
AA	長長*2、緩緩*3、重重*2、紛紛、遠遠*2、冷冷、微微*2、偷偷、漸漸*2、搖搖、濃濃、慢慢*5、嚅嚅、輕輕*3、深深、恨恨、喃喃*2、怯怯、默默*2、常常*2、剛剛、看看*2、憤憤、幽幽、忡忡、指指、拍拍、狠狠*3、走走、匆匆、紛紛、靜靜、緊緊*2、悄悄
ABAC	邊跑邊舞、愈轉愈快、滿坑滿谷、邊走邊說、自顧自地、一字一句、忽高忽低、愈擁愈緊
ABAB	哇啦哇啦、說著說著、一步一步、一波一波、許久許久
AAB	摸摸頭
ABA	手拉手、一圈又一圈、敢不敢*2、是不是、有沒有*2、走不走、撇一撇
ABB	嘩啦啦、笑涎涎、顫巍巍
ABCB	有意無意

由上表可知：AA 類型的詞彙出現最多，「慢慢」一詞出現頻率最高，出現了5次。

3 使用方言俗語的風格表現

〈燕鳴的街道〉中的方言俗語有：笨死了，笨山地仔、媽的，什麼玩意、媽的，來了、媽的，把我當作什麼人、你媽、你媽！有種今天別喝完咖啡就走、你說要在那種鬼地方再多呆一天[13]、什麼叫鬼地方、發神經了、媽的，只會向我要錢的家、但……媽的、被狗娘養的捅了！差點沒把吃奶的傢伙戳破、有這麼笨的女人嗎、我不是狗！自己不當母狗，公狗不會找上來、不該罵妳是母狗、我們是山地母狗、你他媽像個男子漢一點，別盡撿別人穿過的鞋子穿……、我操妳媽，我操妳媽……臭番仔，死番仔，老子今天不弄死妳才怪、喂！你大聲什麼？媽的，這番仔原來是我的貨，你有沒有搞清楚、你別他媽藉酒裝瘋、這小子王八蛋。

其中有些罵人的粗話，讓讀者讀來可以感受小說主角的情緒直接反應，脫口而出的日常表現。

4 使用外來語詞的風格表現

〈燕鳴的街道〉中的外來語有：NG、咖啡。來自歐美的音譯詞有：NG（英文 No Good）、咖啡（英文 Coffee）。

5 使用數字語詞的風格表現

〈燕鳴的街道〉中的數字語詞有：二個夜晚、三天的祭典、一名健壯、一長排、一重兩輕、兩個年輕的賽夏、一個人、另一個、一個

---

13 原文為：多「呆」一天，「呆」應該改為「待」。

美妙的弧度、一把野性的火焰、一次極其偶然、有一回、一家餐廳、
一位彈電子琴、一個簡單的動作、一個人、一家旅館、一個月、兩種
形象、一個女人、一顆心靈、十點鐘到十二點、兩個小時、十五分鐘、
一個多月、一個奇怪的人、一杯咖啡、一條船、一個男的、一枝菸、
十萬塊、一個晚上、二十歲、一只大皮箱、兩三公里、一個大石頭、
多待一天、咬了一口、一字一句、兩個多月、一個貿易公司、一扁
鑽、一拳、一刀、喝一杯、第二句話、一個下午、一件事情、十二點
鐘、一位酒女、一通電話、四點鐘、一杯酒、一巴掌、一個爛女人。

　　由上述的數字可以發現：作家在數字的使用上奇數要多於偶數，
也多為「一」這個數，有可能為了要凸顯出主角卜幼瑪的孤獨，甚至
是整個賽夏的寂寞。

6 使用顏色語詞的風格表現

　　〈燕鳴的街道〉中出現的顏色語詞有：赤紅的火焰、漆黑的夜、
黑瀑般的長髮、眼眶還紅著、天黑之前、米黃的地氈、乳白的窗簾、
眼眶卻紅了、鮮紅的血、黑色的剪影。

　　由上所列的顏色語詞，可以看出作家在顏色的呈現上偏好紅、黑
二色。

7 由作品中的成語、諺語、歇後語看風格

　　〈燕鳴的街道〉中出現的成語有：滿坑滿谷、一氣之下、花花公
子、洋洋得意、莫名其妙、日復一日、花枝招展、嬉皮笑臉、自討沒
趣、喃喃自語、興味盎然、疲憊不堪、默不吭聲、咬牙切齒、一字一
句、斬釘截鐵、語無倫次、仰天長嘯、東奔西跑、憂心忡忡、琳瑯滿
目、各取所需、目不轉睛、冷不防地、七手八腳、沉默不語、不約
而同。

8 由共存限制看語言風格

　　〈燕鳴的街道〉中出現的量詞有：二個夜晚、三天的祭典、各個氏族、一名健壯、一長排、尖叫一聲、一聲女性的尖叫、唱一句、和一句、兩個年輕的賽夏、一個人、另一個、猛灌幾口、每人幾口、一頭黑瀑般的長髮、一個美妙的弧度、一把野性的火焰、呼喚了一聲、叫了一聲、一張秀麗、一次極其偶然、有一回、一家餐廳、一位彈電子琴、那間餐廳、一個簡單的動作、NG 好幾次、一個人、一家旅館、一個月、兩種形象、一個女人、一顆心靈、十點鐘到十二點、兩個小時、十五分鐘、一段時間、一個多月、一個奇怪的人、一杯咖啡、一條船、一群男人、一個男的、一枝菸、十萬塊、一個晚上、一口菸、二十歲、一只大皮箱、兩三公里、一個大石頭、多待一天、咬了一口、一字一句、去了一趟、兩個多月、一個貿易公司、喝一杯、第二句話、幾張名畫、一回事、一個下午、一件事情、十二點鐘、一位酒女、一通電話、四點鐘、一杯酒、一巴掌、一個爛女人、大叫一聲、這條原本、這條滑溜的街道。

　　由上所羅列之量詞可以發現：「個」出現的頻率最高，有：二個夜晚、各個氏族、兩個年輕的賽夏、一個人、另一個、一個美妙的弧度、一個簡單的動作、一個人、一個月、一個女人、兩個小時、一個多月、一個奇怪的人、一個男的、一個晚上、一個大石頭、兩個多月、一個貿易公司、一個下午、一個爛女人。

　　而就聲音方面，則有：尖叫一聲、一聲女性的尖叫、呼喚了一聲、叫了一聲、大叫一聲，就各式情境給予最適當的詞語。

（三）〈燕鳴的街道〉之修辭風格

1 譬喻

〈燕鳴的街道〉中出現的譬喻修辭有：像山神的長舌、雨滴般的汗珠、一頭黑瀑般的長髮、猛地像怒張的花、我像被蛇咬了一口、我像受傷的獸般低吟了起來、像盛怒的臺灣山豹一般盯著我、像在那祭典中仰天長嘯的賽夏一般、像受傷的野獸般、我卻像洩了氣的球般、黑色的剪影像箭一般穿梭飛舞在街河上空。

從上面的譬喻修辭句子裡，可以看出幾乎都採用譬喻中的「明喻」。

2 轉化

〈燕鳴的街道〉中出現的轉化修辭有：山風狂野地吹著、把整座山都煽得狂野起來、那真是一把野性的火焰，猛烈舔弄著我的心、在我腦海中糾纏爭鬥起來、整個賽夏都是寂寞的、淒清的聲音一波一波敲擊在我的心版上、像緊緊地擁著整個她的……，不，整個賽夏的孤獨一般。

從上面的轉化修辭句子裡，可以看出幾乎都採用轉化中的「擬人」。

〈燕鳴的街道〉中出現的修辭有：譬喻、轉化這兩種，而從上所列之句子，不難發現作者在修辭使用上，以「譬喻」為最多。

五　結語

就〈放鷹〉、〈靜默的河川〉、〈燕鳴的街道〉三篇小說而言：在音韻風格上，疊韻的使用多於雙聲。在詞彙風格上，均使用了擬聲詞、

外來語詞、數字語詞，重疊詞以 AA 的詞語使用最多，方言俗語有些
雖粗俗，但卻是作家直接表達小說情境、主角當時心境，顏色語詞則
以紅色為主，雖是小說，但也使用了許多的成語、諺語、歇後語，由
共存限制可以看出作家辭彙的豐富且多元。在修辭風格上，均運用了
譬喻和轉化，而譬喻又多採用「明喻」；轉化又多採用「擬人」。

參考文獻

一　專書

吳錦發：《放鷹》，臺北：東大圖書公司，1980年。

吳錦發：《靜默的河川》，臺北：蘭亭書局，1982年。

吳錦發：《燕鳴的街道》，高雄：敦理出版社，1985年。

竺家寧：《語言風格與文學韻律》，臺北：五南，2005年。

二　學位論文

王慧君：《吳錦發小說之研究》，高雄：國立高雄師範大學國文教學碩
　　　　士班，2004年。

王偉音：《鍾肇政與吳錦發成長小說研究——以《八角塔下》、〈春秋
　　　　茶室〉為例》，雲林：國立雲林科技大學漢學資料整理研究
　　　　所碩士班，2009年。

李美瑜：《留住客家身影——吳錦發小說中的美濃書寫》，臺中：國立
　　　　中興大學臺灣文學研究碩士班，2009年。

鄭昭明：《吳錦發成長文學創作脈絡研究——追尋臺灣新少年英雄的文
　　　　學論述》，臺南：國立成功大學中國文學系碩士班，2006年。

自我抉擇的存在
——〈我愛黑眼珠〉水意象探析

高麗敏[*]

摘　要

　　水意象是以水具體物引發特殊的知覺能力，探索情意的趨向，[1]修辭學上是一種隱喻的象徵。從文本中可以看出作者藉由水場景的鋪排牽引主角李龍第一趟探索之旅，在許多有關〈我愛黑眼珠〉的研究中，雖然也說明了水在此文所代表的意義，但未能從水和李龍第的聯繫中探索其深層意識，使得李龍第的情感在存在主義的訴求下對於自我覺察的部分顯得薄弱。因此，本文將透過水意象在「我愛黑眼珠」的隱喻，探索李龍第自我抉擇的存在。

　　如何經由水意象探索李龍第自我抉擇的存在，將從文本內容找出水和李龍第的連結，並經由隱喻認知的視角，探索李龍第在源域和目標域的映射下，建構的自我概念。論述包括：一、聯繫的水意象：水和妻子的聯繫、水和妓女的聯繫，水和自我的聯繫；二、斷裂的水意象：水的清濁，水是一道鴻溝。另從文本的結構探討其虛幻和現實交

---

* 臺北市立大學中國語文學系博士生。

1 見黃永武著：《中國詩學・設計篇》解釋意象：「作者的意識與外界的物象相交會，經過觀察審思與美的釀造，成為有意境的景象。」（臺北：巨流圖書公司，1999年6月初版），頁3。

合的寫作手法。透過內容和結構的分析應證,將更能從水意象的隱喻
體察李龍第內心深層的情感,一種自我抉擇的存在。

關鍵詞:水意象、認知隱喻、文本內容、寫作結構、自我抉擇

一　前言

　　〈我愛黑眼珠〉是七等生（1939- ）在西元1967年時所發表的短篇小說，此時正值臺灣六〇年代受到西方現代主義浪潮的影響，是一篇具有「意識流」[2]寫作手法的作品。全文充滿了獨白和聯想，跳動的場景，透露出心理的轉折和變化。小說背景以「水」為主要的場景，水成為李龍第觸目所及的景象。就認知語言學的觀點，人們從自身的經驗和世界的連結，透過對隱喻的解讀，補足其語言之間產生的空隙，將更深刻理解語言表述下所隱含深刻的意義。因而，對於〈我愛黑眼珠〉的解讀，將以「水」意象為研究對象，以隱喻認知的理論為依據，探究李龍第在舊有經驗面對新的認知領域，逐漸建構新的概念，發覺內心的價值和情感。

　　〈我愛黑眼珠〉一直是被受爭議的小說，其原因主要在李龍第「救妓女，拋棄妻子」的情節上，因而認為李龍第代表一種頹廢喪志的形象，在道德文化的框架上給予諸多譴責。然而，從文本梳理李龍第面對洪水時，不斷的獨白和聯想，激活一種自我的覺醒和抉擇，逐步建構自我概念，可以發現應證了存在主義「存在的本質」。

　　「水」，就其物理屬性將其概念化為文學意象，隱喻了繁複多樣的文化內涵和無限情感，是一種聯繫和阻隔、一種讚揚或懲罰。分析本文的水意象，聯繫、斷裂產生的讚揚或懲罰成為本文主要的符碼。因此，本文將從「聯繫的水意象」和「斷裂的水意象」，梳理李龍第的情感隱喻。其次，探討本文寫作架構，運用虛實交錯的筆法，交織出李龍第水意象的情感脈絡。情緒思維的虛幻描寫，水樣態的寫景描寫，虛實之間藉景抒情，重現李龍第在自我選擇時存在主義的精神。

2　見鄭明娳、林耀德著：《時代之風──當代文學入門》（臺北：幼獅文化事業公司，1991年7月初版），頁27。

二 水意象和認知隱喻的理論依據

「意象」之形成，乃合「意」和「象」。在文學中的意象乃「馭文之首術，謀篇之大端」（見《文心雕龍‧神思》），[3]依據黃永武著的《中國詩學‧設計篇》解釋意象：「作者的意識與外界的物象相交會，經過觀察審思與美的釀造，成為有意境的景象。」[4]「意象」屬於文學中「借景抒情」的隱喻修辭，而「經過觀察審思與美的釀造」說明在辭章層面上，摹狀的事物外形下，隱喻著更本質，更深層的情感寄託和流動，具有哲學形上的思考。而此種說法，在西方認知主義中認為，「意象」指過去的感覺或已被知解的經驗在心靈上再生或記憶。最重要的區別為靜的和動的（意指力學的）意象。[5]而詩學文論家龐德指出「意象」的定義，「不是像繪畫那樣的再現，而是『瞬間的知覺與情緒之複合的表現』，『為一種本不相同的觀念』之聯合」。[6]由此可知，不論中西理論對於意象的定義，都說明在物象的表層描述中隱喻更深層的意涵。

由於「意象」藉由隱喻的作用，隱含著思想脈絡和情緒感知，是人們透過自身的經驗和世界連結的結果，強調源域和目標域的映射和相似性，是一種心智模式的認知歷程。從認知語言學的觀點，透過對隱喻的解讀，補足其語言之間產生的空隙，將更深刻理解語言表述下所隱含深刻的意義。此種「相似性」的替換關係，俄國形式主義文論家羅曼‧雅克布遜（R. Jakobson, 1896-1982）認為：「任何語言符號都包含兩種排列模式（1）組合：任何符號都是由結構成份符號所組

3　陳滿銘著：《辭章學十論》（臺北：里仁書局出版，2006年5月），頁221-223。

4　黃永武：《中國詩學‧設計篇》（臺北：巨流圖書公司，1999年6月初版），頁3。

5　韋勒克等著，王夢鷗等譯：《文學論》（臺北：志文出版社，1976年10月初版），頁303。

6　同註5，頁304。

成／或只出現在與其他符號的組合中。（2）選擇：從可選擇的東西中進行選擇意味著有可能用一者替換另一者，替換一方面與選擇對等，另外一方面又有別於選擇。」[7]「組合」強調語境中上下文的聯繫，而「選擇」即是隱喻，強調相似性的替代關係。隱喻造成語言的「去熟悉化」，充滿了連繫和置換的想像空間，在語言的張力和意義的拉扯下，構成語言的「陌生化」效果，型塑了文學性的美感空間，語言隱喻的使用，是作品產生「文學性」的重要因素。

　　基於上述，隱喻造成文本隱含的深刻意義，在觸及水意象的源域和目標域的映射中，認知歷程聯結了主體和客體，建構了概念的形成。在對客體「水」的認知經驗中，從水的物理屬性展開，運用其相似性、對比性或因果關係，逐步的賦於水意象深刻的文化意涵和情意感知。水的物理屬性，有水的空間性、廣延性、顏色、流動性等[8]和質地性。水的空間性所佔的位置是一種阻隔，如在《詩經・秦風・蒹葭》：「蒹葭蒼蒼，白露為霜，所謂伊人，在水一方。」一人立於河濱思念故人。「水」的空間性交融伊人思念的情感，形成意象，隱喻了感情的阻隔斷裂。水的流動性通過類比關聯，最常見的意象隱喻了時間的流逝和空間的轉換，如《論語・子罕》：「子在川上曰：逝者如斯夫，不捨晝夜」，時間類比水的流動，隱喻流水如時間的流逝；在《紅樓夢》描寫大觀園：「進入石洞來．只見佳木蘢蔥，奇花閃灼，一帶清流，從花木深處曲折瀉于石隙之下．再進數步，漸向北邊，平坦寬豁……俯而視之，則清溪瀉雪，石磴穿云，白石為欄，環抱池沿，石橋三港，獸面銜吐。」（17回）從「一帶清流」─「曲折瀉

7　見拉曼・賽爾登等編，劉象愚等譯，羅曼羅曼・雅克布遜著：《文學批評理論・語言的兩個方面》（北京：北京大學出版社，2003年10月第2版），頁369-370。

8　見張靖宇：《揚州教育學院學報・跨文化視角下中西方文學中「水意象」的認知解讀》（江蘇：揚州職業大學出版，2014年3月），第32卷第1期，頁44。

于」——「清溪瀉雪」至「後院牆下忽開一隙，得泉一派，開溝僅尺
許，灌入牆內，繞階緣屋至前院，盤旋竹下而出。」（17回），水的質
地柔軟，流動縈繞，致使空間緣境轉換，充分表現了水具有的物理屬
性，而放在17回的語境中，可發現水意象正隱喻賈當時寶玉在「秦鐘
既死，痛哭不已」的情境下，又必須和眾人討論流水「瀉」如何和景
作聯那種情感進出，內心周折的牽引。水的空間性、廣延性、流動性
和質地性讓水意象的情感豐盈飽滿。

　　另外，水孕育著生命的成長，但也是一種災難的象徵，水的顏色
清濁更成為指代一個人的品格優劣的符碼。如洪水在《西遊記》、《白
蛇傳》中形成的災難，隱含著一種罪和罰的審判，一種復仇的意識。
在《聖經》中，對於水的隱喻研究，認為水代表了「生命、再生、罪
與罰」三大象徵。於是，在認知隱喻的寫作手法下，水意象隱喻了多
義多元的解讀。

三　〈我愛黑眼珠〉水意象運用

　　水意象隱喻的多元解讀，讓〈我愛黑眼珠〉的水意象隱含的意義
有了理論依據，並經由文本的脈絡和李龍第在面對水的變化時，充滿
了情感的聯繫和斷裂，不斷的映射和激活，逐步建構起核心概念。
「水意象」成為李龍第心理和記憶覺醒的媒介，隱喻了自我抉擇的
「知、思、覺」。

（一）聯繫的水意象

1　和妻子的聯繫

　　在文本一開頭，李龍第便因為下雨要為妻子帶雨衣而出門，坐在

公車上，雨水打在玻璃窗上，因沉思而聯想到妻子工作的情形，對於妻子擔負兩個人共同活命的責任，感激之情溢於言表。此時，公車突破已如千軍萬馬的雨水，帶著李龍第奔赴妻子身處。另外，當驟雨來臨時，水深已經到達李龍第的膝蓋，「他在這座沒有防備而突然降臨災禍的城市失掉了尋找的目標。」[9]李龍第急於尋找妻子一段內心獨白，更藉著水傳達對於妻子的愛意：

> ……他完全被那群無主四處奔逃擁擠的人們的神色和叫喚感染到共同面臨災禍的恐懼。假如這個時候他還能看到他的妻子晴子，這是上天對他何等的恩惠啊。李龍第心焦憤慨地想著：即使面對不能避免的死亡，也得和所愛的人抱在一起啊。[10]

在當下面對雨水的景況，想到的是和妻子的關係。雨水引發李龍第對於妻子的感激、關心和愛意，隱喻了李龍第和妻子的和情感的聯繫。

隨著環境的改變，水成了李龍第和妻子的鴻溝，然而當這道鴻溝消失，也就是水退了，李龍第和妻子的關係又再度被聯繫起來：

> 李龍第想念著她的妻子晴子，關心她的下落……我要好好休息幾天，躺在床上靜養體力，在這樣龐大和雜亂的城市，要尋回晴子不是一個疲乏的人能勝任的。[11]

9　七等生著：《本地作家小說選・我愛黑眼珠》（臺北：大地出版社，2003年7月初版），頁61。

10　同註9，頁62。

11　同註9，頁72。

　　洪水象徵李龍第身分的改變，卻也描寫了在當下身為晴子的丈夫時對妻子的愛意和責任。

2 和妓女的聯繫

　　因為洪水，將李龍第的目光牽引到妓女的身上，並且涉水過去攙扶她、背負她，緊緊摟抱她那濕透和冰冷的身體，在李龍第原本就被水淋漓溼透的身體，兩者的擁抱，從神話對於水的原始思維多與繁育有關，[12]水成了情慾和性的象徵。從以下文本李龍第和妓女的對話互動中可見一般：

> 他感覺他身上摟抱著的女人正在顫動……。他懷中的女人想掙脫他，可是他反而抱緊著她，他細聲嚴正的警告她說：「你在生病，我們一起處在災難中，你要聽我的話！」然後李龍第俯視著她，對她微笑。……「啊，雨停了！」李龍第問她：「你現在感覺怎麼樣？」「你抱著我，我感覺到羞赧。」……李龍第現在只讓她靠著，雙膝夾穩著她。[13]

　　李龍第和妓女在臨水和雙方濕透的身體的擁抱中，不管對話或肢體接觸充滿了情人的嬌嗔和愛意。敘事在時間的推進中，情節逐漸發展，當妓女因為時間的等待而感到疲倦又軟弱時，無力的說：「即使水不來淹死我，我也會餓死。」[14]李龍第面對懷中的女人虛弱的呢

---

12 例如「洪水-亂倫-人類再生」的神話，可視為性的啟蒙，參見陳炳良：〈廣西傜族洪水故事研究——一個比較方法的應用〉，陳炳良：《神話‧禮儀‧文學》（臺北：聯經出版，1985年6月初版），頁39-70。

13 同註9，頁64-65。

14 同註9，頁66。

喃，掏出原本在懷中要給妻子的麵包，溫柔的對她說：

> 「這個麵包雖然沾濕了，但水分是經過雨衣過濾的。」他用手
> 撕剝一小片麵包塞在她迎著他張開的嘴裡。……「你自己為什
> 麼不吃？」李龍第的手被一隻冰冷的手撫摸的時候，像從睡夢
> 中醒來，他看著懷中的女人，對她微笑。「你吃飽我再吃，我
> 還沒有感到餓。」李龍第繼續把麵包撕成一片一片塞在她的口
> 腔裡餵她。[15]

李龍第無視於妻子晴子在對岸的呼喊，只對自己身處當下的情境
負責。此時李龍第知道這位在懷中的女子是妓女，而文本中並沒有針
對這部分情節多做說明，顯現當時李龍第對於女子的身分並沒有特別
得關注。兩人繼續閒話家常，也表露了這場洪水洗滌了階級意識的混
濁，再次把李龍第和女子聯繫在一起：

> 那李龍第懷抱中的女人突然抬高她的胸部，雙手捧著李龍第的
> 頭吻他，他靜靜的讓她熱烈的吻著。……女人伸出了手臂，手
> 指溫柔地把畫過李龍第面頰而不曾破壞他那英俊面孔的眼淚擦
> 掉。「你現在不要理會我，我流淚和現在愛護你同樣是我的本
> 性。」李龍第把最後一片麵包給她，她用那隻撫摸他淚水的手
> 夾住麵包送進嘴裡吃起來，……「我吃到了眼淚，有點鹹。」
> 「這表示它衛生可吃。」李龍第說。[16]

---

15 同註9，頁68。
16 同註9，頁70-71。

去階級化後，李龍第和女子更加緊密的結合。從面臨洪水、身體濕漉，麵包沾水，到嚐到淚水的味道，李龍第和女子的情感越趨緊密。在神話故事中從臨水、沐浴、飲水……，女性的身體和水接觸而受孕的傳說，水和性產生聯結的象徵不謀而合。[17]而眼淚在水意象更表達了一種陰性的溫柔，情感的象徵。也因水意象的情欲連結如此鮮明，使得李龍第在做出自我選擇時受到了諸多道德的批評。[18]

3 和自我的聯繫

在文本中多處描寫作者的內心獨白和隱喻意象，呈現李龍第意識的流動。藉由內心獨白直接展現個人意識，以聯想突破空間限制，在空間並置下呈現虛實交替的場景。當李龍第帶著雨傘，搭上公車，對著因雨而濛濛的車窗陷入沉思：

> 雨水劈拍敲打玻璃窗，像打著他那張貼近玻璃窗沉思的臉孔。李龍第想著晴子黑色的眼睛，便由內心裡的一種感激勾起一陣絞心的哀愁。隔著一層模糊的玻璃望出窗外的他，彷彿看見晴子站在特產店櫥窗後面，她的眼睛不斷抬起來瞥望壁上掛鐘的指針……他悶悶的想著，想著她在兩個人的共同生活中勇敢負起維持活命的責任的事。[19]

---

17 參見向松柏：《中國水崇拜》（上海：三聯書店，1999年），傅道彬：《生殖崇拜文化論》（湖北：湖北人民出版社，1990）。

18 評論〈我愛黑眼珠〉的文章，對於李龍第抉擇妓女而不是妻子，給予違反倫理的譴責，在《火獄的自焚》（臺北：遠行出版社，1977年9月）一書中收錄的評論以葉石濤：〈論七等生的《僵局》〉，頁9-22、劉紹銘：〈現代中國小說之時間與現實觀念〉，頁59-62及陳明福：〈李龍第：理性主義的頹廢者〉，頁113-140為代表。

19 同註9，頁58。

　　因雨將李龍第隔絕在公車內，也因雨讓他得以與外界隔絕，提供他陷入沉思的空間，以聯想馳騁到妻子的工作場所。從文本一開頭便說李龍第沒有固定職業，經常獨居閒散，不善與人言談，可以說明他是和人群保持距離，重視獨立意識的人，此時的沉思正提供他自我契合的管道。沙特在〈存在主義即是人文主義〉一文中提到：沉思「是一種奢侈」是「孤立的人尋找自己的時刻」[20]，可見滾滾紅塵中能夠取得沉思的境遇是不容易的，沉思讓自我意識得以呈現，一種自我聯繫，直接表達對於妻子的感激之情和心痛的感覺。

　　當李龍第面臨洪水的侵襲，看到處處奔竄的人們：「以著無比自私和粗野的動作排擠和踐踏著別人」[21]，面對生死一瞬間，冰冷的雨水浸透他的臉龐和身軀，他逐漸的覺醒冷靜下來。並且傷感的想著：

> 在這個自然界，死亡一事是最不足道的；人類的痛楚於這個自然界何所傷呢？面對這不能抗力的自然界的破壞，人類自己堅信與依持的價值如何恆在呢？[22]

　　當面對大自然的反擊和死亡的威脅，李龍第體悟到價值的真實意義，自己面對死亡並不覺得畏懼，思考了私慾、權力和死亡的關係，存有和虛無之間無恆常，對於以往的選擇產生自我認同的存在感：

> 他慶幸自己在往日所建立的曖昧的信念現在卻能夠具體地幫助他面對這可怕的侵掠而不畏懼，要是他在那時力爭著霸佔一些

20　參見沙特著，鄭恆雄譯：《存在主義‧存在主義即是人文主義》（臺北：臺灣商務印刷館公司，1967年6月），頁300。

21　同註9，頁62。

22　同註9，頁62。

權力和私慾，現在如何能忍受得住它們被自然的威力掃蕩而去呢？[23]

　　李龍第慶幸當日並沒有爭取權力和慾望，當看到那些平日擁有這些東西的人們絕望的神情，再度思考自己和環境的關係：依賴價值，此刻終將一無所有；依賴道德，這一刻也即將潰敗，這是一種價值的剝離。在存在主義主張「存在先於本質」時[24]，關係並非恆常的論定，李龍第面對存在的唯一經驗，是面對洪水時，提供自己生死瞬間的真實感受。除了主觀的真實感受，當李龍第面對對岸晴子的呼喚時，採取不回應的態度，他在內心自語著自我的抉擇所持的想法：

> 我承認或緘默我們所持的環境依然不變，反而我呼應你，我勢必拋開我現在的責任。我在我的信念之下。只佇立等待環境的變遷，要是像那些悲觀而靜靜像石頭坐立的人們一樣，我就喪失了我的存在。[25]
> ……至於我，我必須選擇，在現況中選擇，我必須負起我做人的條件，我不是掛名來這個世界上獲取利益的，我必須負起一件使我感到存在的榮耀之責任。[26]

　　以獨白的方式表達內心，是自我最真誠的聲音，所以當女子問李龍第名字時，李龍第回達她：「亞茲別」[27]一個人的名字不見時，所存

---

23 同註9，頁62。

24 參見劉載福著：《存在主義的哲學與文學》（臺中：普天出版社，1969年3月），頁4。

25 同註9，頁64-65。

26 同註9，頁68。

27 同註9，頁69，「亞茲別是德國存在主義哲學家，他的哲學思想承繼了齊克果和尼

有的記憶跟著消失，李龍第不再是李龍第時，她和晴子的關係將不復存在，而以「亞茲別」這個符號傳達了特殊意涵，是李龍第此時此地、此分此秒所感所覺的最佳寫照。通過現象世界——水引發李龍第的心靈，自覺活動，讓意象和符號做了最適當的結合，由此窺見李龍第如何回歸自我存在。

由上所述，本文經由水，或微雨、或洪水、或淚水，甚至浸潤身體的殘留的水，浸濕麵包的水分，都引發了李龍第的所感、所覺、所知：「生命像一根燃燒的木材，那一端的灰燼雖還具有木材的外形，可是已不堪撫觸，也不能重燃，唯有另一端是堅實明亮的」[28]，存在當下的每個瞬間才是永恆，藉由聯想、獨白和對話，直接呈現人和人、人和自己的聯繫。

（二）斷裂的水意象

水孕育著生命，水提供彼此的聯繫，然而「水能載舟，水亦能覆舟」。因此，在本篇文本中，當可解析因水引發之斷裂意象，而此斷裂意象如何傳達李龍第面對當下的抉擇？以下分為兩方面加以論述。

1 水的清與濁——清濁自取

在「我愛黑眼珠」一文中，以水為主要的空間背景，從視覺角度，水的外顯樣態有乾淨和髒，清淨和渾濁等。藉由清濁的水意象，得以窺見李龍第在面對不同水的情境時，透過所感、所覺，不斷的自我對話，逐步澄清自我意識，並做出了抉擇。首先，當李龍第面對在滾滾洪水中眾人的爭先恐後，踐踏別人而求生，他感到憎恨：

采」，參見林初枝：《存在的荒謬與抉擇——讀我愛黑眼珠》（《真實與虛幻——現代小說探論》國立花蓮師院人文教育研究中心出版，1993年），頁107。

28 同註9，頁70。

> 他是如此心存絕望，他任何時候都沒有像現在這一刻一樣憎惡
> 人類是那麼眾多，除了愈加深急的水流外，眼前這些倉惶無主
> 的人擾亂了他的眼睛辨別他的目標。[29]

在眾人雜沓驚慌失措的洪水中倉皇奔竄，水的混濁正轉喻到李龍第心中的憎惡，憤恨的寧願選擇抱著巨柱並與之同亡。然李龍第並沒有讓這樣的心情不斷發酵，反而在冰冷的雨水中逐漸冷靜下來，思考人生本是自己和環境的關係並非永久恆常，內心顯得更加平靜，自己在這樣的境況下將有多少的可能？「我能首先辨識自己，選擇自己和愛我自己嗎？這時與神同在嗎？」[30]和自己對話，心境的逐漸澄清。儘管這時這座城市因為這場洪水而失去它的光華，顯得頹敗混濁。

當水流繼續上升，眼前天色逐漸漆黑，屋頂下的洪水繼續暴漲，對岸黑色的影子晃盪，更添陰鬱色彩。一夜的洗滌，李龍第面對對岸妻子的咆哮，對於懷中女子始終抱持著應負的責任感。並不因為懷中女子是妓女就捨他而去：

> 「我要是拋下妳，你會怎麼樣？」
> 「我會躺在屋頂上慢慢死去，我在這個大都市也原是一個人
> 的，而且正在生病。」
> 「你在城裡做什麼事？」
> 「我是這個城市裡的一名妓女。」……李龍第沉默下來……垂
> 著頭靜靜傾聽。[31]

---

29 同註9，頁62。

30 同註9，頁63。

31 同註9，頁69-70。

從世俗的觀點，妓女是下層社會的人，以水意象隱喻如混濁的水，而李龍第不因階級意識對她的態度有所差異，反而如閒話家常般的對話傾聽，去階級化使得李龍第內心有著水樣的清明。

水本歸一源，原本即存在，是人為的因素決定了它的混濁，符應了存在主義主張的「存在先於本質」[32]的論點，當外在環境改變了存在的實體而賦於本質的效用時，個人的選擇就顯得相當重要。而在東方哲學思維中孔子聽聞孺子歌：「滄浪之水清兮，可以濯我纓；滄浪之水濁兮，可以濯我足。」[33]感悟對於水的清濁用於滌纓或滌足之別，完全取諸人自我的決定。

2 水的樣態──洪水是一道鴻溝

洪水產生的意象是一道鴻溝，不論在文本的敘述或諸多評論者的解析，當是「我愛黑眼珠」這篇小說重要的核心思想。而這一道鴻溝究竟在李龍第、晴子和妓女之間產生了何種變化？在李龍第的自我抉擇上，這道鴻溝又具有何種意義？從文本分析在洪水來臨之前，李龍第對於妻子的愛意和感激之情，透過李龍第的獨白或聯想，顯露兩人當下的關係是親密的，至少在李龍第的心裡是如此認為：

> 假如這個時候他還能看到他的妻子晴子，這是上天對他何等的恩惠啊！李龍第心裡憤慨的想著：即使面對不能避免的死亡，也得和所愛的人抱在一起啊。[34]

---

32 參見沙特著，鄭恆雄譯：《存在主義‧存在主義即是人文主義》（臺北：臺灣商務印刷館公司，1967年6月），頁302-303。

33 參見盧韻如：《南師語教學報‧孔子的水哲學》（國立臺南大學語文教育學系出版，2005），第三期，頁52-53。

34 同註9，頁62。

　　然而橫亙在前的洪水，隔斷了李龍第和晴子所處的場域：「現在，妳出現在彼岸，我在這裡，中間橫著一條不能跨越的鴻溝」[35]這條洪水改變了妻子和李龍第的關係，在妓女的依恃下，更強化了李龍第對於當下關係所持的信念和處置的方式，一種自我抉擇讓李龍第從晴子的丈夫變成了「亞茲別」，斷裂了過去的關係而著眼當下情境，他在內心又是如此的自語著：

> 我但願你已經死了，被水沖走或被人們踐踏死去，不要在這個時候這樣出現……我承認或緘默我們所持的境遇依然不變，反而我呼應你，我勢必拋開我現在的責任。[36]

　　因此李龍第選擇忠於自己的信念，對於「關係」，李龍第不認為是恆常不變的，惟有從無常中才能感到存有。[37]過去的關係隨著這道鴻溝產生了斷裂。然而環境依然不斷的變化，當妓女問李龍第：「水退走了嗎？」[38]李龍第安慰她：水可能高漲起來，也可能把我們都淹沒。暗喻著她和女子的關係將也會隨著環境的變化而有所改變。但此時，他將負責照顧女子的責任，直到水退了，鴻溝消失了，李龍第再次回到晴子丈夫的身分，和李龍第這個名字重新聯結。當水退了，他送女子到了車站並送她一朵被雨水滋潤著仍然盛開的花朵，似乎是一

---

35 同註9，頁64。

36 同註9，頁64。

37 沙特在《存有與空無》一書中說：「人不僅是將否定性在這個世界中顯透而存有，並且是能夠對他自己採取否定的態度而存有。」又說「空無性乃實有性之本身」意味著人經歷空無，即是經立存在，人在極限的情境中有所選擇，變成為自己的主宰了。此段敘述參見劉載福著：《存在主義的哲學與文學》（臺中：普天出版社，1969年3月），頁6。

38 同註9，頁66。

種責任的完成。回到晴子丈夫身分，因此，他要回去尋找晴子。

洪水成了關係的鴻溝，李龍第跨越了這道鴻溝，完成了自我的抉擇。而晴子固守在既定的關係，只能在看到屬於自己的東西被別人佔有時陣陣咒罵，只能被視為如瘋子般的對待，甚至面露極大痛惡，想從對岸洄泳而任水流將她沖走。這道鴻溝，如同晴子的心跨越不了。

另一方面，李龍第懷中的女子，從李龍第背負她在屋頂上開始，雖然疲倦軟弱、生病，甚至有被淹死、餓死的絕望感。但因為李龍第的細心照護，使得原本對生活心灰意冷的她，也能對李龍第有了熱切的回應，「我愛你，亞茲別」……「雙手捧著李龍第的頭吻他」[39]這滾滾洪水雖然形成有形的災難，暫時隔離女子回家鄉的路，但也因為這道無法跨越晴子和李龍第的鴻溝給予女子人間的溫暖。可以相信李龍第堅持負起當下的責任的信念，儘管知道女子是世俗所鄙棄的妓女仍是不離不棄，的確充滿了存在主義的人道精神。[40]

四　虛幻和現實交合的寫作手法

從上述文本分析可以發現，〈我愛黑眼珠〉多處運用了獨白和聯想的方式，突破時間和空間的限制，藉由水意象表達作者內心的想法。另外，從文本「黑眼珠」和洪水的關係，水的變化意象，運用虛幻和現實交合的寫作手法，更加凸顯李龍弟情感的轉折和自我抉擇的歷程。

---

39 同註9，頁70。

40 存在主義的第一個功用是：它使每個人不只有自己，把存在的責任一絲不苟地放在他自己的肩膀上。於是當我們說人對他本身負責時，我們並不只是說他對他個人負責而已，而是對整個人類負責。參見沙特著、鄭恆雄譯：《存在主義·存在主義即是人文主義》（臺北：臺灣商務印刷館公司，1967年6月），頁305。

（一）「黑眼珠」和洪水的結合

眼淚在和環境的互動中，代表了人的情緒波動。在本文中「黑眼珠」是中心具象，眼淚蘊含著水的成份，情感和水就此結合，虛實寫法就此延展。在展延中，黑眼珠和洪水結合，在虛幻和現實的轉換中，尤其交織了李龍弟的情感轉折。文中第一次提及「黑眼珠」，是李龍第坐在前往尋找妻子的公車上，對於水的描述的形象化，使得黑眼珠在隱喻李龍第的心理時更顯得深沉。

> 李龍第看到汽車彷彿一隻衝斷無數密佈的白亮鋼條的怪獸疾駛過來，輪聲響徹著。人們在汽車箱裡喟嘆著這場不停的雨。李龍第沉默的縮著肩胛，眼睛的視線投出窗外。雨水劈啪地敲打玻璃窗像打著他那張貼近玻璃窗沉思的臉孔，李龍第想著晴子那雙黑色的眼睛，便由內心裡的一種感激勾起一陣絞心的哀愁。……隔著一層模糊的剝離望出窗外的他，彷彿看見晴子……[41]

無數密佈的白亮鋼條，形容雨勢的壯大，對照李龍第想著晴子那雙黑色的眼睛，不論在色彩或大小的對照，真實和虛幻都在李龍第「沉默而縮著肩胛」的動作中聚合在一起，自然表露李龍第的潛在意識。

在持續暴漲、泱泱水流的黑夜裡，李龍第看到對面在屋脊等待的人們沉默的影子，黑色的影子緩慢移動，發出單調寂寞的聲音，運用的意像充滿沉鬱的鬼魅氣息，呈現一種生死之間虛幻氛圍。此時天空漸漸微明，黑暗慢慢褪去，一雙熟識的眼睛捕捉李龍第的眼睛，將李

---

41 同註9，頁57-58。

龍第拉回真實的情境中：

> 李龍第疑惑地接觸到隔著像一條河的對岸那屋脊上的一對十分
> 熟識的眼睛，突然升上來的太陽清楚的照明著她，李龍第警告
> 自己不要驚慌和喜悅。……當隔著對岸那個女人猛然站起來喜
> 悅的叫喚李龍第時，李龍第低下他的頭，正迎著一對他熟識相
> 似的黑眼睛。[42]

經過一夜的洗滌，在陽光的照射下，眼睛接觸的霎時，把李龍第帶回現時的景況。隔著洪水的這一道鴻溝，李龍第和晴子的夫妻關係斷裂，這一對眼睛雖然曾經熟識，但當下已不復存在，變成一種虛幻的象徵。另一方面，李龍第懷中的女子本是沒有聯繫關係的女子，在洪水的「限定情境」[43]下，成為一種真實的存在。妻子的「黑眼珠」和妓女的「黑眼珠」互相置換，成為李龍弟當下抉擇的表徵，李龍第的自我抉擇突破了真實和虛幻之間的界線。

（二）水的變化意象和李龍第自我抉擇的歷程

本文敘事採順敘結構，中間穿插李龍的的內心獨白和對話。隨著時間的推移，雨勢的大小和變化，觸動李龍弟的想法和潛意識的感知，水樣態的實寫和情緒的虛寫，引發交錯，逐漸梳理出李龍弟自我抉擇的歷程。

首先，厚重的雨水劈啪的拍打（實寫）在李龍弟前往妻子處的公車上，他對妻子擔負生活的責任懷抱著感激之情（虛寫），他悶悶的

---

42 同註9，頁63-64。

43 所謂的「限定情境」就是指那些與人類有限存在息息相關的情境，參見劉載福著
《存在主義的哲學與文學》（臺中：普天出版社，1969年3月），頁5。

想著（虛寫），在因為看到車窗外汽車劃破雨勢，如橫掃萬軍一般地直衝前進的景象時（實寫），「他的心還是處在相見是否就會快樂的疑問的境地」[44]（虛寫），句中「還是」點出了李龍弟在磅礡雨勢下儘管為妻子送傘，但是對於和妻子的相處能否快樂顯然是疑惑的。虛實交錯，在滂沱大雨下，喚醒內心一直存在的疑惑。

儘管如此，他依然用雨傘抵著那萬斤的雨水（實寫）去買麵包，站在戲院廊下等待妻子到來，因為妻子的缺席，⋯⋯「眼睛疑惑地直視街角雨茫茫（實寫）的遠處，然後他垂下了他的頭的頭，沉痛地（虛寫）走開了」[45]。「雨茫茫的遠方」，「疑惑的雙眼」，呼應前述和妻子的相處能否快樂的疑惑，而頂著的萬斤雨水，帶出李龍弟此時內心的沉重。實寫的水意象傳達了虛寫的情緒意識，虛實緊密的結合在一起。

接著，作者描寫當洪水的來襲，目睹四處奔逃的人群，為了活命爭先恐後攀爬梯子的景象（實寫），產生了絕望感（虛寫）。卻在李龍弟身體接觸到冰冷的雨水時（實寫），漸漸覺醒而冷靜下來，觸發了一連串對於人性權力和欲望，人的存在，自身和環境的關係的省思（虛寫）。由實寫水意象帶出層層的內心獨白，寄情於景，虛實交融的寫作手法，逐漸披露李龍弟存在潛意識的真實自我。

最後，沉重的落水聲，不斷傳來人們的呻引和哀嚎，雨在黑夜竟也停止了它的狂瀉，唯有屋頂下仍然泱泱水流（實寫）。晨曦微明，「一夜的洗滌，居然那麼成效地使他們顯露憔悴，容貌變得良善冷靜，友善的迎接投過來的注視。」[46]洪水讓李龍弟目睹人們互相踐踏的醜態，卻也是洗滌人們心靈的良方，對照前後洪水消漲的描寫（實

---

44 同註9，頁58。

45 同註9，頁59。

46 同註9，頁64。

寫），可以看出水意象表現了李龍弟內心轉折。因而在面對屋頂下的
泱泱水流時，這一條鴻溝似乎不再使李龍弟感到疑惑，他的抉擇從內
心的自語（虛寫）可見一般。

> 說我背叛了我們的關係，我們如何再接密我們的關係呢？……
> 我必須選擇，在現況中選擇，我必須負起我做人的條件。[47]

再看這段對話：當李龍弟把麵包一片一片塞在妓女的口腔裡餵她
時，他一面吃一面問他：

> 「你叫什麼名字？」
> 「亞茲別。」李龍弟脫口說出。
> 「那個女人說你是李龍弟。」
> 「李龍弟是她丈夫的名字，可是我叫亞茲別，不是他的丈夫。」
> 「假如你是她的丈夫你將會怎麼樣？」
> 「我會放下你，冒死洄過去。」[48]

面對象徵鴻溝的泱泱流水，自語和對話的運用，直接傳達李龍弟
內心情感。「亞茲別」，自我抉擇的存在，更加堅定了。

五　結語

綜上所述，本文藉由水產生的意象，透過獨白和聯想提供人物的
直接引語，著重在洪水前後、當下有關李龍第自我抉擇的描寫。全文

---

47 同註9，頁68。
48 同註9，頁69。

情節因果關係薄弱，事件的產生多屬偶然。空間並置的場景突破時間序列的寫實主義成規，進入人物內心的視點[49]運用，再現李龍第潛在的自我意識，一種在瞬間的所感、所知。〈我愛黑眼珠〉文本的形式寫法，充分表達了內容的思想意旨。形式決定內容，如同在《當代敘事學》一書中說：「形式並非僅僅是故事如何被講述，它也可以包括意象的結構、隱喻以及行動中浮現出來的象徵。」[50]在認知隱喻的視角下，〈我愛黑眼珠〉的水意象產生的斷裂和聯繫，充滿了對於生命、生存、道德、罪與罰的哲學形上思考，存在主義的人道精神的自我抉擇，在認知隱喻的知、覺、思中，建立了李龍第價值的核心概念。

---

49 視點：小說特有的技法……提供進入人物內心的方式。參見華萊士・馬丁著，伍曉明譯：《當代敘事學》，（北京：北京大學出版社，2005年3月），頁17。

50 華萊士・馬丁著，伍曉明譯：《當代敘事學》（北京：北京大學出版社，2005年3月），頁17。

參考文獻

一　專書

七等生：《本地作家小說選・我愛黑眼珠》（臺北：大地出版社，2003年7月初版）。

黃永武：《中國詩學・設計篇》（臺北：巨流圖書公司，1999年6月初版）。

鄭明娳、林耀德著：《時代之風——當代文學入門》（臺北：幼獅文化事業公司，1991年7月初版）。

陳滿銘著：《辭章學十論》（臺北：里仁書局出版，2006年5月）。

韋勒克等著，王夢鷗等譯：《文學論》（臺北：志文出版舍，1976年10月初版）。

拉曼・賽爾登等編，劉象愚等譯，羅曼羅曼・雅克布遜著：《文學批評理論・語言的兩個方面》（北京：北京大學出版社，2003年10月第2版）。

陳炳良：《廣西傜族洪水故事研究・一個比較方法的應用》、《神話・禮儀・文學》（臺北：聯經出版社出版，1985年6月初版）。

向松柏：《中國水崇拜》（上海：三聯書店，1999年）。

傅道彬：《生殖崇拜文化論》（湖北：湖北人民出版社，1990年）。

張恆豪編：《火獄的自焚》（臺北：遠行出版社，1977年9月）。

陳鼓應編著：《存在主義》（臺北：臺灣商務印刷館公司，1967年6月）。

劉載福著：《存在主義的哲學與文學》（臺中：普天出版社，1969年3月）。

華萊士・馬丁著，伍曉明譯：《當代敘事學》（北京：北京大學出版社，2005年3月）。

二 期刊論文

張靖宇：《楊州教育學院學報‧跨文化視角下中西方文學中「水意象」的認知解讀》（江蘇：楊州職業大學出版，2014年3月），第32卷第1期。

林初枝：〈存在的荒謬與抉擇──讀「我愛黑眼珠」〉，《真實與虛幻─現代小說探論》，1992年，頁107。

朱芳玲：〈我能首先選擇的就是我自己──論七等生「我愛黑眼珠」的現代性〉，臺北：《國立臺北教育大學語文集刊》第21期，2012年1月，頁115-160。

張窈慈：〈論七等生「我愛黑眼珠」符號與意象的運用〉，臺中：《臺灣文學評論》8卷2期，2008年4月，頁112-130。

劉振琪著：〈七等生「我愛黑眼珠」的接受美學分析〉，臺中：《東海大學圖書館館訊》86期，2008年11月，頁40-52。

徐立平：〈與孤絕的靈魂相遇──試析七等生「我愛黑眼珠」的文本創作〉中國：《語文教與學》，2008年3月，頁10-11。

黃克全：〈恐懼與顫怖──論七等生「我愛黑眼珠」中李龍弟生命信仰之辯證性〉，臺北：《中外文學》8卷2期，1979年7月，頁142-164。

陳明福：〈李龍第：理性的頹廢主義者再論七等生的「我愛黑眼珠」〉，臺北：《中外文學》4卷11期，1976年4月，頁148-165

周　寧：〈論七等生的「我愛黑眼珠」〉臺北：《中外文學》3卷9期，1975年2月，頁142-152。

周靜佳：〈情與悟──「紅樓夢」水意象探討〉，臺北：《漢學研究集刊》，2005年12月，頁89-109。

盧韻如：〈孔子的水哲學〉，《南師語教學報》第3期，2005年，頁52-53。

修辭教學在語境建構課程裡之運用
——以國際文憑組織 IBDP 中文 A 語言與文學課程為例

蕭士軒[*]

摘　要

全球諸多教育體系都將中文的學習視為二十一世紀重要的能力指標之一。其中對於華語文課程規劃相對完備、推廣亦不遺餘力者，首推國際文憑組織（International Baccalaureate Organization）。

國際文憑組織針對高級中學11及12年級所規劃的 DP（Diploma Programme）中文課程，其教學核心著重在「語境」（Context）的建構與塑造，教師依此構築教學系統。IBDP 對於課程規劃上採取比較開放自由的態度，倚重教師專業知能發展各地區（各校）獨樹一幟的課程。IBDP 教師必須克服課程指標性知識含量與教學現場的落差，在教學過程中常因過度抽象而籠統的學術解釋與講述，造成學生對於文本理解與「語境」建構過程的困難度增加。故此，修辭學導入語境教學就顯得格外重要。

修辭為發展「語文智能」的基石，也是描寫能力的具體實踐。與

---

* 東吳大學中國文學系博士生，新北市私立康橋雙語學校國際部專任教師。

「立意」、「運用詞彙」、「構詞與組句」、「取材」、「運材與佈局」等元素交織形塑成語文的「特殊能力」，更是展現文句「形象思維」的表達力。藉由修辭教學導入 IBDP 中文課程，讓學生在文本閱讀理解的過程中，將抽象概念具象化，強化認知並理解「語境」思考的架構規範。同時，可對作品、作者背景和情境接受有清晰認識，以及對於作品形式、風格與美學鑑賞能力的培養，並打造可跨領域、種族與文化的多元學習能力，發展出具備批判性思考的閱讀與語文知能。

關鍵詞：國際文憑組織、IBDP、修辭學、語境教學、中文教學

一　前言

　　全球諸多教育體系都將華語文的學習視為二十一世紀重要的能力指標之一。其中對於華語文課程規劃相對完備、推廣亦不遺餘力者，首推國際文憑組織（International Baccalaureate Organization, IBO）。

　　國際文憑組織為一群日內瓦國際學校教師於1968年成立，創辦IB 最初目的是為解決該校學生面臨之升學問題所提出的教學計劃並滿足國際學生流動型態的教育需求，用以破除各國教育制度的藩籬與落差，建立一套可適應全球化、尊重在地化、利於全球移動的國際學校學生學習並廣為世界各國大學所接受的文憑制度。國際文憑組織從最早設立，針對11與12年級所規劃的 DP（Diploma Programme）大學預科課程，至1994年開始發展 MYP（Middle Years Program）中學課程；最後於1997年導入 PYP（Primary Years Program）小學課程，建立起12年一貫的完整的國際教育體系。發展至今，全球共有4668所IB 認證學校，參與學生超過130萬人[1]，是現今全世界最大的跨國教育組織。

　　IB 明確的規定所有參與的學校都需要有專屬的語言政策，所有IB 學校的語言課程規畫都須依照語言政策進行規劃。IB 為利於組織溝通並確保提供課程所需服務，其工作語言（Working Languages），主要為英語、法語、西班牙語。對於不同層度上的業務與課程支援，會提供拓展語言（Access Languages）的相關工作與教育文件，包含日語、阿拉伯語、印尼與華語，提供了相當豐沛的研究及參考資料。

　　國際文憑組織對於修習 IBDP 課程的學生，必須選修六大學科[2]，

1　本統計資料截止日為2016年11月底，參見IBO國際文憑組織官方網站http://www.occ.ibo.org/

2　國際文憑大學預科課程（curriculum）設置於六大學科組（Subject groups），包括：

其中語言的部分，母語為「中文」的學生，必須修習「文學 A」課程；母語非中文的學生則修習「文學 B」課程。IBDP 的語文課程規畫非常繁複，其最主要的教育目標，除了培養學生成為具有宏觀國際視野的學習者外，更需要具備優異的閱讀與分析文本能力，並能在其課程中培養主動研究、發掘問題與批判性思考的學術能量。如何養成 IBDP 語文課程的基礎？則須從該課程中最核心的概念「語境」的教學談起。

「語境」的創發，是人類思想透過語言表達構成語辭，或進而用文字記錄成篇，構築意念與情感的場域於字裡行間；對閱聽者而言，以語言文字為媒介，將作者的意念與情感甚至人物場景重現於眼前，更是語境的作用。所以了解並運用「語境」，是每一位修習 IBDP 課程學生甚至是一位優秀閱讀者必須擁有的技術。

IBDP 文學課程教師依語境理論架構教學系統，不過，因 IBDP 對於課程規劃上採取比較開放自由的態度，除提供語言習得的「指南」[3]，與《大學預課中教學與學習方法》[4]一書外，僅提供《中文 A 指定作家名單》[5]以及《指定翻譯文學作品目錄》[6]，除此之外，明確

語言和文學研究（Studies in Lnguage and Literature）、語言習得（Language Acquisition）、個人與社會（Individals and Societies）、科學（Sciences）、數學（Mathematics）以及藝術（The Arts）。學生必需從組別一至組別五中各選一門「科目」（course）學習，再從組別六選擇一門藝術科目或是再從前面五組中任意選擇一個課程作為第六個科目研讀。

3　Diploma Programme, *Language A: Literature Guide*, *Language A: Language and Literature Guide*, *Language B: Literature Guide*, First Examinations 2015, International Baccalaureate Organization, 2013.

4　Diploma Programme, *Approaches to teaching and learning*《大學預課中教學與學習方法》International Baccalaureate Organization, 2015.

5　*Chinese A Prescribed List of authors*, International Baccalaureate Organization, 2011.

6　*Prescribed literature in translation list*, International Baccalaureate Organization, 2001.

談論課程規劃與設計參考資料較少，所以課程設計仰賴教師之專業知識比重較高。授課如無明確規劃與引導，常讓教學的過程當中因為過度抽象而籠統的學術解釋與講述，造成學生對於語言 A 課程中核心學習目標的文本理解與「語境」建構的困難度增加。為了讓學生在 IBDP 文學課程中真正理解語境之義與文學之美，就必須從理解語言文辭之妙開始。因此，修辭教學導入語境架構對 IBDP 語言課程顯得格外重要。

二　IBDP中文A課程規劃與教育理念

（一）IBDP 文學課程概述

　　IBDP 的課程為符合多元文化背景的學生，創立「雙語文憑」制度。IBDP 最早的語言課程，僅有語言 A 及語言 B 兩種選擇，雙語文憑僅能選擇兩門語言 A 的課程取得。1988 年始，語言 A 與語言 B 課程出現新的 A1 課程，學生可以藉由修習語言 A1 或是一門語言 A1 和語言 A2 獲得雙語文憑。當時對於語言課程定義，A2 課程意謂著學生對該語言之學術運用的能力接近 A1 的能力。語言 A1、A2 與語言 B 發展至今，語言 A1 與 A2 分別轉變為 IBDP 第一學科組中「文學」以及「語言與文學」課程。以中文課程為例，分為學生母語原為中文的「文學 A」課程及學生母語非中文的「語言 B：文學」。文學 A 課程中又分為「文學」（literature）及「語言與文學」（Language and Literature）兩大類課程，並依學生程度，各有「高級課程」（High Level）與「普通課程」（Standard Level）可供選擇。

　　語言 A 的課程有著如此大的變革，乃是因為「文學」的課程難度相當高，純文學的訓練對於未來職志於人文學科的學生較有幫助，

由於該課程目標學生群人數較少，為增加語文課程的靈活度與多元性，IBO 在2011年決定設計一套全新的語文課程，除了基本的文學課程外，更加入了相當多語言應用元素的「語言與文學」課程。由於課程目標略有不同，以下，利用列表整理 IBDP 語言 A「文學」及「語言與文學」的課程規劃比較[7]

表1　IBDP 中文 A「文學」及「語言與文學」課程規劃比較

語言 A：文學		語言 A：語言與文學	
普通課程（SL）	高級課程（HL）	普通課程（SL）	高級課程（HL）
第1部分：翻譯作品		第1部分：文化背景／語境中的語言	
學習2部作品，均出自指定翻譯文學作品目錄	學習3部作品，均出自指定翻譯文學作品目錄	與高級課程相比，為達至學習目的所選擇的主題較少	與普通課程相比，為達至學習目的所選擇的主題較少多
第2部分：精讀作品		第2部分：語言與大眾傳播	
學習2部選自指定作家名單中的作品，體裁不同	學習3部選自指定作家名單中的作品，體裁不同（必須包括一部詩集或詞集）	同第1部分	同第1部分
第3部分：按文學體裁編組的作品		第3部分：文學—作品和背景／語境	
學習3部體裁相同的作品，均選自指定作家名單	學習4部體裁相同的作品，均選自指定作家名單	學習2部作品，其中1部出自指定翻譯文學作品目錄	學習3部作品，其中1或2部出自指定翻譯文學作品目錄

---

7 整理自 Diploma Programme, *Language A: Language and Literature Guide* 與 *Language A: Literature Guide*, First Examinations 2015, International Baccalaureate Organization, 2013.

語言 A：文學		語言 A：語言與文學	
第4部分：自選作品		第4部分：文學—批判性研究	
學習3部作品，均自由選擇	學習3部作品，均自由選擇	學習2部選自所學語言 A 的指定作家名單	學習3部選自所學語言 A 的指定作家名單

　　由上表可知，「語言 A：文學」課程中，普通課程的學生應學習10部作品，高級課程的學生應學習13部作品。「語言 A：語言與文學」課程中的第1與第2部分，普通課程至少選擇3個語言主題；高級課程至少選修4個語言主題。雖然「文學」課程似乎較「語言與文學」需修習的書籍較多，但因為「語言與文學」課程需加入不同的語言及文字應用課程，難度不亞於文學課程，其複雜度更勝於文學課程。而評估項目也是相當繁雜細膩的，以下，將語言與文學課程的測驗評估要項做一整理：

表2　IBDP 中文 A 課程評估要項及分數[8]

校外評估		校內評估	
試卷一（Paper 1）	25分	個人口頭評述（IOC）	15分
試卷二（Paper 2）	25分	擴展口頭活動（FOA）	15分
書面作業（Written Task）	20分		

　　學生在完成兩年的課程後，必須依照規定，參與 IBO 官方在五月及十一月（依所在地學制畢業時間）所舉辦的「校內評估」與「校外評估」兩大項升學考驗；「校外評估」其中包含由 IBO 出題，校外考官統一閱卷的 Paper 1 以及 Paper 2 的兩份試卷；另外，須將兩年學

8　整理自 Diploma Programme, *Language A: Language and Literature Guide*, First Examinations 2015, International Baccalaureate Organization, 2013.

習文學或語言主題中所完成的「書面作業」彌封寄至 IBO 做最後評測。「校內評估」則有針對課程第一、二部分課程，選出兩次優秀表現，評估平時學生「擴展口頭活動」（FOA），以及針對課程第四部分已讀過的文本中，節選不超過四十行的閱讀短文，設計數題問答引導學生，並將學生對該文本的個人口頭評述（IOC）錄音後上傳 IBO 完成考核，並計算本課程整體成績，最高可獲得七分，合併於其他五大主科成績及 TOK、EE、CAS 三科核心項目成績後，申請大學。[9]

（二）語境教學在 IBDP 語言及文學課程中的定位

近代語境的研究與討論，始於英國倫敦大學波蘭裔人類語言學家馬林諾夫斯基（Bronislaw Kasper Malinowski, A.D.1884-1942），他認為「話語和環境緊密的結合在一起，語言環境對語理解語言來說必不可少」（Malinowski, 1923）。他的後繼者弗斯（John Rupert Firth, A.D. 1890-1960）在此基礎上做了更進一步的發展與研究，他認為：「語言除了指『語言環境』，即上下文的關係外還包括『情景語境』，即語言和社會環境之間的關係」（Firth, 1950）。其後，英國語言學家韓禮德（Michael A. K. Halliday, A.D.1925-）則把語境分為「語言語境」和「非語言語境」，將語境形成因素歸納為：場境（field）、交際者（tenor）和方式（mode）三個部分（Halliday,1973）。韓德禮的學生，北京大學胡壯麟則將語境定義與作用有了更進一步的解釋：

---

9 IBDP各科的評量成績以1至7分，六科滿分共可得到42分。另外在三個核心項目中的「知識論」（Theory of knowledge）、「拓展論文」（Extended essay）及「行動創意服務」（Creativity, action, service）成績優異的同學還會獲得最多三分的「獎勵分」（bonus points）。也就是說，除了六門科目可以獲得最高的42分外，學生可以因為核心科目表現傑出獲得額外加分，畢業總分最多是45分。

語境這個詞（context）用的比較廣，也有不同的涵義。它可以指語篇內部的環境，即「上下文」（linguistic context, co-text）；它可以指語篇產生時的周圍情況、事件性質、參與者的關係、時間、地點、方式等，可稱之為「情景語境」（situational context）；它可以指說話人所在的語言社團的歷史文化和民俗風情，屬該言語社團的人都能理解其在語篇中的意義，可稱之為文化語境（cultureal context）。這三者都有助於理解與篇的意義和交際意圖，從而使語篇保持連貫性。[10]

王希杰也曾在其著作《修辭學通論》中將語境分類：

現在，從交際活動的四個世界理論出發，可以區分四個語境：語言語境、物理語境、文化語境、心理語境。然後在區分為語言內的語境和語言外的語境兩種。語言內的語境是小語境，微觀語境，即上下文。語言外的語境則是大語境，宏觀語境，即情景。語言外的語境由物理語言環境、文化語言環境、心理語言環境所組成。語言外的語境也可以分為兩種：一是明語境，包括物理語境和文化語境。二是晦語境，指的是心理語境，表現的形式不是那麼明顯，不能直接看到，容易被忽略。[11]

總和上述諸家所言可知，自馬林諾夫斯基提出「語境」以降，語境的定義其實並無統一的說法，其細項分類也愈趨複雜。歸結諸家論點旨要，對於語境的大分類基本上並無太大差異，分為「語言內語境」

10　胡壯麟：《語篇的銜接與連貫》（上海：上海外語教育出版社，1994年），頁181-182。
11　王希杰：《修辭學通論》（南京：南京大學出版社，1996年），頁317。

（即「語言語境」，或稱「小語境」、「微觀語境」）與「語言外語境」
（包含「文化語境」與「情景語境」）二大類。而胡壯麟先生對於
「情境語境」一類，則有更深入的說明：

> 從語言學的角度說，情境語境的另一層意義是一個人應注意什
> 麼時間，什麼地點，向什麼人，說什麼話。不考慮這些因素，
> 說話就不會得體，使對話難以進行，這樣的語篇是不會連貫
> 的。[12]

胡壯麟清楚地解釋了情境語境的作用。在正確的語句論述狀態，我們
必須考慮到包含視聽者所有場域條件，並以清楚的邏輯、正確地語辭
表達個人意念，也就是說，我們必須考慮到修飾文辭才能有精準的
表達。

除了建構完整語境基礎的「情景語境」外，亦須注意到「文化語
境」對語境形塑的影響與作用。胡壯麟也進一步的談論到「文化語
境」的定義與應用：

> 任何一個語言的使用者都屬於某特定的語言社團，每個語言社
> 團都有長期形成的歷史、文化、風俗、人情、習語和價值標
> 準。這些必然反應於該言語社團的更同語中。因此，在某些情
> 況之下，對於語篇的真正理解還得聯繫最高層次的語境，及歷
> 史文化語境。[13]

---

12 同註11，頁185。
13 胡壯麟：《語篇的銜接與連貫》（上海：上海外語教育出版社，1994年），頁186。

　　文化語境屬於語言外語境中最為深刻的一部份，而且文化語境也是 IBDP 語言及文學課程教學中的重要元素之一。它要求學習者需擁有較深厚的文化素養和廣博的民俗禮儀、歷史人情與慣用之俚俗語知識，去正確理解文化語境中的諸多元素，方能理解文本中隱含的意蘊和情味。

　　在理解語言與文學課程規劃與語境的定義後，我們也可以從該課程評估目標觀察學生修習此課程後應具備的語文能力：

表3　語言 A：語言與文學（普通課程和高級課程）評估目標[14]

1. 知識與理解	2. 運用與分析	3. 綜合與評價	4. 選擇並運用適當的表達形式和語言技能
表現出對一系列文本的了解和理解	表現出能夠選擇適合既定目的的文本類型	表現出能夠對文本的形式要素、內容和背景／語境進行比較和對照	表現出能夠在書面和口頭交流中清晰、流暢地表達思想觀點
表現出對語言運用、結構、技巧和風格的理解	表現出能夠運用與所學文本類型相關的術語詞彙	討論一系列文本中語言和圖像不同的運用方式	表現出能夠在一系列風格、語體和情形中運用各種形式的口頭和書面語言
表現出對讀者建構意義的各種方式，以及背景／語境如何影響這種意義建構的批判性理解	表現出能夠分析語言、結構、技巧和風格對讀者產生的影響	表現出能夠評價文本中的，以及針對它們的各種相互矛盾的觀點	表現出能夠以有重點和有邏輯性的方式對文本進行討論和分析

14 Diploma Programme ,*Language A：Language and Literature Guide* ,First Examinations 2015,International Baccalaureate Organization,2013:7.

1. 知識與理解	2. 運用與分析	3. 綜合與評價	4. 選擇並運用適當的表達形式和語言技能
表現出對不同的觀點會如何影響文本閱讀的理解	表現出能夠認識到創作和接受文本的方式對其意義所起的作用	僅適用於高級課程：撰寫一篇批判性讀後感，對文本、背景／語境和意義的某些方面進行評價	僅適用於高級課程：表現出能夠撰寫勻稱的比較分析文章
	表現出能夠採用相關的例子來支持和證明思想觀點		

　　從「語言與文學」課程中所提出的指標與評估項目，清楚得知課程的教學核心，即是訓練學生藉由「語境」（Context）的塑造與建構，對作品、作者背景和情境接受有清晰認識，以及對於作品形式、風格與美學鑑賞能力的培養，並打造可跨領域、種族與文化的多元學習能力，發展出具備批判性思考的閱讀與語文知能。

　　課程中有特別提出「語境」觀念，也希望語境程為課程教導與學習的重心，其實這個個程設計現象跟整個 IBDP 課程特色有關。IBDP 是以鎔鑄全球化、尊重本土文化特色及跨學科領域觀念設計的課程，「語言 A」課程並沒有專屬於華語文（中文）教學領域專屬的參考書。語文 A 課程無論語種，都共用同一本語言教學「指南」（Guide）；「指南」裡講述課程規劃與學習指標，必須盡力去滿足所有「語種」教學需求，並且建立一套放諸四海皆準的評量方式，使得無論修習何種語種的 IB 學生，都可以從中獲得優異的語文能力，並解獲得公正的評價。

　　為了減少這樣跨文化學習的阻力，IBO 對文學課程規劃必須找出

各種語言、文學與文化的共性，並尋求解決之道，也因此，「語境」就成為了研究 IBDP 文學課程的利器。禹慧靈對於語言與文學課程中文本與其表現的文化語境有這樣的討論：

> 在第一部分，我們集中討論了語言文化語境的問題。「語言」指的是人類用語言進行交流的各種活動現象，「文本」是語言現象的核心；「文化語境」指的是語言現象產生的各種因素，例如作者、讀者在語言現象的產生和發生作用的過程中程現甚麼角色，而在作者和讀者的背後，時代、歷史、文化、風俗的原因在發生著甚麼作用。粗略地講，課程第一部分要做的，是對語言現象「從外而內」的理解、分析和評判，其中大處著眼、層層深入是關鍵。[15]

其實不只課程第一部分，所有的文學與語言課程的學習皆須依照「語境」理論，提出關於文本認知，社會、歷史與文化背景等相關議題做出探討，深入理解作品所表達的意義，並思考閱讀者所存在的特殊文化環境與閱讀習慣是否因時間與地點變化時，對於文本的理解與賦予之意義產生偏移，探索更深層的藝術特質與意義問題，並鼓勵學生對於自己文化之外的事物加以反思，開拓多元的文化視野。

　　課程中除了上述對於文學或者語言現象探討外，還需要發展關於「口語表達」的訓練，這關乎 IBDP 學生最終升學成績，是本文前段提及，除文字的測驗與書面作業評估外（Written Task），另外由授課教師協助學生完成的「FOA」（Further Oral Activity）以及「IOC」（Individual Oral Commentary）兩個口語測驗；也就是說，IBDP 語

---

15 禹慧靈：《國際文憑組織大學預科項目中文A語言與文學課程學習指導：語言卷》（香港：三聯書局，2013年），頁112。

文課程，不但是要會閱讀分析，亦關注學生在學習過程中，是否能鍛鍊出適切地運用語辭於口語表達能力，在語境的學習理念引導下，「語辭」與「文辭」的交互作用的關聯性相當深厚，這部分的運用對於學生學習成就評估，也是非常重要的一環。

三　IBDP 中文 A 語言與文學課程的語境教學中的修辭運用

對文本中語境要有清晰的認知，最佳的方式即是從基本的修辭分析理解開始；同理，想創作出情意暢達、語境豐富深沉的作品亦需要優異的修辭能力。修辭，是中國語文的瑰寶；運用修辭除了可以讓言詞表述具邏輯與流暢性，更可以使文句優美生動。黃慶萱對於修辭學的定義有非常詳盡的說明：

> 修辭的媒介符號，包括語辭和文辭。從語文關係上考察，語辭與文辭都屬於傳情達意的符號。語辭是以語音表達情思的符號；文辭是筆劃圖形表達情思記錄語言的符號。語辭由於時空的限制，不能傳於異地，不能傳於異時。於是有文辭的產生，突破了時空的限制，到達了語辭無法達到的領域。文辭紀錄語辭，可以用聲音讀書而還原為語辭，二者關係密切。而且，文辭的修飾方法，十九就是語詞的修飾方法。我們沒有理由拋開語辭只講文辭的修飾。[16]

根據黃慶萱的說法，修辭媒介有「語辭」及「文辭」之別；說有分別，其實二者互為表裡、相輔相成。IBDP 語文課程要求學生畢業前

---

16 黃慶萱：《修辭學》（臺北：三民書局，2011年），頁6。

須完成的學習項目分為「校內評估」及「校外評估」；以實際操作的
分類而言，則分為「寫作」與「口語表達」兩大類，這與黃慶萱所言
修辭學中最重要兩大運用目標「文辭」和「語辭」是不謀而合的，由
此可知，將修辭學導入 IBDP 語文課程中，並利用修辭學的諸多技巧
與理論，可協助學生於課堂上循序漸進地架構出閱讀、理解、重現語
境的個人技巧與實力。

　　黃慶萱指出修辭對於語境的作用：

> 修辭學是研究在不同的語境下，如何調整語文表意的方法，設
> 計語文優美的形式，使精確而生動地表達出說者或作者的意
> 象，期能引起讀者之共鳴的一種藝術。[17]

據黃慶萱的觀點，修辭乃是建構語境的根基，沒有良好的修辭基礎，
遑論有良好的語境結構，亦無法如實傳達作者意念使閱聽者產生經驗
重現的感受。至於如何精進修辭，則要先了解修辭的核心價值，張春
榮教授對於「修辭」有這樣的定義：

> 修辭是「語文智能」（「修辭方面的能力」、「記憶方面的能力」、
> 「解釋方面的能力」）之一，寫作中描寫能力的具體實踐。與
> 「立意」「運用詞彙」、「構詞與組句」、「取材」、「運材與佈局」、
> 「選擇文體」、「確立風格」交織形塑成語文的「特殊能力」。[18]

從張春榮論點中可得知：修辭是人類無論口語或文字表意能力中扮演
著由內而外的重要角色，於內從情意的發想開始到外在風格的完成，

---

17 黃慶萱：《修辭學》（臺北：三民書局，2011年），頁12。
18 張春榮：〈修辭教學設計〉，《國文天地》第21卷第12期，2006年5月，頁4。

都和修辭的運用有著密切的關係。IBDP 文學 A 課程對於「閱讀分析與評述力」以及「語言表達力」的培養一樣重視；無論是用於閱讀寫作類的升學測驗試卷（Paper 1 Comparative Textual Analysis & Paper 2 Essay）、書面作業（Written Task）或是口語表達能力運用的「擴展口頭活動」（Further Oral Activity）與「個人口頭評述」（Individual Oral Commentary），都需要優秀的修辭技巧搭配具完整邏輯與清晰語言能力才能獲得佳績。

　　禹慧靈對於語言的交流及修辭的運用在語境上的作用看法如下：

> 使用甚麼樣的語言，也會和文章的體裁有千絲萬縷的聯繫，同樣會和文本的交流目的發生關聯。語言交流是在一定的語境中完成的。交流目的也是語境的一個重要成分。所以，我們也可以在退後一步，在語境的層面上，看看語言的使用方式是甚麼，在發生的甚麼樣的作用。[19]

又言：

> 語言有許多內部特徵，修辭、文體風格是語言現象中最「微觀」的部位。修辭和交流的目的有關，但修辭現象不是一成不變的，而是在演變中呈現出不同的情況。修辭、體裁和文體風格是密切關聯的。文本的作者會運用不同的修辭策略製造出不同的交流效果。[20]

---

19 禹慧靈：《國際文憑組織大學預科項目中文A語言與文學課程學習指導：語言卷》（香港：三聯書局，2013年），頁112。

20 同上註。

修辭作用廣泛，對於語言表達或是文章風格都有極關鍵性的影響。修辭的運用也是一種「有意識」的創作與加工；經過修辭潤飾的語言文字，更能夠精確的表達作者的情感與意識，而且靈活運用修辭，可以因特定受眾變動交流的目的與語境的需求，使閱聽者產生更深刻的映象。修辭也影響著受眾對於訊息擷取的觀點和情感投射，並多元的提供不同的理解事物的選擇，所以，禹慧靈認為：「修辭帶來的作者和受眾的交流，其實就是人類獲取和交流知識的情感的過程。[21]」

　　國、高中學生，要理解「語境」理論進而實踐，是相當困難的，大抵須先接受長時間的修辭訓練，通過對修辭的理解認識語境，這對於需強化閱讀與寫作能力的學生而言，是不可或缺的。藉由修辭教學，可將抽象的語句具象活化，更可讓學生在文本閱讀理解的過程中，強化認知，更完整的理解「語境」思考的架構規範。「語境」的構成其實有一定的條件存在，正如本文前段提及，語境運用最基本的劃分即為「情緒語境」和「文化語境」二大類，此二類語境必須透過高超的語辭能力與邏輯性才能完整構築；言下之意，語境並非只是單純的語意表達，也絕非是以單詞或單句組成的片段概念，而是必須經過完整的邏輯思考、謀篇布局而來。綜上所述，要擁能「理解」與「創造」語境的能力，必須先從鍛鍊靈活適切的運用語辭及修辭入手。

（一）寫作課程中的修辭練習

　　以臺灣地區七所提供 IB 課程學校[22]為例，選擇修習 IB 的學生來源，大致分為臺灣本地生、具臺灣護照長期居住於國外者、出生非華語地區並接受過歐美語系教育之華人、非華語系之歐美或其他語系之

學生。這些學生可以依期程度選擇中文課程的研修。IBDP 在學生選修課程時，並無非常嚴格的「語文能力測試」，學生選擇課程後，則依該堂科授課教師做「課前評測」，針對寫作、聽力、口說及閱讀理解施行測驗，由授課教師決定學生是否可以修習該課程；如不適應，則需要在學期中作至少兩次的評估，決定是否學生需要調整課程難度，選擇更高或較為簡易的課程修習。也有部分臺灣地區 IBDP 中文教師，會選用中華民國教育部推廣之「國家華語文測驗」作為鑑別程度的標準，通常要修習「中文 A：語言與文學課程」的學生，需要到達「高階級」（Level 4）較為適合。

大多數 IB 的學生都擁有二種以上語言學習背景，而且主要使用的溝通語言為英語，所以，即便母語選修為中文，除了經由教師評鑑所知及運用字彙量符合課程要求，實際上中文的基底，包含對文言文、古典詩詞、文學史、文體流變與辨析、閱讀理解的能力較不及一般臺灣或大陸地區受傳統中文教育的學生。IBDP 學生為11與12年級，無論閱讀理解跟寫作，亦因上述理由，對於基礎文法及修辭的認知都比較有限；所以，IBDP 學生需要強化的，不只有修辭能力的增進與高階的運用，必須從基礎的活用語詞，製造文句美感與音韻和諧開始。禹慧靈先生對於語詞的運用對於語意表達及修辭表現、語境塑造有相當深入的分析：

> 我們的結論是，語詞的選擇會影響到語意的表達。選擇一的語詞而不用另一個，在於作者的交流目的，在於在甚麼樣的語境下，作者想要達到甚麼樣的交流效果。語詞的含意是神奇的：不但有表面的含意，還有更深一層的含意。深層涵義有深層的社會和文化原因，在人們的語言交往中形成，在作者、文本與受眾之間發生互動，變得固定而有章可循，同時又會發生微妙

的變化。選用不同的語詞，達到表達字面含義的效果，同時又達到深層涵義的效果，就是語言使用的精妙之處。[23]

　　以下參考陳滿銘主編《新式寫作教學導論》[24]之內容設計，利用「同異詞」訓練，活化學生思考並運用於語句中，使得「語意突出」、「語句新穎優美」，將語辭運用境界提高，加深修辭上的美感與情意，方能訓練出良好創造語境、理解語境的能力。

表4　同異詞名言佳句摘錄練習舉例

原　句	出　處	自我創作
與其生氣，不如爭氣	趙寧	與其□□，不如□□
文學是苦悶的象徵	廚川白春	中國文學是□□的象徵
生命的殘缺，原是生命的不可或缺	席慕蓉	生命的殘缺，原是生命的□□□□
生命當你是禿子時，給你一把梳子	白諺	生命當你是□□時，給你□□□□
生命並不特別垂青於你，也沒有特別垂涎於你	張春榮	生命並不特別□□於你，也沒有特別□□於你
失敗像磨刀石，要把你磨亮，而不是磨碎	陳幸蕙	□□像□□□，要把你□□，而不是□□
人生需要的不多，想要的很多	聖嚴法師	人生□□的不多，□□的很多
人生沒有如果，只有如此	吳淡如	人生沒有□□，只有□□
金錢是可怕的主人，但也是極佳的僕人	俗語	金錢是可怕的□□，但也是極佳的□□

---

23 禹慧靈：《國際文憑組織大學預科項目中文A語言與文學課程學習指導：語言卷》（香港：三聯書局，2013年），頁114。

24 陳滿銘主編：《新式作文修辭導論》（臺北：萬卷樓圖書，2007年）。

原　　句	出　　處	自我創作
政治人物往往換了位子，就換了腦子	報紙標題	政治人物往往換了□□，就換了□□

學生作品舉例如下（本段學生之例皆為臺北康橋雙語學校國際部 IBDP 學生）：

> 中國文學是「苦情」的象徵。（張生）
> 中國文學是「苦難」的象徵。（湯生）
> 生命的殘缺，原是生命的「陰晴圓缺」。（周生）
> 生命並不特別「疼惜」於你，也沒有特別「疼愛」於你。（涂生）

學生透過上述舉例之「同異詞」訓練，利用「諧音」或「諧義」的換字運用，打造新的寓意，除了自我創作的能力增進外，更可以藉由此一訓練，在閱讀文本並分析語境時增加靈敏度，快速地找尋類似的句型並加以判讀作者設計修辭與語境的目的、情緒意念與思想傳遞。

（二）文本中修辭分析與語境的判讀

　　語境的理解跟修辭有著密不可分的關係，文本需要全面性的理解，必須將「修辭」和「語境」同時進行分析，因為修辭為建構語境之運用能力，將單一而片段的字或詞彙從平面跨向立體呈現的語境。方麗娜教授認為：

> 人們會在各種不同的場合下，賦予一個詞各種不同的意義，這些意義自然也就成為個詞的真實含意。因此，詞彙教學一定要和一定的語境相結合，只有這樣才能收到良好的效果。

> 語言作為交際工具，在交際的過程中不管是說話還是寫文章，要想申述一個完整的想法，都不可能只停留在句子這一個平面上，應該要擴大到語境中，要超越句子才能表達清楚。[25]

這裡明確地指出，解讀文本必須用宏觀角度去理解，方能產生較深層的閱讀感受進而理解領悟。學生必須利用閱讀文本的過程，整理其中同時符合「修辭」以及「語境」的文具，並試著加以分析，除增加文本熟悉度，亦可訓練閱讀分析的敏銳。以下為 IBDP 語言：語言與文學11年級學生依語境理論基本分類則所做的分析，試舉以下二例說明：

1 情緒語境

表5　學生作業一（湯生）

閱讀文本選例
A.她若無其事地繼續做她的鞋子，可是手頭上直冒冷汗，針澀了，再也拔不過去了。張愛玲〈傾城之戀〉 B.有一回對我說道：「你讀過書麼？」我略略點一點頭。他說：「讀過書，……我便考你一考。茴香豆的茴字，怎樣寫的？」我想，討飯一樣的人，也配考我麼？便回過臉去，不再理會。魯迅〈孔乙己〉
學生評析
從此二例來看，分別運用了「譬喻」、「雙關」、「激問」的修辭表現出文中主人翁的情緒狀態。如張愛玲〈傾城之戀〉中描寫白流蘇從聽到與家人對話，憶起往事，將心中不愉快的情緒傳達至手上，並利用了針「澀」一詞替

---

25 方麗娜：〈對外華語文詞彙教學的策略研究〉，《南師學報》第37卷第2期人文與社會類（臺南：國立臺南師範學院，2003年），頁11。

> 白流蘇當時的心理狀態的「苦澀」做的一個雙關的表現。又如魯迅〈孔乙己〉中，運用孔乙己好為人師的個性與酒店小廝對孔乙己質疑與滿不在乎的態度，描寫出眾人普遍對孔乙己輕蔑與不屑的態度。

2 文化語境

表6　學生作業二（賴生）

閱讀文本選例
A.中國畫的影響，現在的西洋畫也時興題字了，倒真是「東風西漸」。張愛玲〈封鎖〉
B.我念給你聽：「『死生契闊——與子相悅，執子之手，與子偕老。』我的中文根本不行，可不知道解釋得對不對。我看那是最悲哀的一首詩，生與死與離別，都是大事，不由我們支配的。比起外界的力量，我們人是多麼小，多麼小！可是我們偏要說：『我永遠和你在一起；我們一生一世都別離開。』——好像我們自己做得了主似的！」張愛玲〈傾城之戀〉
C.孔乙己是站著喝酒而穿長衫的唯一的人。他身材很高大；青白臉色，皺紋間時常夾些傷痕；一部亂蓬蓬的花白的鬍子。穿的雖然是長衫，可是又髒又破，似乎十多年沒有補，也沒有洗。他對人說話，總是滿口之乎者也，教人半懂不懂的。魯迅〈孔乙己〉
學生評析
此部分所引三例，第一例為「引用」修辭的變形，原為「西風東漸」，卻因西方繪畫受中國畫影響而有了題字的行為反寫為「東風西漸」；此處展現了清末民初東西方交流興盛的文化背景。第二例的引用，則選擇了《詩經·邶風·擊鼓》，深刻表達了男女之間的相戀的情感，但在此處使用，卻更有對人世蒼涼無依的感慨，也表現出在二次大戰的中國，年輕男女對於命運的不可測以及把握當下愛戀即是永恆的心境。

> 第三例則是「隱喻」及「映襯」。長衫，顧名思義即是舊時代讀書人的象徵，但孔乙己別其他穿長衫的客人坐在室內用餐，反而跟穿「短衫」的工人們一起蹲在店門前喝摻水的酒，唐突的設計了他依舊滿口「之乎者也」的說話習慣。孔乙己象徵著新舊時代交替下，無法適應而終被時代淘汰的封建象徵。魯迅藉孔乙己的外貌與他不合時宜的言行，深刻的隱喻了當時社會真實面貌。

經由此一訓練，學生會更容易明白作者會將想表達的意念利用優異的修辭融入字裡行間，除文本可觀度增加外，使得建構語境的元素完整，讓閱讀者可以藉由修辭去理解此處語境的含意與分類，重現作者情意、文化背景等構成元素，進而產生對文本的較全面與多層次思考、聯想。

（三）多元素材的運用

由於 IBDP 語言 A：語言與文學課程規劃廣泛，教師可依其建議的課程素材彈性選擇授課內容，不僅限於制式課本或者傳統書籍資料的文本，皆可採納。IBDP 對「文本」界定如下：

> 在本學科中，以及所出版的本指南中，「文本」的定義是：可以從中提取信息的任何材料，包括社會上出現的最廣泛的口頭、書面和視覺材料。其中包括配有文字或無文字的單一圖像和多重圖像、書面文學作品和非文學材料及其節選、媒體材料（例如電影）、廣播和電視節目及其剪輯、以及分享這些領域各個方面的電子材料（例如視頻共享網站、網頁、短信訊息、博客、維基百科和推客）。口頭材料包括朗讀、演講、廣播和會話的錄音。[26]

---

26 Diploma Programme, *Language A: Language and Literature Guide*, First Examinations 2015, International Baccalaureate Organization, 2013:16.

這也就是說，只要能夠滿足「提取訊息」任何材料，不論以何種方式呈現，都可以成為學習的素材。也因這樣的寬容，學生更可以從不同的面相與媒材理解並運用語境知識。以下，為 IBDP 語言 A：語言與文學課程所規劃的語言素材選擇：

表7　IBDP 語言 A：語言與文學中建議使用之語言素材

廣告	百科全書條目	惡搞作品
呼籲	論文	模仿性作品
傳記	電影／電視	照片
博客	指南	無線電廣播
小冊子／傳單	訪談	報告
動漫作品	信函（正式的）	影視劇本
圖表	信函（非正式的）	操作步驟說明
數據庫	雜誌文章	歌詞
圖解	宣言	演講稿
日記	回憶錄	教科書
社論	新聞	報導遊記
電子材料	反映意見的專欄文章	

　　無論選擇探討的主題是廣告、部落格、新聞、漫畫、短片還是電影，不同的體裁有相對應而明確的交流與訴求對象，作者選擇修辭手法，也是為了達到某種特地目的，學生可藉由多方利用表四所列的主題進行研討與對修辭運用的實際操作。以下，選擇「廣告」與「電影」二類主題進行語言中利用精準語詞及精煉修辭所創造之語境探討。

1 廣告中的修辭運用與語境

拜現代傳播科技進步所賜，文學的流動幻化為無數種型態，經由多樣性媒體的選擇，滲透進我們生活的每個角落，其中，所見頻率最高者，就屬於「廣告」了。廣告有其特殊性，它必須在相對短的時間內讓閱聽者明白訴求，並刺激消費慾望。所有的廣告都會有一個「核心理念」，讓廣告不會因傳播載體（如：電視、平面紙本、廣播）改變而失去意義；通常廣告的「核心理念」最直接表達的，就是一句易懂且深入人心的「口號」（slogan）。禹慧靈先生將廣告語言的目的概略分為「標新立異，引人注目」、「刺激興趣，引發慾望」、「引導思路，鼓動人心」三類，讓學生試結合禹慧靈先生觀點做以下整理：

表8　廣告修辭的運用舉隅（周生）

廣告語言的交流目的	可能使用的修辭	例句
標新立異，引人注目	引用、諧音雙關	人生苦短，必須性感。
	譬喻、誇飾	整個城市都是我的咖啡館
刺激興趣，誘發慾望	映襯、誇飾	不在乎天長地久，只在乎曾經擁有。
	映襯、誇飾	一家烤肉萬家香。
引導思路，鼓動人心	引用、層遞	貧者因書而富，富者因書而貴。
	類疊	經典只是起點，傳奇沒有終點。
	諧音雙關	未來，無所不載。

學生可以經由對廣告文句中的修辭分析，去探究該文句與商品的關聯性強弱，也可以觀察該廣告文句產生的社會背景，了解該廣告是否符合特定受眾族群的需求，如何針對此受眾族群營造勾起興趣，刺激消費的語境。另外，教師也可藉由收集並篩選適的廣告詞，提供給學生做「實際操作」的訓練，讓學生能在未知而陌生的語句中，能分

辨修辭手法，並能說出修辭手法如何強化了廣告的意象，進而明白此類手法如何建構特定的語境及商品與主要消費受眾之間的關聯性，進而可善用修辭與語境知識，使自己有足夠的能力「創造」此類廣告文句。

2 電影語言中修辭運用與語境

電影，可稱為文學的攣生兄弟，由於文本影像化，更容易讓閱聽者感受人物與情節中所蘊含的情意，也可以說是「語境」最佳的體現方式之一。對於電影語言中的語言藝術，張春榮教授將其分類為「繪畫性」、「音樂性」、「意義性」三大類，並將華語電影中出現的修辭做了統整與舉例。試歸納於下表中：

表9　華語電影中的修辭運用[27]

分類	修辭	項目	分類	修辭	項目	分類	修辭	項目
繪畫性	譬喻	環境特色	音樂性	押韻	原型	意義性	設問	疑問
		生活經驗		類疊	類字			激問
	轉化	人物心理			疊字		映襯	原型
		生活警語		頂真	原型			兼音義之美
	誇飾	數量誇飾			意義衍伸		層遞	原型
		誇飾兼譬喻		回文	原型			剖析因果
					同中有異		反諷	反諷體悟
				雙關	諧音			語義變化
					諧義		悖論	對立的統一
								相反相成

27 整理自張春榮：《現代修辭學》（臺北：萬卷樓圖書，2013年），頁207-226。

　　學生可以藉由上表，清晰掌握語詞在電影中修辭藝術的運用及成果，並試以此表分類提示，利用有中文字幕的英文電影名言佳句摘錄後寫出分析：

表10　學生作業三（周生）

英文原句	中文翻譯
Some birds aren't meant to be caged. Their feathers are just too bright.	有些鳥兒是關不住的，因為他們的羽翼太耀眼。
運用的修辭：譬喻、轉化、雙關	

請說明為何利用電影裡的這句話作為探討的主旨，對這部電影中的情節有著時麼樣重大的意義，並請適度結合結合語境探討。

【答】

這句選自於《刺激1995》這部電影，因為我認為，這句話足以成為這部電影的「靈魂」。這句話藉由飽受冤獄的男主角「安迪・杜佛蘭」的黑人好友「瑞德」之口，在安迪成功脫逃後所說出的感慨。在電影中，安迪受到冤屈而入獄服刑，但他的一切行為舉止跟一般的罪犯完全不同，溫文儒雅博學多聞的形象也具備著成功銀行家的背景，除了利用金融知識服務獄警換取他跟夥伴們的一些在監獄中的好處外，也引起典獄長對他的注意，因而要求安迪為他從事金融犯罪。而安迪也在看清典獄長及監獄醜陋生態後計畫逃獄，花了二十年的時間成功逃脫，並利用協助典獄長犯罪洗錢的身分，重新開始他的人生。

這句話利用了許多的修辭元素，例如使用了「譬喻」，將安迪的外在形貌與美麗特出的鳥兒做了結合，「轉化」修辭的運用，則是把「耀眼羽翼」和安迪的人格特質做了相當恰當的形容，更顯示了他的特立和利用安迪整體反襯了監獄惡劣環境與醜陋的生存文化。至於「關」則是一種雙關，把鳥兒的關和人類的囚禁做了直接的連結，也把人對於被監禁的意識說得很清楚，以這句話去聯想整個電影的片段，更能體會和渴望重獲自由的感受。

　　學生藉由整理或紀錄電影中的文句,反思修辭於語言中扮演角色的輕重,是否足以影響情節中語境的形成?對於閱聽者而言,是否便於清楚分析並理解其所欲建構的語境?教師可以藉此訓練學生試著改寫某段自己研究的電影劇本或創作短篇劇本,使學生親身體會在架構整個故事場域時,必須運用哪一些修辭使得對話通暢優美,抑或發人深省,令人咀嚼再三,都是利用電影文句中語詞與修辭分析訓練語境能力的方式。

四　結語

　　在中文 A 語言與文學課程中,要求學生閱讀分析與寫作皆須利用「語境」知識,對於慣於雙語學習或主要以英文為溝通的 IBDP 學生而言是一大挑戰;筆者所教授的學生,在剛修習 IBDP 課程時,常在閱讀中文文本時,經常偏離中文語法,改使用習慣的英文語法,使得理解偏差;或者因為過去課程中,不具備理解較高階文本的訓練,讓閱讀成為困難的挑戰。這樣的現象其實也跟 IBDP 前期課程 PYP 及 MYP 的設計有關。IBDP 對於課程非常詳細嚴謹的規範與限制,但對於前期課程並沒有如此清楚繁複的制定,所以會導致各校學生進入 IBDP 中文課程時,有著一定程度的語文能力差異,但在 IBDP 的大教學框架下,教師們必須想盡辦法克服此一程度上的落差,所以,由語境展開的修辭教學,並藉修辭教學實踐煉字鍛句的能力,對於此課程是相對重要的一種教學手段。

　　IBDP 中文 A「語言與文學」課程教授作品的部分,本文前段已經有說明,這代表是 IBDP 對於學生語文能力的訓練,期望是以一「完整作家」為單位,亦即從《中文 A 指定作家名單》[28]中選出數位

---

28 *Chinese A Prescribed List of authors*, International Baccalaureate Organization, 2011.

作家的作品，充分閱讀理解該文本知識背景，包含作者生平、風格、創作的時代、同一時期的作家等，並經由文字及語言運用語境理論提出自我的觀點，強化語境意識，訓練學生成為無論對事物或文字都有深刻體悟並能洞見觀瞻的一位閱聽者。

但是，這樣的課程規劃對於學生中文能力培養會不會與其他主要華人地區的中文出現落差？本文第三部分有提及，IBDP 的課程僅兩年時程，加之以前期課程 PYP 以及 MYP 中並沒有像 IBDP 課程中有專屬於中文課程的教材規範與講述，中小學的 IB 教師自編語文教材的比例比 IBDP 更高，完全看教師對於 IB 課程的領會與理解以及語文專長設計課程，這樣自由的教學導向影響有二：一是使得學生在面對 IBDP 的中文課程銜接上有一定程度上的落差，教師必須在課程前澈底明白學生的語文程度，避免學習強度過高，學生喪失學習興趣與動機；二則是前期課程的鬆散，使得學生對於中文文學發展的脈絡與古典文學的閱讀與賞析能力較為薄弱。

有別傳統中文課程的測驗與地毯式地閱讀與認識大量作家作品，IBDP 側重是文本專讀精讀，加上大量閱讀、專題研究與寫作的訓練。IBDP 語言與文學課程的學生需具備「帶得走」與「一生受用」的語文應用能力，並以「語境」理解為主要學習核心的課程，加強修辭理解與運用。學生也必須清楚語言文字與語境密不可分的關連性：語境是由語言形塑出來，而語境可由語言文字體現，修辭的運用則會在其中產生調和作用，使閱讀者更易體會文本意涵，使寫作者更清晰表達意念。

IBDP 語言與文學課程也必須循序漸進地讓學生理解，閱讀文本並不僅僅是單純閱讀語言文字，而是藉由語言文字及修辭，分析其語境組合的元素。任何文本都是語言文字的使用者在特定的時空環境下產生，這樣特定的語境中傳達的意義也是特定的。所以閱聽者不能僅

停留在語言文字的表徵，應藉由語詞系統及修辭分析了解文本內涵，並統整語言內部語境及與語言外部語境的線索，以達到理解文本的目的，最終運用在整體語文能力的表現上。畢竟，和世界上絕大多數的教育體系一樣，IBDP 最終也需要面對升學；也有別於其他教育體系，IBDP 中文 A 語言與文學課程的設計與升學測驗是一個完整的設計與流程，它很清楚地告訴學生，考試的型態和方向，該具備何種程度的文學底蘊，需要擁有那些學術能力，在一個巨大的有限中創造無限的巨大。

參考文獻

一　專書類

胡壯麟：《語篇的銜接與連貫》，上海：上海外語教育出版社，1994
　　　年。

王希杰：《修辭學通論》，南京：南京大學出版社，1996年。

張春榮：《修辭散步》，臺北：東大圖書，2006年。

陳滿銘主編：《新式作文修辭導論》，臺北：萬卷樓圖書，2007年。

黃慶萱：《修辭學》，臺北：三民書局，2011年。

董　　寧：《國際文憑組織大學預科項目中文 A 文學課程指導》，香
　　　港：三聯書局，2012年。

張春榮：《現代修辭學》，臺北：萬卷樓圖書，2013年。

禹慧靈：《國際文憑組織大學預科項目中文 A 語言與文學課程指
　　　導》，香港：三聯書局，2013年。

Diploma Programme (2001) *Prescribed literature in translation list*,
　　　International Baccalaureate Organization,2001.

Diploma Programme (2011). *Chinese A Prescribed List of authors*,
　　　International Baccalaureate Organization.

Diploma Programme (2013). *Language A: Literature Guide*, First
　　　Examinations 2015, International Baccalaureate Organization.

Diploma Programme (2013). *Language A: Language and Literature Guide*,
　　　First Examinations 2015, International Baccalaureate Organization.

Diploma Programme (2015). *大學預課中教學與學習方法 Approaches to
　　　teaching and learning,* International Baccalaureate Organization.

二 期刊論文類

方麗娜：〈對外華語文詞彙教學的策略研究〉,《南師學報》第37卷第2
期,2003年10月,頁1-16。

張春榮：〈修辭教學設計〉,《國文天地》第21卷第12期,2006年5月,
頁4-10。

王希杰：〈語境的再分類〉,《國文天地》第24卷第1期,2007年6月,
頁81-89。

陳滿銘：〈論修辭教學的重心〉,《國文天地》第26卷第8期,2011年1
月,頁23-33。

鍾鎮城：〈國際學校裡的 IBDP 與 AP 華語習得之比較〉,《高雄師大學
報》第39期,2015年12月,頁43-56。

探究式教學法融入經典閱讀教學
——以蕭蕭〈仲尼回頭〉為例[*]

謝淑熙[**]

摘　要

　　本研究的主題旨在探討探究式教學法（Inquiry Teaching）融入經典閱讀教學，對學生學習成效之影響。研究設計透過「大一國文」（Chinese Literature）課程教學來進行，教學目的是引導學生閱讀經典古籍，並學會如何利用圖書館網路資源，搜尋網路資訊、分析整理、及小組的辯論修正中，提升對閱讀主題的了解，以增進批判性思考（critical thinking）的能力。而教學的進行係強調個人閱讀心得寫作與小組研究報告分享，並能進行見解的溝通和交流。學生經由網路資源進行探究活動的學習過程，並逐步建構屬於自己思維的概念體系。研究方法採用情境簡介、學習任務、探索過程、網站資源、評量等質性資料，以其能深入理解學生閱讀的能力；教學材料選自海洋大學大一國文：蕭蕭〈仲尼回頭〉一文、自編「閱讀學習單」、「學習心得單」、「問題討論」、「延伸思考」等，以發揮教師對閱讀教學的指引作

---

[*] 本論文發表於2016年12月9-10日由中國語文學會、中國修辭學會、中華文化教育學會合辦之「修辭批評與華語文教學學術研討會」。

[**] 國立臺灣海洋大學、臺北市立大學、私立新生醫護管理專科學校通識中心兼任助理教授。

用，而設計出更理想的教學內容，進而培養學生良好的學習態度，並反思運用探究式教學法以落實經典閱讀教學是否有成效 。預期成果：1.建立良好的師生互動關係，以提升學生良好的學習態度；2.使學生透過資訊融入教學活動，以增進學生自主學習與發揮創意的原動力。3.使學生透過經典閱讀教學，以提升研讀經典古籍的興趣。

關鍵詞：探究教學法、經典閱讀教學、人文素養、論語、孔子

一　前言

　　在知識經濟蓬勃發展的時代中，知識已成為運籌帷幄決勝千里的關鍵。世界管理大師彼得、杜拉克（Peter Drucker）曾經指出：「人類的歷史上，再也沒有比此時更重視知識的價值了。」面對多元文化社會的變遷，我們必需提供多樣化的教材，引領學生懂得明辨是非、思考問題，有能力活用知識來解決問題。學校教育的目的在傳播知識，為國家培育人才。知識唯有透過密切的交流與分享，才能充分得到發展，並且發揮傳播知識的功效。知識管理的三要素，不外乎人員、知識、資訊科技與分享。知識分享策略，不僅在於不同的團體內蒐集與傳播資訊，同時也必須建立一種團隊機制，使人人能夠與他人相處學習，互助合作，並且將知識管理的 6C：個人專業與知識累積（Create from individual）、將擷取的資訊內容去蕪存菁（Clarify）、分類各種內容（Classify）、建置溝通的環境（Communicate）、增進組織與個人間的了解（Comprehend）、群組學習及知識共享（Createfrom Group）（劉春銀，2002）。整合性的資訊系統，有著融合教育與生活的能力。而探究式教學（Inquiry Teaching），就是發揮知識管理6C 等六項要素的重要教學法，可以增進學生運用知識的能力及啟發具有獨立思考的能力，使人人能夠與他人相處學習，互助合作，進而使知識的獲取、累積、加值、創新與運用能夠有效的發揮。

　　美國學校圖書館員學會（American Association of School Librarians，簡稱 AASL）曾於2007年提出「21世紀學習者應具備的準則」（Standards for the 21st Century Learner），指出學校課程應培養學生批判思考、獲取知識、應用知識、創造知識、分享知識以及參與社會發展的能力。提供教育領導者及圖書館員思考如何形塑學生的學習，AASL 認為21世紀的學習者應達到的四大標準為：一、使用各種科技

工具取得各類型資料，以建立批判思考與選取知識的能力；二、會使用資訊並得出結論，做出明智的決定，在新形勢中懂得利用知識來創造新知識；三、能分享知識、道德並且積極參與民主社會；四、找尋個人有興趣的資訊，參與社群討論，以追求個人及審美能力的成長。的確，資訊融入教學，是增強學生自主學習與發揮創意的原動力。

二　文獻探討

探究式教學法有別於傳統的講述教學法，由以老師為主體，轉移成以學生為學習的主體，學生經由探究活動的過程，擁有充分的發表、討論、操作的機會，並逐步建構屬於自己思維的概念體系。當愈多的活動被學生探究，學生的學習態度會更積極，且愈有信心。而經典閱讀教學，是目前臺灣各大學通識教育中心所推動的大一國文必修課程。本研究的目的旨在探討探究式教學法融入經典閱讀教學，對學生學習成就之影響。因此分述探究式教學法、經典閱讀教學的設計原則理論與課程內容的規劃，如下：

（一）探究式教學法

探究式教學（Inquiry Teaching）在學校科學課程中具有一定份量的角色，其時間不超過一百年（Bybee & DeBoer, 1993），在1900年之前，大多數的教育學者將科學視為是知識的主體，學生經由直接的教學來學習這些知識。對此種觀點的批判起於1909年，當時 John Dewey 在給美國科學促進學會（American Association for the Advancement of Science, AAAS）的一封信中指出科學教學太過於強調訊息的累積，卻對科學即是思考的路徑及心智的態度這方面的教育欠缺。Dewey（1910）認為，學生學習科學不只是學習知識而已，同時也應學習過

程或方法（洪振方，2003）。在西元十九世紀之前，大多數的教育學者將科學視為知識體系，並將科學直接灌輸給學生。直到西元十九世紀初杜威（John Dewey, 1859-1952）認為科學不應只是灌輸給學生大量的知識，卻忽略了學生思考的方法與態度，所以教育工作者，應加強學生解決問題的過程與方法之學習（謝州恩、吳心楷，2005），亦即學生在學習上應扮演主動的探究者的角色，而非被動的接受者。

探究式學習是1995年聖地牙哥州立大學的 Bernie Dodge 和 Tom March 教授所提出的一項新興教學技術，其核心概念即：整合學習策略與應用網路資源，規劃出探究導向（inquiry-oriented activity）的教學活動。教師可由教學目標出發，規劃一系列的問題與任務，並透過事先整理好的相關資源網站，幫助學生在資料搜尋、整合、分析、評鑑等解決問題的過程中學習成長。探究式學習可避免學習者在多元的全球資訊網中，盲目瀏覽和接觸不適宜資源，同時又能激發學習者的主動性、探究精神和創意思考的能力。

探究式教學，又稱為研究性學習、專題研習或疑難為本學習，是一種以學生為主的學習模式。在教師的輔助下，由學生策劃、執行及自我評估的學習方法（梁淑貞、陳秀騰，2001）。它是一種跨學科的學習技巧，學生透過研習一個特定的專題的同時，運用現有的知識和技巧來重新綜合，並透過進行一些特定的活動，使學生能自主地建構知識，繼而學會這個新的題目，而達到學習的目的，並培養學生的自主學習精神，簡單來說就是一種以學生自主探究為主的學習方式。

（二）經典閱讀教學

所謂經典（classics, great books）的義涵，可以溯源自中國南朝劉勰（465-520）所說：「經也者，恆久之至道，不刊之鴻教也。故象天地，效鬼神，參物序，制人紀，洞性靈之奧區，極文章之骨髓者

也。」(《文心雕龍·宗經篇》)說明經書取法於天地,證驗於鬼神,深究事物的秩序,從而制訂出人類的綱紀;經典銘記了人世間,永恆不可改易的偉大言論與智慧。國立臺灣大學配合全校大一國文課程實施經典閱讀教學,該校從2007年起推動「臺大經典閱讀計畫」,初期推薦九部經典,到2009年則增為三十部經典,包括了:

1. 「文化經典」:《論語》、《孟子》、《老子》、《莊子》、《史記》、《世說新語》、《六祖壇經》、《神話的智慧》。
2. 「詩歌經典」:《詩經》、「唐詩宋詞」、「現代詩」。
3. 「古典小說」:《三國演義》、《水滸傳》、《西遊記》、《三言》、《紅樓夢》、《聊齋誌異》、《儒林外史》、《鏡花緣》、《老殘遊記》。
4. 「現代小說」:《阿Q正傳》、《邊城》、《傾城之戀》、《圍城》、《亞細亞的孤兒》、《臺北人》、《兒子的大玩偶》、《嫁妝一牛車》、《玲瓏花》、《天龍八部》。

除了臺大推動經典閱讀計畫外,全國各大學由通識教育中心推動經典教育的實例不勝枚舉,茲舉國立臺灣海洋大學大一國文為代表。國立臺灣海洋大學大一國文,配合通識教育中心辦學宗旨,故授課選文兼顧與海洋文學有關的古典文學與現代文學(吳智雄、顏智英,2014),課程內容包含:

1. 「生命的源起」:《詩經·凱風》、《左傳·鄭伯克段于鄢》、歸有光〈先妣事略〉、余光中〈我的四個假想敵〉
2. 「心靈的探索」:《墨子·兼愛》、陶淵明〈歸去來辭並序〉、蕭蕭〈仲尼回頭〉、羅門〈觀海〉。

3. 「生命的軌跡」：蔣捷〈虞美人〉、韋莊〈菩薩蠻〉五首、徐國能〈第九味〉、廖鴻基〈丁挽〉。

4. 「與世界相遇」：酈道元《水經注‧江水》、鄭愁予〈如霧起時〉、白居易〈賣炭翁〉、宋濂〈杜環小傳〉。

5. 「生命的省思」：蘇軾〈南歌子‧八月十八日觀潮，和蘇伯固二首〉、馬致遠〈秋思〉、元好問〈摸魚兒〉、王鼎鈞：〈興亡〉。

附錄：吳智雄〈大學國文的三種用處〉、

吳智雄〈如果孔子活在現代〉、

顏智英〈文學花園在「海大」〉。

由上述二所大學所開設經典課程的書目中，可知大學通識教育中心所推動的經典教育融攝古今國文、心理學、社會學、哲學等等多元範疇，透過經典閱讀教學，可以引領學生開啟古今文學的堂奧，在古聖賢哲的智慧結晶與經典話語中，開拓學生的新視野，陶冶其閱讀品味，激勵終身學習之意志，進而培育人文素養，以塑造高尚的人格。

三 探究式教學法在經典閱讀教學上的運用

關於探究式教學法，發展至今已有多種模式，1967年加州柏克萊大學物理教授 Karplus 提出，當時他提出的發現式教學模式為探索、發明、發現三階段；之後於1977年又與 Lawson 修正為探索、概念引介、概念應用；1988年 Lawson 等人納入建構論，修正為探索、名詞引介、概念應用。依據勞森（A.E. Lawson）將學習環三階段重新定位為探究、術語引介（term introduction）、概念應用，且發展出描述型學習環、經驗誘導型學習環、假說演繹型學習環（1988年）。茲統

整上述學者的說法，分述如下：

（一）探究式教學法的模式與步驟

第一階段：探索階段

教師：針對所要教導的教材篇章，安排教學情境，進而引發學生學
　　　習動機與探索的興趣。

學生：去尋找並尋求解決問題的過程，學生必須運用科學方法，以
　　　網路資源積極

探索現象，並與同學合作、討論、交換意見。

第二階段：概念引介

教師：要引導學生找出他們發明的優點、邏輯與統整性。

學生：將探索的結果、屬性及特徵，予以分類、辨識及標示，並和
　　　老師、同學討論，歸納結論，形成較成熟的概念。

第三階段：概念應用

老師：澄清學生在探索階段所使用的方式，指導學生就其所探索的
　　　東西，分群、分組成為一種描述，一種解釋，或一種假設。

學生：能活用其所探索的新情境，能解答相關問題。

　　綜合上述，可知探究式教學法是一套以學生為中心之「網路融入
教學」活動設計。它主要的目的是老師提供一些與教學主題相關的活
動任務，學生必須運用網路資源進行探究式學習活動，以完成任務。
另一方面，學生也因為老師的任務設計及引導，學會如何搜尋網路資
訊、分析整理、及小組的辯論修正中，提升對主題的了解及思考能力。

表1　探究式教學設計

單元名稱	蕭蕭（蕭水順）：《仲尼回頭》
	走過曲阜斜坡，仲尼曾經三次回頭，一次為顏淵、子路、曾參、宰我，一次為孔鯉、孔伋，另一次為門口那棵蒼勁的古柏。
	走過魯國開闊的平疇，仲尼只回了兩次頭，一次為遍地青柯不再翠綠，遍地麥穗不再黃熟，一次為東逝的流水從來不知回頭而回頭，回頭止住那一顆忍不住的淚沿頰邊而流。
	走過人生仄徑時，仲尼曾經最後一次回頭，看天邊那個仁字還有哪個人在左邊撐天上的那一橫地上的那一橫，留個寬廣任人行走。
	資料來源：《生命・海洋・相遇——詩文精選》
教學過程	第一階段：探索階段 本文以「回頭」的外在動作說明孔子內心的牽掛與眷戀，先敘私情，再寫家國之情，最後寫出生平志業，是一首極為成功的作品。為「遍地青柯不再翠綠，遍地麥穗不再黃熟」而回頭，寫出關心黎庶，無法拯救百姓於塗炭的無限遺憾。 第二階段：概念引介 「留個寬廣任人行走」點出孔子一貫之道「忠恕」的精神。孔子終生以愛人為職志，一心所念，無不是要盡己為人（忠）、推己及人（恕）；一生所行，無不是要積極化成天下，期盼能使「老者安之，朋友信之，少者懷之」。 第三階段：概念應用 1. 孔門四科十哲 2. 孔廟配祀

| 3. 孔子的學說思想 |
| 4. 孔子的人格風範 |
| 5. 孔子的教育思想 |
| 6. 孔子的淑世精神 |

（二）探究式教學法教學原則

　　探究式教學法（Inquiry Instructional Strategy）強調要以學生為主體，給予他們充分發表、討論與操作的機會，使其透過類似科學家做研究的經驗，體會與學習到科學知識、科學態度與科學技能（楊建民，2009）。探究式教學法是一套以學生為中心之「網路融入教學」活動設計。它主要的目的是老師提供一些與教學主題相關的活動任務，學生必須用網路資源進行探究式學習活動，以完成任務。

　　本研究是透過「大一國文」（Chinese Literature）課程教學來進行，其選課學生為國立臺灣海洋大學的大一學生，課程的教學目的是引導學生透過深入的閱讀與分析，培養批判性思考（critical thinking）的能力，能從學習中培養學生的人文素養及提昇學生寫作能力。因此，課程內容主要是以古典文學與現代文學為本，選擇知名人物的經典著作為閱讀文本。學生經由老師的引導，學會如何搜尋網路資訊、分析整理、並能進行見解的溝通和交流，以提升對主題的了解及思考能力。依據 Bernie Dodge 與 Tom March 兩位教授所提出探究式教學法教學進行的六個主要要素：

1. 情境簡介（Introduction）：
　　教師可以利用簡報式（Powerpoint）教學法與網路互動式的教學法，提供豐富多元與教材主題相關的一些背景材料，喚起學生原有知識經驗，為新的學習作好準備的教學設計。

2. 學習任務（Task）

發揮群組合作學習及知識共享的任務，可以增進學生運用知識及啟發獨立思考的能力，人人能夠與同儕相處學習，互助合作，進而使知識的獲取、累積、加值、創新與運用能夠有效的發揮。

3. 探索過程（Process）

教師對學生探索學習過程的的排與指引，每一步驟都有清晰的指導說明，並且要尊重學生的個別差異，鼓勵學生建立自信心。

4. 網站資源（Resources）

教師可以利用網站資源，透過教學平臺的聯結、線上討論的應用、相關資訊的搜尋等架構（邱子修，2009），以引導學生有效的學習，除增加師生的互動外，亦可使同學間，經由網路可以即時溝通，在知識的傳遞及交流上更為快速有效（徐新逸、林燕珍，2004）。

5. 評量（Evaluation）

教學應兼顧認知、技能與情意的學習（劉美芳，2004），教師應從多元的評量方式，來評價探究學習效果與學生解決問題的能力，以提升學生的學習興趣。

6. 結論（Conclusion）

教師提示學生完成這次探究學習已經學到了什麼？並鼓勵他們發表這次探究的經驗如何擴展到其他領域、發現什麼新問題？以及有何感想等，提供學生延伸學習的機會。

表2 探究式教學法各階段教學活動內容

	教師	學生
情境介紹	【引起興趣】 選用與孔子有關的電影片段與史實： 齊魯會盟 子路問津 顏回之死 子路之死 https://www.youtube.com/results?search_query	【對所教的課題感興趣】 學生從欣賞介紹孔子的電影片段與史實中，以激發學習的動機與興趣。
學習任務	【提出探討問題，引導學生探究】 1.《論語》一書的簡介 2.與智者的心靈對話 3.認識孔子的為人風範 4.孔子人文教育思想之特質 5.論孔門弟子的思想學說與道德修養	【在教材範圍內自由思考】 這是一首風趣且引人深思的散文詩，詩中以孔子對周遭人物的深情回顧，表現出師生之情、父子之情及家門口的古柏之愛。
探索過程	【提供正式定義與解釋】 1.結構：依情意的親疏分為三節， 第一節：仲尼走過曲阜曾回頭三次，先為顏淵、子路、曾參、宰我，其次才為孔鯉、孔伋，表示孔子對學生教育的重視，勝過私情。 2.第二節：孔子對魯國的深情回顧。 「青柯不再翠綠」、「麥穗不再黃熟」，是借《詩經‧王風‧黍離篇》的典故，反思孔子對魯國百姓生活的憂思。 3.第三節：孔子對天下蒼生的深情回顧。	【聆聽並設法了解老師的解釋】 【在活動範圍內自由思考】 1.分組活動 2.蒐集資料 3.簡報分享成果

	教師	學生
	4.「留個寬廣任人行走」點出孔子一貫之道「忠恕」的精神。孔子終生以愛人為職志，一心所念，無不是要盡己為人（忠）、推己及人（恕）；一生所行，無不是要積極化成天下，期盼能使「老者安之，朋友信之，少者懷之」。	
網站資源	臺北市孔廟儒學文化網 http://www.ct.taipei.gov.tw 臺灣大學教育學程網站 http://www.education.ntu.edu.tw 國立臺灣師範大學國文系 http://140.122.82.194/ 元智大學網路展書讀： 網路展書讀 http://cls.admin.yzu.edu.tw/300/ 傳統中國文學 http://www.literature.idv.tw 中文辭典字典 http://www.xys.org/links/dictionaries.html 故宮博物院／圖書文獻館／寒泉古典文獻全文檢索資料庫 http://npm.gov.tw	
評量	【注意學生的了解是否有所成長】 1.分組活動報告。 2.個人心得寫作	【顯現出對概念的理解】 1.創作作品分享

表3 學生分組報告（探索任務）

週次	分組	主題	內容
	第一組	孔子的生平與時代背景	1.春秋亂世國家分崩離析 2.周室衰微天下禮崩樂壞 3.人文精神式微辟世隱居之風盛行
	第二組	孔子的人格特質 《論語的價值》	1.美善人格的彰顯 2.人文關懷的落實 3.淡泊名利的襟懷
	第三組	孔子的弟子	1.孔廟配祀 2.孔門四科十哲 3.各弟子的道德修養
	第四組	孔子的教育思想	1.有教無類、因材施教 2.孔門四教：「文、行、忠、信」 3.以詩禮樂教人
	第五組	孔子的淑世精神	1.落實禮樂教化 2.塑造仁民愛物的風氣 3.彰顯仁義道德的教化
	第六組	儒家思想是否能影響 廿一世紀的社會人心	1.忠恕之道：人類永續發展的基石 2.中庸準則：建構和諧社會的動力 3.仁與禮：社會倫理道德的規範

表4 延伸思考

如果孔子活在現代

1	如果孔子活在現代，應該無法接受遲到的同學、沒交作業的同學、上課睡覺的同學，如果打學生還要被學校處罰、被家長投訴，他應該會氣到不想再教書了。（陳宇葶）
2	如果孔子活在現代，我想我一定會親自上一堂他的課，聽聽他傳授給學生的道德修養思想為何？或許孔子在現代會傳播他的知識和仁德，那現今的社會人心可能就會被孔子感化，人性可能也變得善良，甚至有良好的品性。（林子鈺）
3	如果孔子活在現代，他的想法很特別，跟現代社會一般人的思想差距很大，可能大部分不被現代人所接受，而且他如果活在現代應該也會很寂寞，因為找不到知音。（陳茹青）
4	他大概會是一個大學教授，不斷地著書立說，但銷量不高，而且也沒有多少人選修他的課，因為他的學說思想理與社會脫節，頂多偶爾上個談話性節目說嘴，談談他的教育理念吧！（陳旻）
5	假如孔子活在現代，他會成為一個農夫，因為現代的人不學無術，沒有人拜他為師，沒有束脩可以收，只能自己尋覓謀生的方法，孤苦的度過一生。（邱國峰）
6	我認為如果孔子看到現代的學生，不禁會搖頭吧！認真想要上學的人越來越少，對於大家看待五倫關係的態度，也會想捶心肝，說不定也會想自殺，不想看到這種亂象。（王玟皓）
7	如果孔子回到現在，他可以去當名嘴，因為他有很多理念，能傳播正確的做人道理、政治思想，讓世界更好。（謝政軒）

8 孔子從以前到現在都是個令人尊敬的人，如果孔子活到現在，也會受到
　現代人的尊敬，並且教導世人許多道理。也許可以出很多本創世書，可
　能還有他的個人電視頻道，然後很多人都想找他當朋友。（劉海錚）

9 在古代，孔子擁有崇高的地位，因為孔子懂的很多、很認真、有教無
　類，但在現代社會中，我們要學的太多，如果孔子活在現代，應該會適
　應不良吧！（陳麗伊）

10 如果孔子活在現代，他會是個很厲害的演說家，如果投身於政治，那想
　必會是個戰無不勝，攻無不克的政治評論家。不會是個教育者，因為現
　今制度與先前相差甚遠，因材施教並無太多時間實行。（蔡景安）

11 如果孔子活在現代，「忠恕」為孔子一貫之道，依孔子的個性，看到現
　代社會的各種亂象，應該會致力於整治社會，傳輸自己心中的理念，讓
　現今社會的仇恨以及對立越來越少。（張凱翔）

12 如果孔子活在現代，我覺得多少能為現代的道德觀做些提升的效果！但
　是他或許不能適應這忙碌、快速變化的社會，變的我能教他很多東西
　了！（呂育擇）

13 如果孔子活在現代，許多理念也許需要修改，不過能夠有機會跟孔子交
　流是讓人多麼高興，《論語》這本經典是他個人的智慧，如果他是活在
　現代，桃李就會繼續滿天下。（徐有毅）

14 如果孔子活在現代，他一定很不習慣現代社會的風氣，層出不窮的社會
　案件會令他十分痛心疾首，他說不定會想去當當除了老師之外的職位。
　（陳昀）

15 如果孔子活在現代，教育制度也許會有所不同，因材施教的施行，使每
　個人有了自己的發展空間，而不是活在別人的規劃裡。（曾婉儀）

表5 國立臺灣海洋大學103學年度「探究式教學法融入經典教學」回饋調查表

為了明瞭大一學生對「探究式教學法」融入經典閱讀教學的認知程度，以作為改進教學及調整教學方針的參考。

一、基本資料

系別_____組別_____年級_____

姓名_____

二、請勾選您參與「探究式教學法融入經典閱讀教學」的感覺並提出您的意見以資改善。

1. 您嘉歡閱讀中國古籍經典嗎？
   □ 很喜歡 □ 喜歡 □ 不喜歡 □ 極不喜歡 □ 無意見。

2. 您喜歡研讀下列何項中國古籍經典？
   □《論語》 □《孟子》 □《老子》 □《莊子》 □《墨子》。

3. 您認為研讀古籍經典可以陶冶性情、啟迪人生嗎？
   □ 非常可以□ 尚可以 □ 不可以 □ 極不可以 □ 無意見。

4. 您認為古籍經典可以表現中國傳統文化的精髓嗎？
   □ 非常可以 □ 尚可以 □ 不可以 □ 極不可以 □ 無意見。

5. 您認為孔子的學說，可以代表中國傳統文化的精髓嗎？
   □ 非常可以 □ 尚可以 □ 不可以 □ 極不可以 □ 無意見。

6. 您認為下列何項孔子的教育思想，對現代教育的影響力最大？
   □ 創意思考教學 □ 終身學習的典範 □ 美善人格的彰顯
   □ 因材施教的精神 □ 無意見。

7. 您認為下列何項孔子的經典名言，讓你終身受用？
   □ 忠恕之道 □ 克己復禮 □ 見賢思齊 □ 入孝出悌 □ 博學篤志。

8. 您認為要認識儒家思想，必先研讀下列何項學說？
   □ 孔孟學說 □ 荀子學說 □ 曾子學說 □ 老莊學說 □ 無意見。

9. 您認為如果孔子活在現代，他的思想學說對青年學子有影響力嗎？
   □ 非常可以 □ 尚可以 □ 不可以 □ 極不可以 □ 無意見。

10.您認為下列孔子弟子何者的言行風範，對你的影響力最深？
　　□ 顏淵　　□ 子路　　□ 曾參　　□ 子貢　　□ 子夏。
11.您認為下列何項儒家思想，能影響廿一世紀的社會人心？
　　□ 忠恕之道　　□ 中庸準則　　□ 仁與禮　　□ 仁義之道　　□ 無意見。
12.請勾選您參與「探究式教學法融入經典閱讀教學」的感覺，並提出您的
　　意見以資改善。
　　□ 很滿意　　□ 滿意　　□ 不滿意　　□ 很不滿意　　□ 無意見。
建議：

感謝您的參與，相信有您熱烈的發言將會使「探究式教學法融入經典閱讀
教學」更加完美。

　　　　從問卷統計分析，可知大學生有 45.28% 喜歡研讀古籍經典，有
20.75% 不喜歡，有 28.3% 的學生無意見。根據國內外的調查顯示，
青少年與大學生是手機成癮的高危險群，因此有一半以上的大學生不
願花費精力與時間，進一步深入研讀古籍經典，相形之下，人文素養
也無法提昇，令人堪憂。運用探究式教學法融入經典閱讀教學，以培
養學生主動探究的學習態度，學生在搜尋圖書館網路資源、分析整理
相關資訊後，有 56.89% 的學生認同古籍經典可以表現中國傳統文化
的精髓，有 64.15% 的學生，認為孔子的學說，尚可以代表中國傳統
文化的精髓。

　　　　對於孔子的經典名言，如：「忠恕、克己復禮、見賢思齊、入孝
出悌」等項，約有二成以上的學生認為可以終身受用，並且會身體力
行。有五成以上的學生認為如果孔子活在現代，他的思想學說對青年
學子有影響力。的確，從《論語》中，可以見到孔子與弟子們的嘉言
與懿行，孔門之學，最講求的是做人的道理，以德行為本、知識為
次。在為學的態度上，孔子展現出不斷地學習與力求上進的態度，可

以激勵學生以「終身學習」的態度，來學習新知、增廣見聞。至於儒家思想，能影響廿一世紀的社會人心方面，有三成的學生勾選「中庸準則」，二成以上學生勾選「仁與禮」，至於「仁義之道與忠恕之道」，約有一成以上學生勾選。可見儒家學說體用兼備，是傳承中華文化之中流砥柱，至今仍有深遠的影響力。德國哲學家黑格爾（Georg Wilhelm Friedrich Hegel, 1770-1831）說：「經典是永恆的，因為它會不斷激起讀者心靈中的理念典型。」這的確是中肯的言論。

四 結論與建議

（一）結論

英國生物學家達爾文（Darwin, 1809-1882）曾說：「最有價值的知識是關於方法的知識。」的確，在資訊科技文明日新月異的時代，各級學校的教材內容也需要不斷的發展與創新，掌握住良好的教學方法，也就是掌握住開啟新時代智慧的鑰匙。因此，為人師表者不應該忽略任何一個學生的學習權利，面對個別差異的學生，如何因材施教，以培養學生良好的學習態度，這是教師任重道遠也是最艱難的挑戰。我們樂見今後多元智能教育制度的開啟，在教學活動中注入新意，引導學生適應「瞬息萬變的社會」為學習的主軸，跨學科的整合，開啟學生全方位的能力；智能教育與文化陶冶相結合。

教育是傳遞知識、培育人才、促進社會進步的原動力。教育的傳承，不能侷促一隅，必須旁搜遠紹；教育的滋長，不能率由舊章，必須與時推移，而成為切合時代潮流之文化慧命。澳洲教育部長盧比（Alan Kuby）說：「未來是一個資訊化的社會、資訊化文化、資訊化工作的時代，如果人民沒有閱讀和溝通的能力，沒有團隊合作的能

力，如果人民不能學習、再努力，就沒有通往工作的管道，也沒有通往文化的管道。而政府的責任就是認知這個大趨勢，並且設法讓民眾有興趣不斷學習。」（許芳菊，1996）這一番語重心長的言論，猶如當頭棒喝，值得國人深思與警惕。

（二）建議

1. 面臨跨世代的文化視野，學生在學習活動中，思考、應變，再與小組、分享交流不同的看法，跨越時間、不同世代思維模式的文化：「儒家思想是否能影響廿一世紀的社會人心」，這是值得大家關切的議題。

2. 探究式教學法不只要學生獲得知識，還要培養學生像探究者般的思考，包括如何解決問題、建構理論、找資料、轉化資料成為有用的知識，成為主動的學習者。在解決問題的過程中，學生不只學到專業知識與要解決的問之間的連結，還學到如何解決問題的程序（符碧真，2012）。因此，教師應積極充實本身閱讀指導的能力。

3. 建構多元化教材及學習環境，是實施資訊融入教學之基石，透過教學平臺的聯結、線上討論的應用來打破僵化的傳統教學方式（邱子修，2009）。整合性的資訊系統，有著融合教育與生活的能力，統整各類學科，藉著電腦的輔助，以激發學生的好奇心及創造力。

4. 尊重關懷與團隊合作，牛頓（Newton, 1643-1727）曾說：「我可以比別人看的更高更遠，是因為我站在巨人的肩膀上」足證合作學習可以提升學生的視野與解決問題的能力。

因此，每位教師應先調整自己的學習觀和知識觀，引導學生成長及發展，透過小組的合作，從事知識的分享與建構，並學會負責的態

度。以求新求變的信念，來提高學校教育的品質，使每位莘莘學子在快樂的學習環境中茁壯成長。

參考文獻

一　中文文獻

吳智雄、顏智英（2014）。《生命・海洋・相遇——詩文精選》（2版），
　　臺北市：五南出版社。

楊家興（1998）。終身學習與教學科技的應用。教學科技與媒體，第
　　41期。

陳欣蘭（2007）。〈論探究式教學法在社會科教學上的應用〉,《網路社
　　會學通訊》，第67期。

劉美芳（2004）。〈簡介探究式教學法〉。《數學與科學教育》，試刊1，
　　頁29-34。

邱子修（2009）。〈結合跨文化視野於數位華語文學教材的閱讀策略〉
（Integrate Transcultural Perspectives into Reading strategies of Chinese
　　Literary e-textbooks），第六屆全球華文網路教育研討會。

李芳樂（2004）。WebQuest「探究式網站」在電腦與資訊科技科的實
　　踐及應用之回顧反思。http://webquest.bmf.edu.hk/webquest/
　　discol/essay/essay3_yhc_a3.pdf。

符碧真（2012）。〈知識花園的探險樂趣：探究式教學法〉，國立臺灣
　　大學教學

發展中心，電子報。http://ctld.ntu.edu.tw/_epaper/news_detail.php?nid=
　　116。

梁淑貞、陳秀騰（2001）。〈香港培正中學：教師進修日2001年，專題
　　研習〉。

謝州恩、吳心楷（2005）。〈探究情境中國小學童科學解釋能力成長之
　　研究〉,《師大學報：科學教育類》50卷2期，頁1-27。

楊凱翔（2012）。〈探究 WebQuest 教學模式的發展與未來方向〉。《國民教育》，52(3)80-88。

鄭詩穎（2013）。〈WebQuest 教學模式〉。http://web.cjjh.tc.edu.tw/~sciedu95/materials/webquest/webquest.htm。

臺大中文經典閱讀計畫網站，https://ceiba.ntu.edu.tw/course/31754f/index.html。

洪振方（2003）。〈探究式教學的歷史回顧與創造性探究模式之初探〉，《高雄師大學報》15期，頁641-662。

許芳菊（1996）。〈澳洲教育政策——關鍵能力，啟動未來〉，《天下雜誌》第178期，頁166。

蔡明崇、葉莉堉、壽大衛（2011）。〈WebQuest 探索國小反覆造形設計視覺藝術課程〉2，《國教新知》第58卷第1期，頁2-24。

劉春銀（2002）：〈知識管理在高中圖書館的角色〉，新北市：《佛教圖書館館訊》第30期，頁9。

二　英文文獻

American Association of School Librarians, "Standards for the 21st Century Learner," American Association of School Librarians, 2007, accessed July 15, 2014,

http://www. ala.org/aasl/sites/ala.org.aasl/files/content/ guidelinesandstandards/learningstandards/ AASL_LearningStandards.pdf.

Dodge, B. (1995). "WebQuests: A Technique for Internet-Based Learning." Distance Educator, 1(2), 10-13. [EJ 518 478]

Cordeiro, P., & Campbell, B. (1995), Problem-Based learning as cognitive apprenticeship in educational administration., (ERIC Document Reproduction Service No. ED 386 800).

Finke, R. A. (1990). Creative imagery: Discoveries and inventions in visualization. Hillsdale, NJ: Erlbaum. Reed, S. K., & Johnsen J. A. (1975). Detection of parts in pattems and images. Memory and Cognition, 3, 569-575.

試談「審美意象」中「譬喻法」在篇章的運用
——以國中範文為例

劉崇義*

摘　要

　　寫作能力的提升一直備受教師們所關注，如何讓學生能有效地提升呢？個人以為：除了配合經典作品的解讀中，分析歸納寫作的奧祕（例如悖論等）提供寫作的參考之外，尚可運用修辭法，增強篇章的組織能力。

　　試舉「譬喻法」為例，說明「喻體」、「喻旨」本身審美的效果外，更與篇章組織（審美意象）產生關係，使得文章的結構更為嚴謹。茲以國中範文為例，解說並觀察很明顯可以看出：「譬喻法」在篇章的運用，對作文能力提升是有助益的。

關鍵詞：審美意象、譬喻法、喻體、篇章、寫作

* 　臺北市立建國中學退休教師。

一 前言

　　寫作是作者表達情感的，為什麼還要學習修辭呢？陳望道先生說：「修辭不過是調整語辭使達意傳情能夠適切的一種努力。」[1]、王希杰先說：「修辭學是一門提高語言的表達效果的科學。」[2]因此作者的「意情」為了要表達具有效果，能讓讀者更能明確掌握作者的情感，而在語言上「適切」調整的努力，就是學習修辭的作用與目的。

　　所以學習修辭有助於情感的表達，即有助於寫作能力的提升。而本文想嘗試從修辭的角度，觀察「譬喻」法，在「審美意象」中的運用，藉此說明學習修辭是可以提升寫作能力的。

二 審美意象落實到篇章

（一）審美意象是作者的情感寄託

　　「意象」進入審美時代，應從劉勰開始，他說：「獨照之匠，窺意象而運斤。」（《文心雕龍・神思》）、「擬容取心」（《文心雕龍・比興》）「劉勰這裏所說"意象"，指的就是構思活動中主體情思與客體物象交融合一後生成的心理圖像。」[3]、「由於這種具體描寫的"擬容"已與表現主觀情志的"取心"相互溝通、相互作用，所以這種所擬之容已經被"心"所改造，已成為心物統一的意象。」[4]，這種「主客體合一」、「心物統一」是在內心構思形成「審美意象」。

1　陳望道《修辭學發凡》，上海市 上海教育出版社，1997年12月，頁3。
2　王希杰《修辭學通論》，浙江省 浙江教育出版社，2000年12月，頁60。
3　張佐邦《文藝心理學》，北就市 中國社會科學出版社，頁224。
4　邱明正《審美心理學》，上海市 復旦大學出版社，1993年12月第二次印刷，頁350。

如果從「格式塔心理學」的角度看「審美意象」，汪裕雄先生解釋說：

> 阿思海姆認為，審美知覺意象是由外部表象和抽象的力這兩方面組成的。外部表象的形成結構，不論是寫實的還是抽象的，都含一種張力樣式，它能在人們的神經系統中喚起一種與之同形的力的樣式，使之進入一種「激動的參與狀態」獲得一種情感體驗，因而，審美意象便成為「有意味的力的樣式」，審美意也即是情感的表現。[5]

可知主體、客體兩者「力的結構」相同，產生「異質同構」的現象，因此當「主客體合一」、「心物合一」時，形成「審美意象」，作者的情感才能如實寄託在裏面。

（二）審美意象到文學語言

「審美意象」從創作的角度看，是屬於構思的完成，必須落實到文學語言，汪裕雄先生解釋說：

> 在創作過程，生活表象的積儲，是至關重要的基礎。由於生活中某一情景的感發，某一事件的啟示，記憶中的生活表象與各種情愫奔湧而至，形成急欲表達的創作衝動，是謂「構思」，審美意象作為構思成果，在製作中獲得相應物質載體，取得物態化形成，就就傳達。這是一件藝術品誕生的大致歷程。[6]

---

5 汪裕雄《審美意象學》，北京市：人民出版社，2013年10月，頁17。
6 同註5，頁48。

審美意象受「構思」完成再落實到載體，方成為「傳達」情感的作品。

而文學的載體，就散文而言，即是篇章，為了解說的方便，本文將載體分五種表達的方式：敘述、說明、描寫、議論、抒情等。這五種表達的方式，是將「審美意象」具體化，將在下文提供「譬喻」法在篇章裡運用的框架形式。

三　「譬喻」的四要素及其作用

「譬喻法」（或稱比喻法）的定義，依黃慶萱先生解釋：

> 凡二件或二件以上的事物中有類似之點，說話、作文時運用「那」有類似點的事物來比方說明「這」件事物的，就叫譬喻。[7]

因此，「這件事物」就是本體，「那有類似點的事物」就是喻體，「這」與「那」事件相似點，就是喻旨（或稱相似點），至於「這」與「那」件事件連接起的詞，就是喻詞。

「本體」、「喻體」、「喻詞」、「喻旨」可說是「譬喻」的四要素。誠然鄭頤壽先生說：

> 傳統辭學在談到比喻的要素時，只講到本體、喻體和喻詞，而沒有進一步明確指相似點也是構成比喻的一個關鍵的要素（也就是關鍵的成分）。我以為這是不夠全面的。無數的語言事實證明，比喻必須具備四個要素（也就是四個成分）：本體、喻

7　黃慶萱《修辭學》，臺北市，三民書局，2012年10月增訂三版一刷，頁321。

體、相似點和比喻詞。[8]

「譬喻」的四要素，在譬喻中的作用：

一、主體：「這件事物」的對象，即是認知的對象。

二、喻體：「那件物」的對象，即是要強化，說明認知的對象。

三、喻詞：連接「這」與「那」件物的方式。

四、喻旨：主體與喻體具有相似的地方。

然而在四要素中，特別需要解說「喻體」與「喻旨」，因為二者的形成，對在篇章的作用，具有重要性。

先說「喻體」：「喻體」能成立，必需的條件，即是與「主體」不能同類，王希杰先生解釋說：

> 本體與喻體不是同一事物。如果是同一事物，就不能構成比喻，這就是所謂的"同類不喻"。[9]

也就是要符合「物雖胡越，合則肝膽」（劉勰《文心雕龍・比興》）的要求。

為什麼「物雖胡越」，喻體要與主體，差距要如此大呢？依據錢鐘書先生的說法是：

> 不同處愈多愈大，則相同處愈有烘托，分得愈遠，則合得愈出人意表，比喻就愈新穎。古羅馬修辭學早指出，相比的事物間距離愈大，比喻的效果愈新奇創辟。[10]

8 鄭頤壽〈關於比喻的四個要素〉，《修辭學習》1984年 第五期，頁47。

9 王希杰《修辭通論》，南京市：南京大學出版社，1996年6月，頁420、421。

10 錢鐘書〈讀《拉奧孔》〉，蔣波《錢鐘書語文思辯錄》，長沙市：湖南師範大學出版社，1997年8月，頁74引。

　　除了獲得「效果愈新奇創辟」外，尚可從「陌生化」的角度去解讀，李宏偉、胡光美二位說明：

> 「陌生化」理論最是在20世紀由俄國形式主義者什克洛夫斯基提出的。所謂陌生化就是，「使之陌生」，就是要審美主體對日常感覺的習慣化感知起反作用，使審美主體使面對熟視無睹的事物也能不斷地有新的發現，從而延長其關注的時間和感受的難度，增加審美的快感，并最終使主體在觀察世界的原始感受中化習見為新知，化腐巧為神奇。[11]

喻體因為與主體差距大，是對常規常識的偏離，對於讀者產生「心裡的距離」，引起讀者的好奇，而參與體驗，於是增加審美的價值。因此，「喻體」的產生，是有「審美」作用。

　　再說「喻旨」：「喻體」之所以能產生，是因為與「本體」有「喻旨」（相似點），如果沒有「喻旨」，「譬喻」就不能成立。可見「喻旨」的重要性，王希杰先生說「比喻的生命在相似點」[12]不過「喻旨」在篇章中是可以隱藏不說的。

　　「喻體」是藉著人的相似聯想力所致，為了求「陌生化」的現象，選擇偏離常規的喻體，它的特點是無理可說的。反觀，「喻旨」卻必須尋找「喻體」與「本體」的相似點，這是需要說明清楚，必須是合理的，錢鍾書先生說到：「從邏輯上思維的主場看，比喻是"言之成理的錯誤。」[13]

---

11 李宏偉、胡光美〈漢語修辭中常見的陌生化形式及其表達效果〉，《長春理工大學學報》，2007年5月，頁67。

12 同註2，頁422。

13 錢鍾書《舊文四篇》，上海市：上海古籍出版社，1979年9月　頁39。

　　因此，譬喻能成立，是因為「喻體」的不合理，產生美感效應，又因為「喻旨」的邏輯性，形成「譬喻」的合理，換言之，在相似的聯想力主導下，情感與邏輯結合，形成「譬喻」。

四　譬喻法在篇章的作用舉例說明

　　「譬喻」的「喻體」及「喻旨」，在「譬喻」句子本身的作用有：「喻體」具有審美作用，「喻旨」具有邏輯推理。

　　然而「譬喻」放置在篇章內，它的作用就有所不同，也就說，擴大到篇章組織中的作用。

　　前面說明「審美意象」落實到文學的載體，即是篇章，將載體分五種表達方式：敘述、說明、描寫、議論、抒情，這五種方式。「譬喻」在章篇的作用，即是在五種表達方法中，發揮甚麼作用。現舉例說明。

以陳幸蕙的〈碧沉西瓜〉一文為例：

敘述	往來南北高速公路，臺灣平原丘陵的安寧與豐饒，總像是鄉土畫家筆下清麗淳樸的透明水彩畫，一年四季，各以不同的題材，在天地之間遞嬗著。
說明	但是，在所有不同的窗外景觀中，最令人印象深刻的，或許還是暮春時節恣意盛開的菜花，和初夏橋墩之下成陣羅列的西瓜吧？
描寫	菜花耀眼的黃，是染坊裡新調和成的色彩，成片潑灑出來的結果。那種自成格局、恰到好處的氾濫，是只有天地這樣的作手，才能夠鋪排得出來的。 　　如果成畦的菜花，是后土之上段落鮮明的大塊文章，是幾何學裡最精整富麗的平面；那麼沙田內星羅棋布的西瓜所展現的，便應是疏淡自如的點的趣味了。

議論	每一次見到那樣胖呵呵的瓜，就忍不住想起<u>鄭板橋</u>所說「原上摘瓜童子笑，池邊濯足斜陽落，晚風前個個說荒唐，田家樂」的句子來。瓜熟蒂落的時刻，橋下的世界，想必也就是這樣充滿了收穫的歡愉吧！然後，當成卡車成卡車碧沉沉的西瓜，集散到各地的果菜市場，那便是揮汗如雨的夏日，喉舌焦燥如焚的人們，最能夠大快朵頤的時候了。
抒情	其實，西瓜給人的感覺，說穿了，只是「痛快」兩字——汁水淋漓的痛快；當然，除此而外，在所有瓜瓞綿綿的同類中，它也是最美麗的一族，那種剖開來時，碧沉與朱紅，或是碧沉與金黃的鮮活對比，都不是其他一清二白的遠親所能夠望其項背的。 　　於是仔細想來，酷暑似乎也並不那麼可詛咒了，因為在碧沉西瓜豐沛的汁水中，享受醍醐灌頂的清涼痛快，是別的季節都不會有的專利。
意象隱藏的情感	在安靜富饒的社會，才能享受甜美的食物

作者運用譬喻法，屬明喻：

　　本體：臺灣平原丘陵的安寧與豐饒

　　喻詞：總像是

　　喻體：鄉土畫家筆下清麗淳樸的透明水彩畫

　　喻旨：一年四季，各以不同的題材，在天地之間遞嬗著。

　　比喻中「喻體」的出現，對「本體」中的「安寧與豐饒」用「清麗淳樸的透明水彩畫」呈現，從抽象的內涵，拉到具體明可感的實質，從「陌生化」觀察，作者的巧思帶給讀者的審美感受。在「敘述」部分「喻體」（清麗淳樸的透明彩畫）與「描寫」部份的「菜花」有直接關係，因為作者把「菜花」的「黃」運用譬喻：喻體（染坊裡新調和成的色彩）、喻旨（成片潑濺出來的結果），好像在「透明水彩畫」上揮灑一般。因此在「敘述」部分的「喻體」在「描寫」部

分的「菜花」，在從篇章辭章學，具有「背景」、「聚焦」的功能，稱為「圖底法」，據陳滿銘教授解釋：

> 是組合焦點與背景而形成的一種章法。在篇章中出現的材料，有一些是焦點所在的「圖」，有一些是充當背景的「底」，兩兩配合起來，就形成邏輯層次。[14]

再看「喻旨」：用四季的不同題材，在遞嬗變化，把「本體」的「豐饒」與「喻體」的「透明水彩畫」串連起來，作用運用邏輯思考完成。

在「敘述」的「喻旨」，與「說明」的「菜花」、「西瓜」有關係，「喻旨」的「四季的不同題材」，與「茶花」是在「暮春」盛開，「西瓜」是在「初夏」羅列，因此形成「總括」、「條分」的關係，從篇章辭章學看，屬「凡目法」，依陳滿銘教授解釋：

> 在敘述同一類事、景、情、理時，運用「總括」與「條分」來組織篇章的一種章法。……「凡」是總括，具有統括的力量，「目」則是條分，條分的項目是並列，因而有一種整齊美。[15]

從上述的解說，可以觀察到，「喻體」使得「敘述」與「描寫」具有「圖底」的關係；「喻旨」使得「敘述」與「說明」具有「凡目」的關係，從篇章上看「敘述」、「說明」、「描寫」分屬獨立，由於作者運用「譬喻」，而使篇章的結構更加緊密在一起。

---

14 陳滿銘《篇章結構學》，臺北市：萬卷樓圖書公司，2014年8月，頁115。
15 同註14，頁111。

五　譬喻法在篇章的運用

在五類表達方式，說明譬喻法在篇章的運用，舉例的範文中，是以最先運用譬喻法作為說明。

（一）在「敘述」部分中運用

以張騰蛟〈那默默的一群〉為例：

敘述	像兵士們護衛著疆土那樣，負責道路清潔的那默默的一群，以忠實的態度，護衛著一條條長長的街道和巷弄，凡被認為是垃圾的那些東西出現在他們的防區，他們便予以清除。就這樣，這些街道和巷弄才可以經常保有一張清潔的容顏。 　　我們門前的這段馬路，是由五位中年的婦人負責打掃，每天早上，她們總是披著一身淡淡的夜色便開始工作。我是起得很早的，但是當我看到她們的時候，她們的清掃工作老早就開始了，因此，我不知道她們是自什麼地方掃起，也不知道她們掃到什麼地方為止，不過我卻敢於肯定，那一定是很長很長的一段。
議論	別看她們所負責的路段是那樣寬長，她們卻忠實的一掃把一掃把的掃過來，有時候，路面已經被風吹洗得相當乾淨，她們還是照掃不誤，一絲不苟，絕不撿便宜，也從來沒有一寸路面會在她們的掃把底下漏掉。
描寫	婦道人家做起事情來當然是溫柔文雅的，但當她們面對著出現在路面上的垃圾時，態度就嚴肅起來了。有一天，我就發現其中一位肥胖婦人，端著她那長長的掃把，急急的去追趕一個被風吹跑的空塑膠袋子，像追趕一個敵人那樣，追出幾十公尺之後，終於把那個空塑膠袋給捉了回來。當然，她們也經常帶著掃把在大風中去追趕一塊碎紙或是一片落葉什麼的。 　　最勇敢的戰士常常朝著最危險的地方走去，她們好像也是，她們也是慣於選擇一些難掃的地段去搶著清掃。就像上個月，路

	旁那家蓋房子的，因為施工時不注意，弄得馬路上遍地是黃黃的泥巴，而這五位負責道路清潔的婦人家，也就不厭其煩的來清掃，每天早上一次，持續了十幾天。泥土是人類所賴以生存的好東西，可是當它出現在馬路時，就惹人厭了：好天時會塵土飛揚，雨天時便泥濘遍地。當她們每天早上來清掃時，面對著那些黃黃的泥巴，誰也不會保留自己的力量，就像搶奪一種東西一樣，搶著去幹。
抒情	這真是默默的一群，默默的表現著一個勞動者那種敦厚樸實的風範，她們的名字不會被人知道，可是在我的心目中，她們是有資格被稱之為「人物」的一群。
說明	
意象隱藏的情感	塑造勞動者的模範

　　作者在「敘述」運用明喻，主體是：「負責道路清潔的那默默的一群」、喻體是「兵士們護衛著疆土」（讓讀者已感受到震撼的審美感受）、「喻旨」是「以忠實的態……他們便予清除。」

　　「描寫」：提到婦道人家工作時的態度以及在難掃的地段如何認真，並分別運用明喻，而「喻體」分別是：「追趕一個敵人」、「最勇敢的戰士常常朝著最危險的地方走去」，這與「敘述」中的「喻體」「兵士們護衛著疆土」形成圖底關係。

　　「描寫」：婦道人家的態度，認真、又與「敘述」中的「喻旨」（忠實的態度），形成凡目的關係。

　　因此，可以看到「敘述」的「喻體」、「喻旨」，使得「敘述」與「描寫」緊密結合。

（二）在「說明」部分的運用

　　以杏林子〈心囚〉為例：

說明	在許多人眼裡，我看來多麼像是一個囚犯，一個被病禁錮在床的犯人。
敘述	是的，自從小學6年級時，我被一種叫做（類風濕關節炎）的怪病纏身之後，就逐漸失去活動的自由。年復一年，我全身的關節都受病魔的「轄制」，有如戴上一道道無形的鐐銬。
描寫	腳不能行，肩不能舉，手不能彎，頭也不能自由轉動。甚至，我連吃一口心愛的牛肉乾的權利也被剝奪了，因為咬不動。 二十多年來，生活的天地僅於六席大的斗室之中，屋外春去秋來，花開花謝，似乎都與我無干了。就像一個被判無期徒刑的犯人，不知何年何月才能重見「天日」。
議論	想像中，這樣的一個「犯人」一定是蒼白憔悴、鬱鬱寡歡的吧！剛剛相反，因為我了解真正能夠囚住我的，不是身體上的疾病，而是心理上失望、悲觀、頹廢、憤怒、憂慮，築成了一座看不見的網，隨時準備將我陷在中間。一個人只要能突破心靈的枷鎖，這個世界就再也沒有什麼能困住他的心了。如今，我活得無憂無慮，也自由自在。而世界上多的是身體健康，卻心理不健全的人；多的是表面歡樂，卻心中痛苦的人；多的是行動自如，卻找不到一條正確人生方向的人。
抒情	有些人看似生活得繁華熱鬧，卻往往是天底下最寂寞的人，因為他們把自己的心封閉了。 還有那些沉溺在罪惡中無法自拔，迷戀在情慾中無法脫身，以及為名利權勢所左右迷失了自己的人，他們看似自由，卻心陷囹圄。 比起我，到底誰更像是囚犯呢？
意象隱藏的情感	心理的健康比身體健全更重要

　　作者在「說明」運用的是博喻，主體是「我」，「喻體」是：「一個囚犯」、「一個被病禁錮在床的犯人」（讓讀者已感受到震撼的審美感受）。

　　「敘述」:「年後一年,我全身的關節都受病魔的"轄制",有如上一道道無形的鐐銬。」其中的主體「我全身的關節都受病魔的"轄制"」,喻體「載上一道道無形的鐐銬」提供「說明」的喻體」「一個被禁錮在床的犯人」說明、解釋,形成因果的關係。

　　「描寫」:「腳不能行……因為咬不動。」提供「說明」的喻體(一個囚犯)詳細的情況,形成敲擊的關係。依陳滿銘教授解釋:

> 用正寫與側寫來安排篇章的一種章法。「敲」專指側寫,「擊」專指正寫,所以敲擊法就是側寫、正寫兼用的[16]

　　「議論」:「如今,我得無憂無慮,也自由自在。」提供「說明」的「喻體」(一個囚犯、一個被病禁錮在床的犯人)反向的結果,形成正反的關係。依陳滿銘教授的解釋:

> 將極度不同的兩種「或兩種以上」的材料並列起來,作成強烈的對比,藉反面的材料襯托出正面的意思,以增強主旨的說服力與感染力的一種章法。[17]

　　因此,可以看到「說明」的「喻體」與「敘述」、「描寫」、「議論」形成環環相扣的結合。

(三) 在「描寫」的部分的運用

　　以蘇軾〈記承天寺夜遊〉為例:

16　同註14,頁116。

17　同註14,頁112。

敘述	元豐六年十月十二日，夜，解衣欲睡；月色入戶，欣然起行。念無與樂者，遂至承天寺，尋張懷民。懷民亦未寢，相與步於中庭。
描寫	庭下如積水空明，水中藻荇交橫，蓋竹柏影也。
議論	何夜無月？何處無竹柏？但少閑人如吾兩人耳！
抒情	
說明	
意象隱藏的情感	放下名利的枷鎖，方能領略大自然的美。

　　作者在「描寫」中作者運用兩個譬喻，前者是明喻，前者是逆喻（即喻體原為主體，主體原為喻體，對調的目的是要強調原來的喻體。）[18]兩句的文體是「庭下」、「竹柏影」；「喻體」是「空明」、「水中藻荇交橫」（讓讀者已感受到震撼的審美感受）。這兩個「喻體」是描寫月亮一是正面、一是側面，形成一靜一動的意境[19]。

　　「敘述」：「月色入戶」提到「月亮」，至於是什麼情景，提供「描寫」中的兩個「喻體」的描繪，因此形成點染的關係。

　　因此，可以看到「描寫」的「喻體」與「敘述」緊密的結合。

（四）在「議論」部分中的運用

以陳冠學〈西北雨〉為例

敘述	摘了一整天的番薯蒂。
說明	下午大雨滂沱，霹靂環起，若非番薯田在家屋邊，近在咫尺，真要走避不及。低著頭一心一意要把番薯蒂趕快摘完，霎時

---

18 轟焱《比喻新論》，銀川市：寧夏人民教育出版社，2009年11月，頁176。
19 參考吳戰壘先生的鑑賞《古文鑑賞辭典》，南京市，江贛文藝出版社，頁1025。

	間，天昏地暗，抬頭一看，黑壓壓的，滿天烏雲，盤旋著，自上而下，直要捲到地面。這種情況，在荒野中遇到幾回。只覺滿天無數黑怪，張牙舞爪，盡向地面攫來。四顧無人，又全無遮蔽，大野中，孤伶伶的一個人，不由膽破魂奪。
議論	大自然有時很像戲劇，向今天這種大西北雨的序幕前奏，可名為惡魔與妖巫之出世。正當人們籠罩在這樣恐怖的景象中，膽已破魂已奪之際，接著便是閃電纏身，霹靂壓頂，在荒野中的人，此時沒有一個不是被震懾得氣脫萎頓，匍匐不能起的。好在再接著便是大雨滂沱，再看不見滿天張牙舞爪的黑怪，而閃電與霹靂仍肆虐不已，卻多少為雨勢所遮掩，於是匍匐在地的失魂者，便在雨水的不斷澆淋下，漸漸地蘇醒，而閃光與雷聲也愈來愈遠，轉眼雨過天青，太陽又探出了雲端，樹葉上、草上閃爍著無邊亮晶晶的水珠，一場大西北雨便這樣過去了。你說這是戲劇不是戲劇？
描寫	因為是在家屋附近，又為了趕工，直待到閃電與霹靂左右夾擊，前後合攻，我才逃進屋裡。遇到這樣氣勢萬鈞的大西北雨前奏，誰也不能逞英雄，因為此時在天地之間除了它是英雄之外，不准有第二個人是英雄。此時它是無敵的大主宰，任何人都不能不懾服。牛群在原野上狂奔，羊群在哀哀慘叫，樹木在盡力縮矮，那個敢把手舉得最高，頭伸得最長，定立時被劈殺。 　　一場為時一小時的大西北雨，到底下了幾公釐的水，雖然沒做過實驗，只覺好像天上的水壩在洩洪似的，是整個倒下來的。每一雨粒，大概最小還有姆指大，像這樣大的雨粒，竹葉笠是要被打穿的，沒有蓑衣遮蔽，一定被打得遍體發紅。但是本地原是山洪沖積成的沙石層，滲水極快，無論多大多長久的雨，縱使雨中行潦川流，雨一停，便全部滲入地下，登時又見灰白色的石灰地質，乾淨清爽，出得門來，走在堅硬的庭面路上，一點兒也不沾泥帶水；這是我酷愛這一帶旱地，而不喜歡外邊水田田莊的理由。 　　終於雷聲愈來愈遠，電光只在遙遙的天邊橫掃。太陽又出來

	了，一片清新的空氣、鮮潔的色彩，彷彿聽見了貝多芬田園交響曲第四樂章牧羊人之歌。
抒情	
意象隱藏的情感	順應大自然的和諧

　　作者在「議論」運用明喻：「主」是大自然；「喻體」是戲劇（讓讀者已感受到震撼的審美感受）。「喻旨」然沒寫出來，從末段的說明可解讀是變化莫測。作者雖然沒說出喻旨，但是「議論」中解釋說明，分四個階段：序幕前奏、閃電纏身、大雨滂沱、雨過天青。分作扼要的說明。

　　「說明」：描寫西北雨來臨的前兆，「霎時間，天昏天暗……不由膽破魂奪。」不僅描寫西北雨的前奏，也描寫到當下看到的人的感受。是很詳細的情節，因此與「議論」的「序幕前奏」，形成泛具的關係，依陳滿銘教授的解釋：

　　　　將泛泛的敘寫和具體的敘寫結合在同一篇章的一種章法。[20]

　　「描寫」：詳細描寫三個階段：閃電與霹靂左右夾擊、大雨滂沱（雖沒有說，卻用另一個譬喻的喻旨「洩洪」說明）、太陽又出來了。每個階段除了描寫細節，也描寫牛群、作者自己的感受，所以，與「議論」的「閃電纏身」、「大雨滂沱」、「雨過天青」，形成泛具的關係。

　　因此，「議論」的「喻體」與「說明」、「描寫」緊密環扣在一起。

---

20 同註14，頁109。

(五)在「抒情」部分的運用

以曾志朗〈螞蟻雄兵〉為例:

說明	夏天真的到了,天氣越來越熱了。屋外陽光猛照的日子,你寧可窩在房裡,任炎炎的夏日把柏油路面曬得熱氣直冒。你只要往外面望一眼,就會被烈日嚇得不敢再往外移動。其實房子外面再熱也不過是攝氏三十五度而已,你能想像在攝氏六十度的沙漠裡,竟然還會有生物敢頂著陽光出巡嗎?
敘述	瑞士的一組生物研究人員,花了好幾年的工夫,守在撒哈拉沙漠的不毛之地,耐心地觀測非洲銀蟻冒熱在沙上尋食的壯舉。
描寫	但見一望無際的沙漠,在中午的陽光下燃燒。幾乎所有的動物都被熱乎乎的烈日照得骨頭都癱掉了。只有那一隻一隻的銀色螞蟻,正趁著「眾物皆癱」的時刻,來個「唯我獨行」的覓食活動,以求在極端惡劣的環境之下,能突破危險,來求取一線生機。為什麼牠們要這麼辛苦呢?原來在牠們的螞蟻洞外頭,經常有蜥蜴在一旁「虎」視眈眈,正在扮演著「守洞待蟻」的勾當。只要這些螞蟻一不小心爬出洞外,則一口一蟻,這些蜥蜴是毫不容情的。
議論	銀蟻們總不能在洞裡坐以待斃吧!為了逃避蜥蜴的「虎」口,銀蟻就發展出一套在逆境中求生的策略。只見牠們選擇在日正當中的時刻才冒熱出擊。那時候,但見一隻隻蜥蜴都已被烤得全身動彈不得,只能眼睜睜的看那銀螞蟻在面前橫行而過。更氣人的是這些銀蟻得意著跳躍而去,簡直是欺人太甚!其實,跳躍不是因為牠得意忘形,而是為了沙粒實在是太燙腳了,牠必須經常的換腳前進。每一次只能以一隻腳輕輕點在沙上,讓其他的五隻腳輪番休息,手舞足蹈為的是讓剛剛才被燙到的腳有風涼的機會!你如果也有過赤腳走在滾燙的沙灘上的經驗,就會對這些銀蟻的跳躍動作發出會心的微笑了!
抒情	更重要的是這些瑞士的研究者還有一個令人大開眼界的發

	現。原來這些銀蟻趁著正午的時候出巡，還有一個原因：牠們會利用日光反映在沙漠上的偏振光束來幫助確定遊走的方位。牠們那小小的螞蟻腦，竟然能完成如此複雜的計算工作，不得不令人嘆為觀止。瑞士的科學家很感慨的說：「好像看到好幾部『平行分系統』的電腦在滾燙的沙漠上移動！」
意象隱藏的情感	在惡劣的環境激發求生的本能

作者在「抒情」運用借喻：好像看到好幾部『平行分系統』的電腦在滾燙的沙漠上移動！」其中「平行分散系」是喻體（讓讀者已感受到震撼的審美感受），主體、喻詞階省略，主體是「螞蟻腦」，喻體是平行分散系（牠們會利用日光反映在沙漠上的偏振光束來幫助確定遊走的方位）。

「說明」：「你能想像在攝氏六十度的沙漠裡，竟然還會有生物敢頂著陽光出巡嗎？」這個疑問，正好由「抒情」的喻體（平行分散系統）提供解答，形成因果的關係。

「描寫」：「只有那一隻一隻的銀色螞蟻……來求取一絲生機。」為何會如此，喻體「平行分散系統」提供解答，形成因果關係。

因此，「抒情」的「喻體」與「說明」、「描寫」緊密結合在一起。

根據以上五種的探討說明，作一簡表如下

課名	位置	連繫的位置	邏輯的關係	意象的情感
那默默的一群	敘述（喻體）：兵士們護衛著疆土（喻旨）	描寫	圖底	塑造勞動者的模範
		描寫	凡目	
心囚	說明（喻體）：一個被病禁錮在床的犯人	敘述	因果	心理的健康比身體健全更重要
		描寫	敲擊	
		議論	正反	

課名	位置	連繫的位置	邏輯的關係	意象的情感
記承天寺夜遊	描寫（喻體）：積水空明、水中藻荇	敘述	點染	放下名利的枷鎖，方能領略大自然的美。
西北雨	議論（喻體）：戲劇	說明	泛具	順應大自然的和諧
		描寫	泛具	
螞蟻雄兵	抒情（喻體）：平行分系統	說明	因果	在惡劣的環境激發求生的本能
		描寫	因果	

從上述的說明，可清楚看到：

第一範文使用譬喻，在五種表達的部分中，「譬喻」、「喻旨」與其他部分皆發生連繫的關係，形成結構的緊密結合。

第二喻體與主旨（意象隱藏的情感），但是可看出直接、間接的關係。

前面提到「審美意象」屬構思的完成，而構思受情感所主導，情感如何主導呢？據張紅雨先生解說：

> 所謂美感情緒的雙邊跳躍，就是人們在審美過程中，在美感情緒發生波動的情況下，總希望要縱觀全局，鳥瞰整體。[21]

因此構思中，情感的展現同時也兼顧理性的安排。所以「審美意象」落實到文學語言，除了有作者感情的寄託外，更在篇章組織中具有作者的巧思安排。從「譬喻法」在篇章的運用情形可窺出一些端倪。

---

21 張紅雨《寫作美學》，長春市：東北師範大學出版社，1989年11月，頁172。

六　結論

「譬喻法」的運用，從前面的試探，可以發現：不僅喻體發揮審美的特色外；在篇章中，五個表達部分，彼此互相連繫，尚能使得文章的結構密切而嚴謹。這個現象可以推論「譬喻法」的運用，可以擴大對篇章產生影響。如此，修辭與篇章的關係，自然密不可分。誠然鄭文貞先生說：

> 許多辭格的恰當運用，可以把篇章組織得更為嚴密而巧妙。[22]

修辭關係到篇章的組織架構，文章要寫好，修辭是一大助力。因此，藉著探討「譬喻法」在篇章的作用，除了印證修辭與篇章的關係外，還可指出學習修辭有助寫作能力的提升。

---

22 鄭文貞《篇章修辭學》，廈門市。廈門大學出版社，1991年6月，頁363

參考文獻

陳望道《修辭學發凡》，上海：上海教育出版社，1997年。

王希杰《修辭學通論》，杭州：浙江教育出版社，2000年。

張佐邦《文藝心理學》，北京：中國社會科學出版社，2006年。

邱明正《審美心理學》，上海：復旦大學出版社，1993年。

汪裕雄《審美意象學》，北京：人民出版社，2013年。

黃慶萱《修辭學》，臺北：三民書局，2012年。

王希杰《修辭通論》，南京：南京大學出版社，1996年。

錢鍾書《舊文四篇》，上海：上海古籍出版社，1979年。

陳滿銘《篇章結構學》，臺北：萬卷樓圖書公司 2014年。

張紅雨《寫作美學》，長春：東北師範大學出版社，1989年。

鄭文貞《篇章修辭學》，廈門：廈門大學出版社，1991年。

錢鍾書〈讀《拉奧孔》〉，蔣波《錢鍾書語文思辯錄》，長沙：湖南師
　　　範大學出版社，1997年。

鄭頤壽〈關於比喻的四個要素〉，《修辭學習》1984年第5期。

李宏偉、胡光美〈漢語修辭中常見的陌生化形式及其表達效果〉，《長
　　　春理工大學學報》，2007年5月。

流行歌同曲異詞運用修辭營造性別與氛圍之分析

林宏達*、何淑蘋**

摘　要

　　流行音樂已成為現代人不可或缺的生活調劑，歌曲的旋律，可以美化心靈；歌詞的文字，可以撫慰人心，兩者的結合不僅是一種娛樂效果，亦可以發展成新品種的文學，甚至可視為文字事業來經營。其中，表達男女情愛的情歌，更是流行歌曲的重要主題，因為情歌有指涉敘述的對象，所以歌詞中會出現一位輪廓模糊的角色，現今的歌曲通常要配合歌者的身分，進行市場的區隔與拉攏，因此作詞人可透過不同技巧，將原本模糊的角色清晰化，其中，修辭技巧便可用來營造該角色的性別與氣氛的鋪陳。本文主要論述的目標，係以臺灣樂壇敘述男女情愛的情歌為例，主要針對同一首歌，不同歌詞的作品，進一步解析不同修辭所營造出的男女性別向度，以及利用修辭，鋪陳歌詞所凸顯的氣氛。藉由本文的析論，可理解透過使用不同的修辭，能提

---

* 實踐大學應用中文學系助理教授。
** 實踐大學應用中文學系兼任講師。

高作品蘊含的情感濃度，也讓歌者有更多揮灑的空間。

關鍵詞：同曲異詞、歌詞、修辭、性別、氛圍

一　前言

自古至今，音樂與文學一直存在著如影相隨的關係，從《詩經》、樂府到聲詩；從古詞、散曲到戲劇，均由音樂與文字交織成許多動人的詩詞與戲劇，透過音樂的傳遞，更能深化烙印在人們的心中，成為最生動美麗的文學作品。

經過時代的變遷，從《詩經》裡簡單而質樸的風、雅、頌，慢慢因為外來音樂傳播的影響，音樂的種類漸漸呈現豐富多元的樣貌，於是產生了不同的體製。惟音樂體製、風格改變，卻改變不了在地的語言習慣，雖然在曲調旋律上受到外來音樂的絕大影響，然畢竟所填製的歌詞，內容是以中文為主要創作語碼，所以在歌曲的設計上，仍然受到中國傳統的寫作方式影響。時移至今，流行音樂大量蓬勃發展，影響力無處不在，使歌詞成為詩歌、散文、小說之外，被廣泛運用於流行文化上的有機文字。只要有流行歌曲的一天，就有所謂「歌詞」的存在。然而流行歌曲主要服務對象是普羅大眾，又遷就其娛樂性，因此常常讓人有下里巴人、俗文化、不入流的既定印象，似乎無法與散文、新詩、小說等文學創作相提並論。

近年來，流行歌詞漸漸受到重視，不僅有專事文學的作家跨行參與創作，早期像三毛、瓊瑤、路寒袖；中後期如夏宇、張曼娟、九把刀、張大春、張維中等，也發展出專業「作詞人」如方文山、李宗盛、林夕、林秋離、姚若龍等個人品牌。而在臺灣音樂界最具指標性的金曲獎，亦設立「最佳作詞人獎」一項，以鼓勵創作者填製出高品質、且能與音樂相互融合的歌詞佳構。

近十年來，流行音樂從民間逐漸走入學術殿堂，主要表現在兩方面，一是課程的開課，一是論題的關注。前者指大專院校中文系、通

識教育中心、應用音樂系等科系,開設了「近現代歌詞選」、「流行歌詞創作」、「現代歌詞創作」、「當代華文歌詞寫作與欣賞」、「歌曲與歌詞創作」,變成一門專屬課程,既反映出學生的興趣和喜愛,也相對提升其影響力。至於論題的關注,指碩博士班研究生嘗試探索歌曲歌曲,以此作為論文題目深入考察。有越來越多的學術研究將觸角延伸至流行歌曲與歌詞這個區塊,不同科系別,從不同角度來探究流行音樂,估計這類學位論文的數量已逾300部,且仍持續累增中。若單就歌詞研究而言,粗略統計也有40餘部,涵蓋範圍相當豐富,有整體性研究如:黃湛森《粵語流行曲的發展與興衰:香港流行音樂研究(1949-1997)》[1]、葉千詩《臺灣閩南語流行歌詞的文學性研究》[2]、林哲平《中國風歌詞之研究》[3]等;主題性研究如:林敏華《一九三○、四○年代上海流行歌曲之歌詞研究》[4]、賴玲玉《臺語流行歌詞中的愛情隱喻(1980-2010)》[5]、徐以昕《從偶像劇主題曲探討中文流行歌曲的歌詞隱喻之功能》[6]等;從單一作詞人的角度進行研究者,如謝櫻子《方文山華語詞作主題研究》[7]、周宗憲《葉俊麟臺語流行

---

[1] 黃湛森:《粵語流行曲的發展與興衰:香港流行音樂研究(1949-1997)》(香港:香港大學亞州研究中心博士論文,2003年)。黃湛森即黃霑,除了經營自己的歌唱創作事業外,也將所見所聞化為文字,融入研究。

[2] 葉千詩:《臺灣閩南語流行歌詞的文學性研究》(臺南:國立臺南大學國語文學系碩士論文,2011年)。

[3] 林哲平:《中國風歌詞之研究》(臺南:國立臺南大學國語文學系碩士論文,2016年)。

[4] 林敏華:《一九三○、四○年代上海流行歌曲之歌詞研究》(嘉義:南華大學文學系碩士論文,2009年)。

[5] 賴玲玉:《臺語流行歌詞中的愛情隱喻(1980-2010)》(彰化:國立彰化師範大學臺灣文學研究所碩士論文,2011年)。

[6] 徐以昕:《從偶像劇主題曲探討中文流行歌曲的歌詞隱喻之功能》(高雄:國立中山大學外國語文學系研究所碩士論文,2016年)。

[7] 謝櫻子:《方文山華語詞作主題研究》(新竹:新竹教育大學人資處語文教學研究所碩士論文,2010年)。

歌詞研究》[8]、徐漢蒲《吳青峰歌詞修辭現象研究》[9]等。研究不同主題與其特殊性，體現歌詞廣闊無垠世界的不同景況，而且近年來有逐年遞增的趨勢，甚至部分學者已經將歌詞視作一門專門學問看待，如陳正蘭所撰寫的《歌詞學》。[10]香港在歌詞鑑賞與品評方面比臺灣更加重視，除了黃霑自撰博士論文之外，還有其他詞評家如朱耀偉《香港流行歌詞研究：七十年代中期至九十年代中期》[11]、朱氏與梁偉詩合撰《後九七香港粵語流行歌詞研究》[12]、黃志華等人合撰《詞家有道：香港16詞人訪談錄》[13]、黃志華編《盧國沾詞評選》[14]等，分析透徹，均是歌詞研究值得關注的書籍，也直接影響了香港流行詞話的開展。

中國傳統文學一直是「國文」科教材的一部分，人們耳濡目染下，無形中接收了古代文學的相關體製、表現手法、修辭技巧等。即使非中文系本科畢業，一樣會受到根深柢固的文化傳統所影響，在進行創作時，會從模仿開始，再慢慢創變。本文旨在以臺灣樂壇敘述男女情愛的情歌為例，透過同一首歌曲，所填製的不同歌詞，進一步解析不同修辭所營造出的男女性別向度，以及利用修辭，凸顯詞中氛

8　周宗憲：《葉俊麟臺語流行歌詞研究》（屏東：國立屏東教育大學中國語文學研究所碩士論文，2011年）。

9　徐漢蒲：《吳青峰歌詞修辭現象研究》（新竹：國立新竹教育大學中國語文學系語文教師碩士在職專班碩士論文，2016年）。

10　陳正蘭：《歌詞學》（北京：中國社會科學出版社，2007年11月）。

11　朱耀偉：《香港流行歌詞研究：七十年代中期至九十年代中期》（香港：三聯書局，1999年12月。

12　朱耀偉、梁偉詩：《後九七香港粵語流行歌詞研究》（香港：亮光文化有限公司，2011年10月）。

13　黃志華、朱耀偉、梁偉詩：《詞家有道：香港16詞人訪談錄》（臨沂：廣西師範大學出版社，2010年10月）。

14　黃志華編：《盧國沾詞評選》（香港：三聯書店，2015年3月）。

圍。理解使用修辭，除了能提高作品蘊含的情感濃度，也讓歌者有更
多揮灑的空間。

二　翻唱下的歌詞新變

　　臺灣由於其地理、歷史的培育塑造，形成了多元文化兼容並蓄的
國家特質，族群、宗教、語言等各方面如此，流行音樂上亦然。除了
有本地的詞曲創作者努力創作外，臺灣樂壇吸收國外包括歐美與日本
等國家的音樂也相當積極熱絡，尤其是日本歌曲，在日本殖民臺灣
時，已經產生直接劇烈的影響；臺灣光復、國民政府來臺後，仍持續
影響本地的音樂型態與創作，未曾中輟斷絕。而最常見的影響模式，
就是直接將日文歌曲填上中文歌詞，比如50-70年代就有唱片公司直
接將日本歌引進臺灣，填入新的中文歌詞，便成了所謂「混血歌
曲」，膾炙人口之作例如文夏〈黃昏的故鄉〉（原日人中野忠晴作〈赤
い夕陽の故郷〉）、陳芬蘭〈孤女的願望〉（原日人米山正夫作〈花笠
道中〉）、余天〈榕樹下〉（原日人遠藤実作〈北国の春〉）；到了鄧麗
君大量將日文歌翻唱為中文後，歌曲風靡華人世界，逐漸造成一種
風潮。

　　90年代，香港偶像大舉入臺，包括像張學友、劉德華等四大天
王，以及梅艷芳、張國榮等歌手，都將他們在港熱銷的金曲，重新包
裝，來臺新販，其中就有不少是當時香港歌手先行翻唱日文歌，再轉
第二層用華語歌詞重新詮釋一次，例如張學友〈每天愛你多一些〉
（即南方之星〈真夏の果実〉）、張國榮〈拒絕再玩〉（即玉置浩二
〈じれったい〉）、王菲〈容易受傷的女人〉（即中島美雪〈ルージ
ュ〉）等。這樣的歌曲，在同一旋律下，就觸發了不同的作詞者，進
行了三種不同語言，寫出三種不同風格的歌詞，再搭配不同的歌手詮

釋演繹，同一首歌成就了三種可能。

也因為如此，本文將焦點置放中文歌詞當中，欲瞭解同一首歌，由不同性別的歌手來詮釋，唱片公司以及作詞人如何為該歌手量身訂作屬於他／她的歌詞，讓歌手在演繹上能更到味。故本文集中討論同一首歌、不同歌詞，由不同性別的歌手來演唱的作品，揀擇15組歌詞進行比對分析，依照文中討論順序，分別是：

> 王菲〈容易受傷的女人〉、鄺美雲〈容易受傷的女人〉、邰正宵〈情人之間的情人〉；
> 張學友〈每天愛你多一些〉、方大同、薛凱琪〈復刻回憶〉；
> 黃仲崑〈有多少愛可以重來〉、王菲〈愛與痛的邊緣〉；
> 張惠妹〈記得〉、林俊傑〈不懂〉；
> 盧巧音、王力宏〈好心分手〉、盧巧音〈至少比你走得早〉；
> 張雨生、張惠妹〈最愛的人傷我最深〉、張惠妹〈認真〉；
> 黃品源〈你怎麼忍心讓我哭〉、徐懷鈺〈不敢太幸福〉；
> 動力火車〈鎮守愛情〉、ＪＳ〈愛讓我們寂寞〉；
> 張學友〈沈默的眼睛〉、順子〈DearFriend〉；
> 文章〈迷濛〉、黃小琥〈那些我愛的人〉；
> 信樂團〈離歌〉、辛曉琪〈心裡有樹〉；
> 蔡淳佳〈陪我看日出〉、黃品源〈淚光閃閃〉、黃品源〈白鷺鷥〉；
> 辛曉琪〈童話〉、李崗霖〈祈禱〉；
> 林志炫、陳明〈你是愛情的原因〉、陶莉萍〈分手五十天〉；
> 劉德華〈謝謝你的愛〉、林慧萍〈多情吧害〉。

這一至三首不等的成組歌曲，在旋律上是屬同一首歌，分別由不同性

別的歌手演繹。在歌詞的內容上均有不同,當然,有部分甚至是語言的運用出現不一樣的類別,如臺語、粵語,相對所呈現的情感也不同。本文即針對這15組歌曲進行細緻的分析,以性別營造和氛圍營造兩個面向談起。

三　性別營造

同一首歌,經過不同歌手,透過歌手的聲線與口吻、詮釋歌曲的方法與技巧,再加上編曲者的巧思,同一首歌經由以上幾種方式,的確可以讓歌曲產生另一種味道與情感。但除此之外,還有改變歌詞本身,包括歌詞的敘事模式、用韻方式,以及使用修辭技巧,均能有效製造出歌詞想展現的情感與特質。當然,仍會遇到有後作模仿前作而略作改易的情況,例如王菲〈容易受傷的女人〉原曲在先,後有邰正宵翻唱成〈情人之間的情人〉,將兩詞併呈比較:

王菲〈容易受傷的女人〉 詞:潘源良;曲:中島美雪	邰正宵〈情人之間的情人〉 詞:林利南;曲:中島美雪
人漸醉了夜更深／在這一刻多麼接近	人已散去夜已深／與妳並肩多麼熟悉
思想彷似在搖撼／矛盾也更深	曾經相同的眼神／卻有不同心
曾被破碎過的心／讓你今天輕輕貼近	曾讓妳感動的人／終於離妳越來越遠
多少安慰及疑問／偷偷的再生	一顆看不清的心／相對也無語
情難自禁／我卻其實屬於	情人之間／本來就有誓言
極度容易受傷的女人	再容不下另一個情人
不要／不要／不要驟來驟去	不能／不能／不能說放就放
請珍惜我的心	請珍惜我的心
如明白我／繼續情願熱戀	情人之間／本來就有誓言
這個容易受傷的女人	再容不下另一個情人
不要等／這一刻／請熱吻	就算是／心裡還愛著妳

王菲〈容易受傷的女人〉 詞：潘源良；曲：中島美雪	邰正宵〈情人之間的情人〉 詞：林利南；曲：中島美雪
長夜有你醉也真／讓我終於找到信任 不管一切是疑問／快樂是情人[15]	曾讓妳感動的人／終於離妳越來越遠 一顆看不清的心／相對也無語 曾經傷害過的心／也想還是放棄了吧 多情總為無情苦／難得有心人 曾經怕了這一生／始終無法面對自己 淚已沾溼了雙眼／誰也看不清[16]

　　這兩首雖然是不同性別歌手詮釋，但〈情人之間的情人〉在語詞上、結構上並沒有大幅度的改變，甚至部分因襲，所以這首歌並未造成反響，也無法超越王菲的版本。反倒是香港歌手鄺美雲將〈容易受傷的女人〉[17]重新填詞，以國語演唱，在華人圈奠定某種程度的評價，讓人誤以為她才是該曲的國語版原唱者（鄺美雲版歌名亦為〈容易受傷的女人〉）。上述所舉例子是實際存在的市場反應情況，但相對也會面對閱聽眾的質疑與淘汰。

　　近年來出現幾首向「老歌」致敬的歌曲，這樣的翻唱方法通常會改採新的方式呈現，像是改為男女合唱，例如張學友〈每天愛你多一些〉被方大同與薛凱琪重新詮釋成〈復刻回憶〉。〈每天愛你多一些〉（詞：姚若龍；曲：桑田佳祐）本來就是日翻中的歌曲，甚至還有粵

15　收錄於王靖雯：《Coming Home》（香港：新藝寶唱片公司，1991年）。

16　收錄於邰正宵：《找一個字代替》（臺北：福茂唱片公司，1993年）。

17　鄺美雲〈容易受傷的女人〉（詞：潘美辰、何厚華；曲：中島美雪）：「有心人兒用情深／緊緊追緣共度今生／此刻不需再離分／讓夢幻都變真／曾經相愛過的人／淚眼訴說毫無緣份／愛你愛得那樣深／心碎也更深／情人難求／愛人總是難留／我是容易受傷的女人／無情無愛無緣無奈的心／能不能過一生／誰會珍惜／誰又懂得接受／這個容易受傷的女人／癡癡等／到何時有情人／火熱的心會變冷／而我依然那麼認真／夜深人寂只留我／傷心的女人」（收錄於鄺美雲：《容易受傷的女人》，臺北：科藝百代公司，1993年）。

語、國語兩種版本，以下是國語版的歌詞：

> 也曾追求　也曾失落　不再有夢
> 是你為我　推開天窗　打開心鎖　讓希望　又轉動
> 忙碌奔波　偶而迷惑　為了什麼
> 是你給我　一份感動　一個理由　不疲倦　不脆弱
> 這世界的永恆不多　讓我們也成為一種
> 情深如海　不移如山　用一生愛不完
> 我的愛一天比一天更熱烈　要給你多些再多些不停歇
> 讓你的生命只有甜和美 OHOH　遺忘該怎麼流浪
> 我的愛一天比一天更熱烈　要給你多些再多些不停歇
> 讓戀人鍾愛的每一句誓言 OHOH　不再難追　全都實現
> 心中有愛　人生如歌　唱著歡樂　海闊天空
> 來去從容　不惹煩憂　有了你　別無求[18]

作詞人姚若龍以他最擅長的溫馨勵志型歌詞，將歌曲帶向一種比較正面樂觀的態度與氛圍，利用譬喻如「情深如海／不移如山」、類疊如「我的愛一天比一天更熱烈／要給你多些再多些不停歇」、用肯定語彙如「讓戀人鍾愛的每一句誓言／不再難追／全都實現」，寫下男性對於愛情的樂觀想望。當多年後方大同致敬偶像，重唱該曲，又重新填詞為〈復刻回憶〉（詞：易家揚；曲：桑田佳祐），因為是對唱關係，歌詞中設計不少近似對話的橋段：

> 你還好嗎　好久不見　又來這裡　這個老店

---

18 收錄於張學友：《吻別》（臺北：寶麗金唱片公司，1993年）。

後來的你　喜歡了誰　我們　聊聊天

現在的你　一樣美麗　至於愛情　是個回憶

她不愛我　他離開你　愛會來　就會去

在不同的城市努力　偶爾也會想想你

這樣的我　那樣的你　要很久才相聚

我們都沒說那遙遠的曾經　我們也沒提那故事的原因

青春的復刻回憶像一片雲　沒法子抓在手裡

我們的眼淚在複習著過去　我們的微笑是彼此的氧氣

復刻的回憶是封掛號信　多遠都可以找到你

（午後的悶熱的窗外的一場大雨　讓我們看見了以前的自己

把時光倒轉回到那一季　那年的夢他鄉的你）

窗外的樹　愛哭的風　煩惱的我　聰明的妳

愛是什麼　什麼人懂　所以　別難過

心還痛嗎　請忘了吧　所謂幸福　是個童話

後來的我　一切隨意　所以　沒關係[19]

歌詞中主角遇見許久不見的舊愛，重新面對彼此，對對方有很多的疑問猜想，所以歌詞利用大量問句來布置線索，包括問候對方還好嗎？後來喜歡了誰？最後談及更深刻的愛是什麼？什麼人懂？每一個問句背後並沒有直接的回答，一方面營造一種歷經滄桑的灑脫感，另一方面也製造出男女主角的曖昧情緒。只有最後提及「心還痛嗎／請忘了吧／所謂幸福／是個童話」，點出主角對於愛情的無可奈何之感。另外這首歌運用了頗多譬喻和象徵，如「青春的復刻回憶像一片雲」、「復刻的回憶是封掛號信」；排比句「窗外的樹／愛哭的風／煩惱的

---

19 收錄於薛凱琪：《It's My Day》（臺北：華納國際音樂公司，2008年）。

我／聰明的妳」，除了煩惱、聰明之外，又用樹象徵執著的男主角，用風象徵捉摸不定的女主角。整體而言，此歌詞意境之豐富已然超越前作。

還是有許多同曲異詞的作品，具有頗大的重塑空間，不一定受到原曲歌詞的影響，以黃仲崑〈有多少愛可以重來〉（詞：何厚華；曲：黃卓穎）為例：

> 常常責怪自己　當初不應該　常常後悔沒有把你留下來
> 為什麼明明相愛　到最後還是要分開
> 是否我們總是　徘徊在心門之外
> 誰知道又和你　相遇在人海　命運如此安排　總教人無奈
> 這些年過得不好不壞　只是好像少了一個人存在
> 而我漸漸明白　你仍然是我不變的關懷
> 有多少愛可以重來　有多少人願意等待
> 當懂得珍惜以後回來　卻不知那份愛會不會還在
> 有多少愛可以重來　有多少人值得等待
> 當愛情已經桑田滄海　是否還有勇氣去愛[20]

黃仲崑發行這首作為當主打歌時，並沒有唱紅該曲，後來王菲將它收錄在粵語專輯後，卻意外提高其能見度，原本的歌名與歌詞都重新改易，歌名換成〈愛與痛的邊緣〉（詞：潘源良；曲：黃卓穎；編曲：ALEX SAN），歌詞為：

> 徘徊傍徨路前　回望這一段　你吻過我的臉　曾是百千遍

---

20 收錄於黃仲崑：《愛與承諾》（臺北：瑞星唱片公司，1994年）。

> 沒去想　終有一天　夜雨中　找不到打算
>
> 讓我孤單這邊　一點鐘等到三點
>
> 那怕與你相見　仍是我心願　我也有我感覺　難道要遮掩
>
> 若已經不想跟我相戀　又卻怎麼口口聲聲的欺騙
>
> 讓我一等再等　在等一天共你拾回溫暖
>
> 情像雨點　似斷難斷　愈是去想　更是凌亂
>
> 我已經不想跟你癡纏　我有我的尊嚴　不想再受損
>
> 無奈我心　要辨難辨　道別再等　也未如願
>
> 永遠在愛與痛的邊緣　應該怎麼決定挑選[21]

黃仲崑的版本雖然後來有迪克牛仔重新翻唱，能見度稍微增加，但仍不比王菲的版本來得有名。如果當年王菲重唱該曲，而沒有調整歌詞，或許這首歌曲仍舊無法唱進閱聽眾的心坎裡。〈有多少愛可以重來〉這樣的歌名其實已經告訴閱聽眾，要談論的是一種愛情共相：「錯失的戀情無法重新來過」這個已知的事實。作詞人為歌者量身打造，用男性口吻表述出他的看法觀點。該詞的特點，在於運用設問修辭，營造男性較為豁達的愛情觀。問句會呈現一種迂迴的表述方式，例如「是否我們總是／徘徊在心門之外」，沒有給予任何答案，讓閱聽眾自己下定論。除此之外，問句的使用也可營造出一種豁達的感受，例如：副歌「有多少愛可以重來／有多少人願意等待／當懂得珍惜以後回來／卻不知那份愛會不會還在／有多少愛可以重來／有多少人值得等待／當愛情已經桑田滄海／是否還有勇氣去愛」，均是以問句堆疊而成，而問題難解、無人回答，也體現出一種「沒關係」的情緒。

---

21 收錄於王靖雯：《討好自己》（香港：新寶藝唱片公司，1994年）。

　　然而，如果讓女歌手來唱這樣的歌詞，又會顯得太過理性。所以當王菲翻唱時，歌詞改寫成較似女性面對情感的態度，用一種自言自語的方式呈現，重字的密度比較高，且運用類疊技巧，營造一種剪不斷理還亂的糾葛情緒，如「似斷難斷」、「要辨難辨」等。又如林俊傑〈不懂〉與張惠妹〈記得〉這兩首同旋律的歌，歌詞均使用設問技巧，也營造出性別差異。林俊傑〈不懂〉（詞：張思爾；曲：林俊傑）：

> 已經好遠了　腿也有一點累了
> 我們都不知道路多遠　走到何時才歇一歇
> 不如就現在吧　讓我們都停下
> 但是在休息後　我們還不知道繼續走的理由
> 雨都停了　天都亮了　我們還不懂
> 這愛情路究竟　帶我們到甚麼地方
> 是要持續　仍舊珍惜　還是回到原地
> 如今此刻的我的確是有一點疲倦[22]

與〈有多少愛可以重來〉相同，設計的問句，都是提問而不回答，如「我們還不懂／這愛情路究竟／帶我們到甚麼地方」、「是要持續／仍舊珍惜／還是回到原地」，以模糊的疑問語句，營造男性對處理感情的茫然與無奈，就正如歌詞〈不懂〉所欲表示的心情。反觀張惠妹〈記得〉（詞：易家揚；曲：林俊傑；編曲：吳慶隆）：

> 我們都忘了　這條路走了多久
> 心中是清楚的　有一天　有一天都會停的

---

22 收錄於林俊傑：《樂行者》（臺北：豐華唱片公司，2003年）。

讓時間說真話　雖然我也害怕

在天黑了以後　我們都不知道　會不會有以後

誰還記得是誰先說　永遠的愛我

以前的一句話　是我們　以後的傷口

過了太久沒人記得　當初那些溫柔

我和你手牽手　說要一起　走到最後

我們都累了　卻沒辦法往回走

兩顆心都迷惑　怎麼說　怎麼說都沒有救

親愛的為什麼　也許你也不懂

兩個相愛的人　等著對方先說　想分開的理由

誰還記得愛情開始變化的時候　我和你的眼中看見了　不同的
天空

走得太遠終於走到　分岔路的路口

是不是你和我　要有兩個　相反的夢[23]

歌詞第一、二句便以自問自答的方式呈現，問情路走多久，心中告訴
自己總有一天會停下來，跟〈不懂〉問句的未知性相比，〈記得〉多
了更深肯定與感傷。「親愛的為什麼／也許你也不懂／兩個相愛的人
／等著對方先說／想分開的理由」，雖問為什麼，但下面便告訴對方
答案；「誰還記得愛情開始變化的時候／我和你的眼中看見了／不同
的天空」，雖言還誰還記得，也點出變化的原因，強調女性的細膩與
微察的特質。在盧巧音與王力宏的〈好心分手〉（詞：黃偉文；曲：
雷頌德）一詞當中，也可以看見此現象：

---

23 收錄於張惠妹：《真實》（臺北：華納國際音樂公司，2001年）。

> 是否很驚訝　講不出說話　沒錯我是說　你想分手嗎
>
> 曾給你馴服到　就像綿羊　何解會反咬你一下　你知嗎
>
> 也許該反省　不應再說話　被放棄的我　應有此報嗎
>
> 如果我曾是個　壞牧羊人　能否再讓我試一下　抱一下[24]

主歌一開始，女生用問句唱出想分手的決心，問對方是否想分手，實指自己想要離開戀情，下一段戀情就把癥結點提出，再用問句做結。而男生起唱句也是以問句設計來鋪陳，認為突然得到這樣的訊息，是應得的報應嗎？又回到一種提問而不作答的狀況；而回應女生的分手議題，也小心翼翼地以問句詢問，同樣是設問技巧，卻表現出男女不同的態度。〈好心分手〉這首歌共填了四種不同版本的歌詞，[25]一種分手主題，分別有獨唱版展現的苦情欲分，與合唱版的各訴情苦，在盧巧音獨唱的〈至少走得比你早〉（詞：周耀輝；曲：雷頌德）雖沒有使用問句，但運用了大量排比技巧：

> 我想得比你多　陪你一起更寂寞
>
> 我性格比你強　怎能做你的綿羊
>
> 我年紀比你小　不信快樂找不到　抬起頭　開了口
>
> 最後我比你驕傲　從此不坐你的牢　想不到你的好　記得和你的爭吵
>
> 想到老可到老　可是和你做不到
>
> 如果你愛得比我少　至少我走得比你早[26]

---

24 收錄於盧巧音：《賞味人間（第二版）》（香港：新力唱片公司，2002年）。

25 粵語版獨唱的〈好心分手〉、與王力宏合唱國、粵雙語的〈好心分手〉、國語版獨唱的〈至少走得比你早〉，以及合唱版的〈至少走得比你早〉，歌詞間各有重複，也略有不同。

26 收錄於盧巧音：《賞味人間（第二版）》。

利用男女在愛情上的關係進行一系列的比較，包括想得多、性格強、年紀小、驕傲、付出多、離開早等議題，把女生強烈要分手的決心展現出來，這與對唱版的一強一弱、一搭一唱更顯得咄咄逼人。張惠妹的〈認真〉（詞：張方露；曲：陳志遠；編曲：王繼康）一開始也是如此設計：「真的是眼淚嗎／這算不算回答／你問我為何那麼聽話／為了什麼寧願沒有想法／就坦白承認吧／是自己太傻／竟然為你梳直我的長髮／不接任何電話／天真的準時回家。」[27]以自問方式講述自己陷入愛情的迷惘，再自答是因為太傻，而願意犧牲自己，連做三種行為，來迎合情人。雖這三種行為並非用排比設計，但也將女性對於情感的執著透過動作堆疊起來。反觀同首歌由張雨生、張惠妹合唱的〈最愛的人傷我最深〉（詞：鄔裕康　曲：陳志遠），主歌由男生演繹的部分：「黑夜來得無聲／愛情散得無痕／刻骨的風／捲起心的清冷／吹去多年情份只剩我一人」[28]，詞寫逝去戀情的感受，利用擬人方式呈現一種較平和的情緒，不過度感傷濫情。再看黃品源這首〈你怎麼忍心讓我哭〉，並對照徐懷鈺〈不敢太幸福〉：

黃品源〈你怎麼忍心讓我哭〉 詞曲：黃品源	徐懷鈺〈不敢太幸福〉 詞曲：黃品源
是誰偷走了我的玩具	你可不可以讓我哭泣
找不到被愛的距離	好平衡一下我的心
我不曾要求　要漂亮的衣服	這一段日子　是過分甜蜜
你怎麼忍心讓我哭	美好到心裡會恐懼
是誰偷走了我的笑容	你可不可以假裝冷酷
找不到被愛的臉孔	好讓我學會要知足
我不曾要求　要多少幸福	凡人的快樂　應該有限度

27 收錄於張惠妹：《姊妹》（臺北：豐華唱片公司，1996年）。
28 收錄於張雨生：《兩伊戰爭》（臺北：豐華唱片公司，1996年）。

黃品源〈你怎麼忍心讓我哭〉 詞曲：黃品源	徐懷鈺〈不敢太幸福〉 詞曲：黃品源
你怎麼忍心讓我哭 沒有月亮的黑夜　讓脆弱的心都粉碎 還有誰願意為我擦乾傷心的眼淚 找不到月亮的黑夜　星星也害怕魔鬼 我已傷痕累累誰來撫慰[29]	我真的不敢太幸福 孤單我從無所謂　在苦的事也敢面對 為什麼一愛上你　勇氣就消失不見 努力想清醒卻沉醉　明明想笑卻掉淚 還沒失去妳就開始傷悲 你可不可以假裝冷酷 好讓我學會要知足 太完美的愛　會讓天忌妒 我真的不敢太幸福[30]

　　這首歌詞亦是用大量問句，用「誰」做了什麼事，而導致感情無法善終，最後才揭示所指涉的「你」，並用反問方式，詢問對方「怎麼忍心讓我哭」，點出歌曲主題，最後副歌再使用有誰可以來安慰等相關句意，雖不言明，卻都跟心中所在意的人有關。同一首曲子由徐懷鈺演唱，所敘述的情感就不盡相同，在〈不敢太幸福〉一詞當中，描述一種得到幸福卻又害怕幸福的情緒。起首句便以自問自答的方式呈現：「你可不可以讓我哭泣／好平衡一下我的心／這一段日子／是過分甜蜜／美好到心裡會恐懼」想哭的情感是因為甜蜜洋溢，而導致心生恐懼。那種不敢幸福的心情，都是透過相同的句式，用小女人式的問句，如「可不可以」怎麼做，一張一弛，把女子害怕過度幸福的忐忑不安心情，巧妙地展現出來。

29　收錄於黃品源：《愛情香》（臺北：友善的狗音樂製作公司，1997年）。

30　收錄於徐懷鈺：《天使亞洲國際特別版》（臺北：滾石唱片公司，1999年）。

四　氛圍營造

　　歌詞礙於其通俗性，在遣詞用字上並不如散文、詩歌可以盡興發揮文采，它不像散文，可以將各類修辭用於其中；也不像古典韻文，會使用一些較為複雜的修辭技巧。歷來研究歌詞的學者亦曾統計出填寫歌詞較常使用的修辭技巧，如張豔玲、趙曼〈流行歌曲中的辭格運用〉提出有：反覆、對偶、頂真、排比、借代、比擬、比喻；[31]向嶸〈淺談當代流行歌詞的修辭特點〉也提及如比喻、反覆、對偶、頂真、排比等。[32]筆者從事歌詞研究與教學數年，大致歸納出歌詞常見的幾種修辭技巧有：譬喻、類疊、排比、轉化、設問、感嘆、頂真、摹寫、映襯、誇飾、飛白、象徵等。以上數種修辭，分別具有不同功能，例如設問、轉化、誇飾與感嘆，可以強化歌詞情感；譬喻、類疊、排比與摹寫，可以營造氛圍、凝聚意象；頂真、映襯、飛白與象徵，可以加深文句的懸念與美感。

　　上一節提及擬人法可以調整歌詞的情緒向度，在這一節便針對轉化、排比、類疊進行說明。平鋪直述的方式固然真誠，如 JS〈愛讓我們寂寞〉（曲詞：陳忠義），整首均是以賦體直白的表述，以起首數句探查：「最堅強的人／變的軟弱／說不哭的人／卻先淚流／沒有勇氣／再往前走／那些動人的／貼心的話／卻都在此刻／深深刺痛／彼此最脆弱的傷口」，[33]將談戀愛會遇到的挫折直白地表示出來，再對照

---

31 張豔玲、趙曼：〈流行歌曲中的辭格運用〉，《柳州職業技術學院學報》第5卷第3期（2005年9月），頁64-67。

32 向嶸：〈淺談當代流行歌詞的修辭特點〉，《湖北廣播電視大學學報》第27卷第11期（2007年11月），頁70-71。

33 收錄於合輯：《愛原色（創作人原音大碟2004）》（臺北：華研國際音樂公司，2004年）。

後出轉精，動力火車〈鎮守愛情〉（詞：顏璽軒、施人誠；曲：陳忠
義　編曲：洪敬堯）一詞：

> 終於穿越了　巨大寂寞　應付起長夜　得心應手
> 也能呼吸　也有脈搏
> 把被妳折磨　看作成就　苦痛也就能　換成守候
> 山守著雲也沒說什麼
> 一定會有以後　我拿鐵石心腸鎮守著愛情
> 留給妳一個回來的原因　當妳傷透心
> 給我一個以後　淋著時間的雨我寸步不離
> 妳是我留不住的生命裡　盡力強留住的唯一
> 那些動人的我不會說　已經決定的何必承諾　把心掏給妳夠不
> 夠
> 一千年後　誰記得我　但我還牢記妳輪廓　沒有倦容　還在等
> 妳回頭[34]

歌詞利用幾個語彙，如折磨對應成就、苦痛對應守候，最後以「山守
著雲也沒說什麼」如是轉化技巧，把女性的任性和嬌縱淡化，更增添
了活潑性；副歌使用大量的肯定句，營造鎮守愛情、守護唯一的決
心，把 JS〈愛讓我們寂寞〉歌詞所呈現的悲傷感洗去許多，讓整首
歌的氛圍變得較為正向陽光。另外，張學友〈沈默的眼睛〉與順子
〈Dear Friend〉這一組，亦是使用轉化技巧為主的歌詞，張學友〈沉
默的眼睛〉（詞：陳少琪；曲：玉置浩二）其中歌詞有：「願這星／每
晚緊靠著你／悄悄指引著你／燃亮生命」、「在這生你每點歡笑聲／也

---

34 收錄於動力火車：《Man》（臺北：華研國際音樂公司，2002年）。

會驅散著我／長夜的冷清」、「心裡蕩回寂靜／時光溜走無聲」，[35]都是用到轉化技巧，讓整個詞意向上提升。而順子〈Dear Friend〉（詞：姚謙；曲：玉置浩二；編曲：塗惠元）亦是如此，歌詞如下：

> 跟夏天才告別　轉眼滿地落葉
> 遠遠的　白雲依舊無言　像我心裡感覺　還有增無減
> 跟去年說再見　轉眼又是冬天
> 才一年　看著世界變遷　有種滄海桑田　無常的感覺
> Oh～Friend　我對你的想念此刻特別強烈　我們如此遙遠
> 朋友孩子的臉　說著生命喜悅
> 如果說　我們依然相戀　說不定在眼前　是另外情節
> Oh～Friend　我對你的想念　此刻特別強烈　這麼多年
> Oh～Friend　我對你的想念　此刻特別強烈　如此遙遠[36]

歌詞起首便使用擬人手法，以季節變換告訴閱聽眾時間移轉很快，故導出「滄海桑田」的感覺。副歌加入了呼告與感嘆修辭，雖然呼告的是「Friend」，但內心所感受的，是一種並非只是朋友的無奈感觸，逆向提升情感的濃度，並使用類疊疊句，讓氣氛縈繞在想念對方卻又極度失意的情緒裡。

　　以上談論數首歌曲，究竟直白陳述或者用意象表述是否有優劣高下之分？答案多半是見仁見智的。例如文章〈迷濛〉與黃小琥〈那些我愛的人〉這一組歌曲。文章歌名取作〈迷濛〉（詞：傅維德；曲：玉置浩二），意境也相當迷濛，歌詞如下：

---

35 收錄於張學友：《張學友國語精選集》（臺北：寶麗金唱片公司，1988年）。

36 收錄於順子：《Dear Shunza》（臺北：科藝百代公司，2002年）。

> 霧一般迷濛　猜也猜不透　就像那幻影　反覆又出現
> 沒有人能看透你的心意　沒有人走出這團迷霧　我又迷失在森
> 林裡
> 披上一層神秘外衣　如影隨形揮不去
> 付出多少情意　何必虛情　何必假意不表明
> 莫非難以開口　卻把誠意　假裝是不在意
> 還是故作神秘　要等到何時才吹散　這一團迷霧[37]

雖然用「霧」來起興，但實際仍是在探討感情，從「付出多少情意／何必虛情／何必假意不表明」可得知，這首歌的詞境比較接近現代詩，也讓人有「隔」的感覺，令人搔不到癢處，反倒是黃小琥〈那些我愛的人〉（詞：嚴云農；曲：玉置浩二），雖然歌詞語言直白，卻點出女性在愛情裡跌跌撞撞的狼狽模樣：

> 愛過幾個人是不對的人　他們留給我無盡的傷痕
> 我害怕的已不是寂寞　我怕的是再去期待著　被別人愛上的
> 快樂
> 我問愛情給我什麼　結果它沉默了
> 別想別說別碰　別去追問　我就會忘記新的痛
> 所以我總是說我還恨著那些愛我的人
> 他們犯過的錯　讓最無辜的真心啊　被我遺忘了
> 他的眼神啊是那麼溫柔　他背叛的手卻那麼自由
> 曾傷害我的那些人啊　也曾是我最深愛的人　讓我總是捨不得
> 我問愛情給我什麼　答案卻是沉默

---

37 收錄於文章：《三百六十五里路》（臺北：科藝百代公司，1984年）。

> 別想別說別碰　別去追問　我就會忘記新的痛
> 最後我總是說我還恨著那些我愛的人
> 感情沒有犯錯　是我遇見的那幾個人　傷了我太多[38]

慣有的女性自問自答方式,「我問愛情給我什麼／答案卻是沉默」,再使用類疊來強化如「別想別說別碰／別去追問／我就會忘記新的痛」,用數個「別」字來反襯「痛」的深沉。整首歌配合著旋律帶有一種慵懶的樂風,歌詞寫著看盡紅塵百態的豁達,實際上卻流露遍尋不著對的人的無奈悲哀。所以直述與曲述孰好孰壞,並沒有絕對的準則。

同一首歌、不同歌詞,卻是同一位作詞人,所呈現的情感向度,就必須結合演唱者的屬性,信樂團〈離歌〉、辛曉琪〈心裡有樹〉均同時翻唱韓國歌曲,信樂團樂風狂野,強調歌曲力量的展現;辛曉琪氣音唱腔、是知性都會女性的代表,不同屬性的歌手卻挑戰同一首歌,也同時由姚若龍來撰寫歌詞,他替信樂團寫了〈離歌〉(詞:姚若龍;曲:Yoonil Sang),主要就是平鋪直述地把男性的感情觀,透過一段三角戀陳述出來,如「想留不能留／才最寂寞／沒說完溫柔／只剩離歌」、「愛沒有聰不聰明／只有願不願意」,女主角決定回到男友身旁,即使對方刺痛她的心,也無法接受另一人的感情,所以在愛情裡並不是聰明就可以遊刃有餘,很多時候是一種命定(最後我無力的看清／強悍的是命運)、是一種任性(原來愛是種任性／不該太多考慮)。[39]全詞多半都是直述句,較少使用技巧修飾,反觀辛曉琪的〈心裡有樹〉(詞:姚若龍;曲:Yoonil Sang)就使用了較多的修辭:

---

38 收錄於黃小琥:《Voice 3 Lv醉愛情歌全輯》(臺北:動能音樂公司,2004年)。
39 收錄於信樂團:《天高地厚》(臺北:艾迴唱片公司,2003年)。

有故事會被記住　總是因為起伏　當傷痛退了熱度　留下暖暖
感觸
每一次面對　感情結束　就像被翻開　心底很深的樹
離開的人　種一顆樹　讓成長有痕跡　生命不荒蕪
體諒讓感動　奪眶而出　告別就變成　紀念情書
本來一夜雨　剩早晨葉上一點露　感謝你讓我　心裡有樹
要世界更有寬度　眼光換個角度　寧靜的動人日暮
有時勝過日出　回憶有你　心裡有樹[40]

歌名本身就是雙關「心裡有數」，姚若龍把「數」轉易為「樹」，並透
過歌詞去將分手與植樹產生連結，說明離開的人，就像在人心裡種了
一顆樹，保留那段情感的痕跡，有透過樹有所成長，使生命不荒蕪。
透過這樣理性的思維，去講述一場剛結束的戀情，故言及「感謝你讓
我／心裡有樹」，這些思維如「要世界更有寬度／眼光換個角度」，暗
合所說的分手像植樹的理念，也扣合辛曉琪都會知性女性的形象。以
上所陳述的幾個對照歌詞，反映了不同詞人對於相同旋律的接受與體
悟亦不同，所以直述與曲述的歌詞孰好孰壞，並沒有絕對的準則。

　　再觀察一部日本電影〈淚光閃閃〉同名主題曲，日本歌詞的詞意
雖然沒有極度悲傷之感，卻也扣緊劇情的走向來演繹，最後深愛的哥
哥病亡，女主角當然極端的苦痛，〈淚光閃閃〉歌詞所要刻劃的，即
是把一對沒有血緣關係的兄妹，彼此間曖昧與苦痛描述出來。重新被
翻唱後，作詞者不約而同走向了溫馨勵志路線。第一位翻唱為國語歌
曲的蔡淳佳〈陪我看日出〉（詞：梁文福；曲：Begin；編曲：吳佳
明）：

---

40 收錄於辛曉琪：《談情看愛》（臺北：滾石唱片公司，2000年）。

雨的氣息是回家的小路　　路上有我追著你的腳步
舊相片保存著昨天的溫度　　你抱著我就像溫暖的大樹
雨下了走好路　這句話我記住　風再大吹不走祝福
雨過了就有路　像那年看日出　你牽著我　穿過了霧
叫我看希望就在黑夜的盡處
哭過的眼看歲月更清楚　　想一個人閃著淚光是一種幸福
又回到我離開家的下午　　你送著我滿天葉子都在飛舞
雖然一個人　我並不孤獨　在心中你陪我看每一個日出[41]

歌詞運用雨、風、黑夜、日出等天文語彙，結合譬喻格，營造一種風
景的圖象感；再加上擬人手法，如「風再大吹不走祝福」、「你送著我
滿天葉子都在飛舞」，把情感表現得更為生動。而黃品源翻唱這一首
歌曲時，有國、臺語兩種版本，國語版直接命名為〈淚光閃閃〉
（詞：小蟲；曲：Begin），詞意並沒有超越〈陪我看日出〉，但也是
走向溫馨路線，如歌詞裡「潮來潮往明天仍有陽光／帶著你給我的愛
會找到希望」、「潮來潮往點點星光／我知道你一定會心疼我的傷」
等，[42]屬於比較正向面對情感挫敗的語句。而臺語版的〈白鷺鷥〉
（詞：伍佰；曲：Begin；編曲：梁伯君）則完全打破日本歌詞與
〈陪我看日出〉的框架，雖然描寫的是一段過去的愛情故事，全詞仍
保有溫馨勵志的濃厚氛圍：

不知影有這久沒想到伊　　行到這條斷橋才知有這多年
樹旋藤路發草溪還有水　　橋上伊的形影煞這褂來浮起

---

41 收錄於蔡淳佳：《sunrise》（新加坡：Music Street，2004年）。
42 收錄於黃品源：《淚光閃閃源來有你》（臺北：滾石唱片公司，2006年）

我好像那隻失去愛情的白鷺鷥　後悔沒說出那句話

一直恬茫霧中飛過來飛過去　這嘛沒伊　那嘛沒伊

嘸知伊甘有和我有同款的滋味

假使來故事唯頭重行起　我沒離開故鄉妳還在我身邊

樹的青路的花橋下的水　橋上的我要來對妳說出我愛你

我好像那隻失去愛情的白鷺鷥　後悔沒說出那句話

一直恬茫霧中飛過來飛過去　放袂記伊　放伊袂去

嘸知伊甘有和我有同款的珠淚

我不願變做失去愛情的白鷺鷥　我要來說出那句話

那句話吞置咧心肝頭這多年

一句我愛妳　二句我愛妳　我要對你說出千千萬萬我愛妳

一句我愛妳　二句我愛妳　我要對妳說出千千萬萬我愛妳[43]

　　一開始透過斷橋起興，想起曾經有一名女子在橋畔與他相戀，所以歌詞用摹寫的方式點出路樹、橋畔、溪水與白鷺鷥，並將白鷺鷥用以比擬自己，更冠上「失去愛情」的身分。但因後悔當初未表達深切的愛意，若能重來，一定要把握良機，最後用排比方式，強調自己想要勇敢追愛的決心，整個詞意已打破由女性演唱者的含蓄表現方式。從另一組歌詞也可以看到這樣的現象，即辛曉琪〈童話〉與李崗霖〈祈禱〉。這一組歌曲與〈心裡有樹〉、〈離歌〉一樣，是翻唱韓國歌曲，設計的邏輯也很接近，歌詞對比如下：

---

43 收錄於黃品源：《感謝，情人》（臺北：滾石唱片公司，2004年）。

辛曉琪〈童話〉 詞：姚若龍；曲：Choi / Hee Jim	李崗霖〈祈禱〉 詞：嚴惟妮／李崗霖；作曲：Choi / Hee Jim
假如　不曾一起逆著風　破著浪 我還不明瞭倔強　原來是一種力量 假如　不是一度太沮喪　太絕望 現在怎麼懂品嚐　苦澀裏甘甜的香 我們　不再傍徨驚慌 不是夜不冷路不長 而是篤定誰一不堅強　就會被擁抱 到心裏有太陽　Woo～Wooh 遺憾不能愛在生命開始那天那一年 一起過夢想童年　多愁少年 會更有感覺 我們只好愛到童話磨滅那分那秒前 微笑地慶祝幸福　牽手紀念 永遠的永遠　都纏綿（永遠都纏綿） 心若開了窗　愛變成信仰 未來會很亮　會很長 擔心就想像　專心就遺忘 忘了就不怕　Wooh～[44]	忽遠又忽近灰色的天　飄著雨 你是否還在等待　午夜場陪著孤單 擦乾又溼透哭紅的眼　吹著風 掏空花朵的瓶口　淚水灌溉了寂寞 故事將慢慢被帶過　電影散場樓梯口 秋天樹葉悄悄在凋落 一片又一片　回不去的承諾　Woo 無能為力祈禱著再次將你擁入懷中 手指冰冷的溫度　無情命運 任性的捉弄 無能為力祈禱著你能感覺我的溫柔 用盡力氣狠狠的　把你看夠 捨不得放手　愛不夠 劇情已失控　承諾已失蹤 對不起你我要先走 閃亮的星空　溫暖的微風 是我的問候[45]

　　作詞者為辛曉琪量身打造成熟知性女子的形象，在歌曲的文意安排上，不能像當年苦情歌后〈領悟〉那般悲情，而是豁達理性的發展方向，所以在歌詞上多半出現如「我們只好愛到童話磨滅那分那秒前／微笑地慶祝幸福／牽手紀念」、「心若開了窗／愛變成信仰／未來會很亮／會很長／擔心就想像／專心就遺忘／忘了就不怕」，賦予正面

---

44 收錄於辛曉琪：《永遠》（臺北：滾石唱片公司，2001年）。
45 收錄於李崗霖：《祈禱》（臺北：維京音樂公司，2005年）。

力量的排比句。而李崗霖出道的形象是年輕氣盛，是能引喉高歌的歌手，這首歌再塑造男性典型，又再度運用擬人、類疊，以及大量的動作句，如「用盡力氣狠狠的／把你看夠／捨不得放手／愛不夠」、「劇情已失控／承諾已失蹤／對不起你我要先走」這般節奏性比較強烈的文字，來表現男性對戀情的收與放。

　　另外，排比的確可以營造出一種比較強烈的氛圍，如陳明與林志炫合唱的〈你是愛情的原因〉（詞：易家揚；曲：G.Carella、F. Baldoni、G.De Stefani）：

> 是你給我溫暖　是你給我方向　是你給我天堂　你是我的太陽
> 是你給我希望　是你給我夢想　想你讓我瘋狂　你是我的月亮
> 我夢見你愛上我　給我你的承諾　飄洋過海來找我　問我要什麼
> 不管暴雨狂風　不管距離多遙遠　你是愛情的原因　告訴我
> 愛情可以飛過大海　愛情可以追過未來
> 只要我相信愛就能夠勇敢存在
> 我讓愛情飛過大海　我在海的另一頭等待
> 等待有一天　永遠不再分開
> 一天一天思念　一夜一夜相戀　你為我寫下誓言　你為我找到永遠
> 告訴我你會愛我　給我你的承諾　飄洋過海是為我　我們都執著
> 你的愛　捧在我的手心　帶我飛幾千幾萬里
> 再大的風　再大的雨　為你　我可以　你是愛情的原因[46]

　　詞中大量使用排比、類疊與誇飾等修辭，來營造對愛情的態度與

---

46 收錄於陳明：《幸福》（臺北：索尼音樂娛樂公司，2000年）。

期待。再加上這首歌是男女對唱，故用太陽與月亮互喻，用「愛情可以飛過大海」、「我讓愛情飛過大海」如此一搭一唱，提高對愛的強烈信心。同一首曲子，換成單一歌者演唱，轉變情緒寫出分手的心情，如陶莉萍〈分手五十天〉（詞：何慶遠；曲：G.Carella、F. Baldoni、G.De Stefani；編曲：陳飛午）歌詞大量使用鑲嵌數字、排比、類疊等修辭技巧，企圖營造一種分手後的歇斯底里：

> 五十滴的香水　五十朵紫玫瑰　五十句的咒言　讓你愛不變
> 五十天的思念　五十萬的想見　五十層的堆疊　越演越強烈
> 是有點不是滋味　沒有人能撒野　沒有你的包圍　人也變頹廢
> 五十天的中間　無數次聽你抱歉　其實我也有不對　這一切
> 五百五十滴的眼淚　五百五十杯的咖啡
> 在你熟睡時　我還不停加溫想念
> 五百五十句的愛誰　五百五十回自我陶醉　可是我都不懷疑愛的真偽
> 五十天的空間　五十萬的愛戀　塞進小小世界　讓思念就要破裂
> 第一天　我就許下心願　重逢後加倍的愛你
> 心中發出小小聲音　愛我的是你　就像咒語的奇蹟[47]

這種鑲嵌數字的手法，在元代散曲作品裡頗為常用，乍看之下的確眩人耳目，乍聽之下也會覺得相當有趣味，但此等遊戲之作，偶一為之可以，若大量生產，則流於俗套而讓人感到乏味。

另外一種刻意為之，是整張專輯都是翻唱外國歌曲，或是把經典的國語歌改易成臺語歌，例如林慧萍的第二十張專輯《臺灣國語》，將自己已發行過的國語歌，以及他人的經典歌曲重填入臺語詞，且為

---

[47] 收錄於陶莉萍：《好想再聽一遍》（臺北：福茂唱片公司，2000年）。

了有比較大的區別，在唱法與歌詞上都有相當的懸殊性，包括主打歌〈多情呰害〉便是將劉德華〈謝謝你的愛〉拿來改易，其他如周華健〈讓我歡喜讓我憂〉、張鎬哲〈北風〉，以及自己的作品〈往昔〉、〈我是如此愛你〉都重新填上臺語歌詞。可以觀察劉德華〈謝謝你的愛〉與〈多情呰害〉二者歌詞的差異：

劉德華〈謝謝你的愛〉 （詞：林秋離；曲：熊美玲）	林慧萍〈多情呰害〉 （詞：林秋離；曲：熊美玲；編曲：孫崇瑋）
不要問我　一生曾經愛過多少人 你不懂我傷有多深 要剝開傷口總是很殘忍 勸你別作癡心人　多情暫且保留幾分 不喜歡孤獨　卻又害怕兩個人相處 這分明是一種痛苦 在人多時候最沈默　笑容也寂寞 在萬丈紅塵中　啊～找個人愛我 當我避開你的柔情後　淚開始墜落 不敢不想不應該　再謝謝你的愛 我不得不存在　啊～像一顆塵埃 還是會帶給你傷害 是不敢不想不應該　再謝謝你的愛我 不得不存在　啊～在你的未來 最怕這樣就是帶給你　永遠的傷害[48]	多情呰害　啶啶心碎也是無人知 目屎淹到目睭目眉 等風吹門窗搖動聲悲哀 夢來夢去無將來　果然癡情親像憨呆 多情呰害　十七八歲出來談戀愛 甘心墮落茫茫情海 是透早到晚見三擺　不願 Say Goodbye 是滿腹的精彩　啊～講乎全世界 講到愛伊愛到這厲害　什麼攏無要 是固執個性無人知　只有伊瞭解 是傷心流目屎　啊～流到做水災 也堅持心內的等待 是敢恨敢愛誰人知　只有伊瞭解 在無情的世間　啊～多情人會害 按呢浮浮沈沈一世人　由天來安排[49]

---

48 收錄於劉德華：《謝謝你的愛》（香港：寶藝星唱片公司，1992年）。該詞發行時一度以劉德華為作詞人，後來林秋離出版《偷你的心情，寫情歌》（臺北：三采文化公司，2014年）又將該詞收錄於書中，說明為自己所填。

49 收錄於林慧萍：《臺灣國語》（臺北：點將唱片公司，1992年）。

　　同樣是林秋離的歌詞作品,〈謝謝你的愛〉所展現的是一種認真沉穩的詞風,所表達的情感也較為內斂與含蓄;而林慧萍〈多情呒害〉,則反其道而行,歌詞維持一種輕鬆詼諧的口吻,為了搭配改編後的曲風,雖然講述多情的人總是吃虧,但用了俚俗誇飾的語句,來顛覆劉德華偶像包裝下的歌曲,也改變自己慣有的玉女形象,有意力求突破,塑造新唱法。然此舉固然新鮮,卻不一定能為閱聽眾買帳,所迎合的市場也非大眾。

五　結語

　　歌詞可視為現代發展出的新品種文學,雖然旨意多著墨在表達男女情愛,卻運用了相當程度的修辭技巧在其中。筆者經過觀察整理後發現,大致歸納出歌詞常見的幾種修辭技巧有:譬喻、類疊、排比、轉化、設問、感嘆、頂真、摹寫、映襯、誇飾、飛白、象徵等。以上數種修辭,分別具有不同功能,例如設問、轉化、誇飾與感嘆,可以強化歌詞情感;譬喻、類疊、排比與摹寫,可以營造氛圍、凝聚意象;頂真、映襯、飛白與象徵,可以加深文句的懸念與美感。

　　因此,為了更深入理解修辭對於歌詞寫作的重要,本文嘗試採樣分析,主要分析的對象是:同曲異詞,且要不同性別的歌者所演繹的作品,透過這些作品,去瞭解修辭可以幫助歌詞營造角色性別,可以強化或弱化所要表現的情感。從翻唱歌曲中,去瞭解作詞人進行填詞時,特別營造的性別取向以及氛圍設計,也可從中體察作詞人為歌者量身打造的文句,或是創作者自身的情懷表現後,經由他人重新詮釋,給予不同性別歌者演繹,進而呈現出不同的味道,表達不同的情感濃度。

參考文獻

一　專書

朱耀偉：《香港流行歌詞研究：七十年代中期至九十年代中期》，香港：三聯書局，1999年。

陳正蘭：《歌詞學》，北京：中國社會科學出版社，2007年。

黃志華、朱耀偉、梁偉詩：《詞家有道：香港16詞人訪談錄》，臨沂：廣西師範大學出版社，2010年。

朱耀偉、梁偉詩：《後九七香港粵語流行歌詞研究》，香港：亮光文化有限公司，2011年。

林秋離：《偷你的心情，寫情歌》，臺北：三采文化公司，2014年。

黃志華編：《盧國沾詞評選》，香港：三聯書店，2015年。

二　學位論文

黃湛森：《粵語流行曲的發展與興衰：香港流行音樂研究（1949-1997）》，香港：香港大學亞州研究中心博士論文，2003年。

林敏華：《一九三〇、四〇年代上海流行歌曲之歌詞研究》，嘉義：南華大學文學系碩士論文，2009年。

謝櫻子：《方文山華語詞作主題研究》，新竹：新竹教育大學人資處語文教學研究所碩士論文，2010年。

周宗憲：《葉俊麟臺語流行歌詞研究》，屏東：國立屏東教育大學中國語文學研究所碩士論文，2011年。

葉千詩：《臺灣閩南語流行歌詞的文學性研究》，臺南：國立臺南大學國語文學系碩士論文，2011年。

賴玲玉：《臺語流行歌詞中的愛情隱喻（1980-2010）》，彰化：國立彰
　　　　化師範大學臺灣文學研究所碩士論文，2011年。

林哲平：《中國風歌詞之研究》，臺南：國立臺南大學國語文學系碩士
　　　　論文，2016年。

徐以昕：《從偶像劇主題曲探討中文流行歌曲的歌詞隱喻之功能》，高
　　　　雄：國立中山大學外國語文學系研究所碩士論文，2016年。

徐漢蒲：《吳青峰歌詞修辭現象研究》，新竹：國立新竹教育大學中國
　　　　語文學系語文教師碩士在職專班碩士論文，2016年。

三　期刊論文

張豔玲、趙曼：〈流行歌曲中的辭格運用〉，《柳州職業技術學院學
　　　　報》第5卷第3期，2005年9月，頁64-67。

向　嶸：〈淺談當代流行歌詞的修辭特點〉，《湖北廣播電視大學學
　　　　報》第27卷第11期，2007年11月，頁70-71。

四　專輯

文　章：《三百六十五里路》，臺北：科藝百代公司，1984年。

張學友：《張學友國語精選集》，臺北：寶麗金唱片公司，1988年。

王靖雯：《ComingHome》，香港：新藝寶唱片公司，1991年。

林慧萍：《臺灣國語》，臺北：點將唱片公司，1992年。

劉德華：《謝謝你的愛》，香港：寶藝星唱片公司，1992年。

邰正宵：《找一個字代替》，臺北：福茂唱片公司，1993年。

張學友：《吻別》，臺北：寶麗金唱片公司，1993年。

鄺美雲：《容易受傷的女人》，臺北：科藝百代公司，1993年。

王靖雯：《討好自己》，香港：新寶藝唱片公司，1994年。

黃仲崑：《愛與承諾》，臺北：瑞星唱片公司，1994年。

張雨生：《兩伊戰爭》，臺北：豐華唱片公司，1996年。

張惠妹：《姊妹》，臺北：豐華唱片公司，1996年。

黃品源：《愛情香》，臺北：友善的狗音樂製作公司，1997年。

徐懷鈺：《天使亞洲國際特別版》，臺北：滾石唱片公司，1999年。

辛曉琪：《談情看愛》，臺北：滾石唱片公司，2000年。

陳　明：《幸福》，臺北：索尼音樂娛樂公司，2000年。

陶莉萍：《好想再聽一遍》，臺北：福茂唱片公司，2000年。

辛曉琪：《永遠》，臺北：滾石唱片公司，2001年。

張惠妹：《真實》，臺北：華納國際音樂公司，2001年。

動力火車：《Man》，臺北：華研國際音樂公司，2002年。

順　子：《DearShunza》，臺北：科藝百代公司，2002年。

盧巧音：《賞味人間（第二版）》，香港：新力唱片公司，2002年。

林俊傑：《樂行者》，臺北：豐華唱片公司，2003年。

信樂團：《天高地厚》，臺北：艾迴唱片公司，2003年。

《愛原色（創作人原音大碟2004）》，臺北：華研國際音樂公司，2004年。

黃小琥：《Voice3Lv醉愛情歌全輯》，臺北：動能音樂公司，2004年。

黃品源：《感謝，情人》，臺北：滾石唱片公司，2004年。

蔡淳佳：《sunrise》，新加坡：MusicStreet，2004年。

李崗霖：《祈禱》，臺北：維京音樂公司，2005年。

黃品源：《淚光閃閃源來有你》，臺北：滾石唱片公司，2006年。

薛凱琪：《It'sMyDay》，臺北：華納國際音樂公司，2008年。

「解碼」策略的穿透與應用
——以《文心雕龍》創作論為視域

楊曉菁[*]

摘　要

　　閱讀理解是一個精密繁複的運作過程，它涉及大腦的運思、眼球的轉動……等具體過程，也關涉了心理狀態、先備經驗……等抽象歷程。而在國內外對於閱讀領域的相關研究中，大都是奠基在認知心理或教育心理的理論架構下而推展。事實上，在東西方的文學理論中，其所觸及的部分概念與方法對於閱讀的學習是有所助益的，例如：英美新批評（New Criticism）學者所提出的一種解讀文本的方式「細讀法」（Close Reading），便是對於文本閱讀可以進行的策略之一。再者，如中國文學理論巨著《文心雕龍・知音》中曾說：「夫綴文者情動而辭發，觀文者披文以入情，沿波討源，雖幽必顯。」則是說明作者因為情感興發而為文造辭，讀者則是從閱讀文本入手，循著上下文脈絡情境以明瞭其中的意旨及心志，這也是與閱讀相關的論述。

　　因此，關於閱讀的研究除了可以從認知心理學的角度來探究之外，借鑑於文學理論亦是可以進行的方式之一。故本論文欲從《文心雕龍》「文術論」（創作論）來作為閱讀策略研究的理論借鑑，「文術

---

* 國立臺灣戲曲學院通識中心助理教授兼華語文中心主任。

論」是《文心雕龍》中關於創作的通則、細目的分析與探討,在筆者的此篇論文中主要運用文術論中所述及的創作細目來做為論述佐證。

在眾多可操作的閱讀策略中,筆者嘗試以內容為考量,輔以語言認知為基礎,開展出「解碼」策略,而在其下,依據屬性之別,再細分成三個層次:「字的解碼」、「詞的解碼」及「句子解碼」,這三個層次的解碼策略是具有遞進性卻又彼此息息相關,互為表裡。

透過「字的解碼」,我們可以加深對於漢字表意系統的了解及應用,而「詞的解碼」,則讓讀者在詞語結構的知識之外,還能利用推論的方式來增進閱讀理解的效能。至於「句子解碼」則是在語法結構的基礎上結合區辨標點符號,將文本中的標點與文字視為同一整體,標點協助文字有了情緒、有了表情,標點讓讀者可以更輕易掌握文本的意義。末了的寫作手法分析,則是跨越形式進入了內容核心,進而更深入地探索作者創作的本意與精神,真正完成劉勰所言:「沿波討源,雖幽必顯」的境界。本論文期待透過古典文學理論的佐助與互見讓具系統性、序列性的閱讀策略,能夠提供讀者於進入文本與作者對話時,產生明確的指針與引導。

關鍵詞:文心雕龍、閱讀策略、解碼策略、漢字、字詞句

一　前言

　　臺灣最近幾年所舉辦的各級考試，如：PISA、PIRLS、國中教育會考、國中特招考試、大學學測與指考……等等，這些評量都以閱讀理解作為命題主軸，於是，閱讀成了教學現場裡眾多教師戮力耕耘的園地。

　　閱讀理解是一個精密繁複的運作過程，它涉及大腦的運思、眼球的轉動……等具體過程，也關涉了心理狀態、先備經驗……等抽象歷程。而在國內外對於閱讀領域的相關研究中，大都是奠基在認知心理或教育心理的理論架構下而推展。事實上，在東西方的文學理論中，所觸及的部分概念與方法對於閱讀的學習是有所助益的，例如：新批評（New Criticism）學者所提出的一種解讀文本的方式「細讀法」（Close Reading），對於文本閱讀是可以進行的策略之一。[1]再者，如中國文學理論巨著《文心雕龍・知音》中曾說：「夫綴文者情動而辭發，觀文者披文以入情，沿波討源，雖幽必顯。」[2]則是說明作者因

1　新批評解讀是20世紀20年代初期，繼俄國形式主義理論之後在英美出現的一個以文學本體論為核心的文本解讀流派。它是在文學理論發展的轉折時期出現的一種重要的理論現象，於二十世紀三十年代成熟於英國，四五十年代風靡美國，六十年代逐漸走向衰落，在文藝理論界引領風騷長達四十多年，至今仍是一種重要的文本解讀方法。英美新批評解讀關注的焦點是作品文本本身，其特徵是以文本為中心的理論觀念和細讀式的方法論。所謂細讀，指對作品文本中的語言和結構要素作盡可能詳盡的分析和解釋，主張從文本最基本、最微小的單位詞入手，客觀、細緻、審慎地細讀每一個字，體味其本義與聯想之義，注意文本中句與句之間的微妙聯繫，對詞義、詞序、句型、語詞搭配、語氣、韻律、意象和各種修辭手法進行細緻透徹的分析，在闡明作品文本中各種要素的衝突和張力的基礎上推敲和揣摩它們之間的聯繫，找出其形式與意義的整體特徵。一部作品藝術價值的高低，全在於它的各種局部形式因素是否構成了一個富有張力而又複雜統一的有機整體。細讀法是詩歌分析的重要方法，主要從語言層和結構兩方面進行。

2　同注2。

為情感興發而為文造辭，讀者則是從閱讀文本，循著情境以明瞭其中的意旨及心志。文本的意義與價值透過作者與讀者兩相交流而產生。作者創作的目的是提供讀者閱讀與鑑賞，兩者是以不同角度切入，彼此視角相互對望，但是其共同到達的目標便是文本本身。劉勰這樣的說法正提供文本閱讀時的一種視角。

$$\boxed{作者} \rightarrow \boxed{文本} \leftarrow \boxed{讀者}$$

因此，關於閱讀的研究除了可以從認知心理學的角度來探究之外，借鑑於文學理論亦是可以進行的方式之一。故本論文欲從《文心雕龍》文術論（創作論）來作為閱讀策略研究的理論借鑑，文術論是《文心雕龍》中關於創作的通則、細目的分析與探討，在筆者的此篇論文中主要運用文術論中所述及的創作細目來做為論述佐證。

在閱讀這一領域的相關研究中，「閱讀策略」是其中重要的一環，它是對於閱讀進行科學性、具體化的探究，其目的是以提出適切可行的方法來增進閱讀的理解。揆諸目前國內外諸多閱讀策略，如：摘要、提問、畫線、結構圖表……等等，但，尚未見及「解碼」（decode）一詞在閱讀策略中出現及其相關研究。在眾多可操作的閱讀策略中，筆者嘗試以內容為考量，輔以語言認知為基礎，開展出「解碼」的策略，而在解碼策略之下，再細分成三個層次：字的解碼、詞的解碼及句子解碼，這三個層次的解碼是具有遞進性卻又彼此息息相關，互為表裡。這樣的發想與劉勰在《文心雕龍‧章句》的理念可以互相闡發：

> 夫人之立言，因字而生句，積句而為章，積章而成篇。篇之彪炳，章無疵也；章之明靡，句無玷也；句之清英，字不妄

也。……句司數字，待相接以為用；章總一義，須意窮而成體。[3]

劉勰的「章」的概念與現代白話文「段」的定義相仿。字、詞、句、章、篇的有機組合是古人創作時的基礎認知，即使施行於現代白話文時，仍然可以執行不悖。可見，在中文語境裡，文章的結構組織（即所謂形式安排）是有它必然的序列軌跡及有機鏈結。

「解碼」（decode）一詞係從科學用語中借用而來，就教育部國語辭典對此一詞彙的解釋是：

> 「解碼」是指將電波訊號轉換成它所代表的訊息。例如在無線電及通訊方面，經常需要將欲傳輸的內容加以編碼保密，及附載到可發射波上送達遠方，接收端便需要一組解碼電路，以便解讀所收到的訊息。在電子計算機方面，訊號要藉由網路或其他介面傳送、儲存，也需要做適當的編碼，待到取用時再解碼還原。[4]

從上述文字中可知「解碼」是對應「編碼」（encode）的概念而來的，是對組織過後的符碼訊息加以拆解以獲得意義，因此，我們可以說「解碼」是解開編碼排序的符號然後進行理解的過程。

筆者將「解碼」一詞運用在閱讀策略上，其所代表的涵義是指透過漢語既有的語意、語法、語音……等相關的基礎知識來進行文本的閱讀與理解。例如：可以從字形的零件組成以探究字義；或從標點符號的使用來推論文句的意思及文句之間的銜接關係。再者，如利用構

3　同注2。

4　見「教育部重編國語辭典修正版」http://dict.revised.moe.edu.tw/。

詞原則、文法、修辭等方法來解讀詞語、文句等等，凡此皆是利用已有的具體語言知識來對閱讀的內容進行解碼以理解。

在中文語境裡，我們曾經學習的一些語文知識是可以善加利用並轉換成為閱讀理解的策略。例如：漢字的偏旁有一部分是具有表意的功能，所以，若對某個字詞不理解，可以透過對該字詞的解碼來明瞭其意，如：「流眄之際」一詞中，對於「眄」字的讀音及字義可能多數人不理解（眄，音ㄇㄧㄢˇ），基於漢字偏旁往往兼有意義的特性而言，從「眄」字的偏旁是「目」字來看，此「眄」字的意涵必然與眼睛的概念相互關聯。如此的認知方法亦是理解字義或詞義的策略之一。

本論文中，筆者嘗試以解碼策略來進行閱讀理解，「解碼」一詞的定義正如前述文字的說明，而關於解碼的範圍及界域在何處呢？以一篇完整的文章而言，我們細究其內部的有機組合是從單字而構詞，由詞而成句，再將數句構成段落，最後連結數段而成篇。正如《文心雕龍‧章句》：「夫人之立言，因字而生句，積句而為章，積章而成篇。」[5]因此，若將文章或文本視為一個有機體，解碼所施行的場域便是著眼於有機體中的組合元素，循此，解碼的範圍便應該是「字、詞、句、段（章）、篇」。

文本的段（章）與篇因為篇幅較長，它們所展現的意義邏輯與結構脈絡是更為龐大而豐富的，因此進行閱讀理解時，針對段（章）與篇所使用的方式當是以具整體性者為宜，例如：傳統寫作布局的一些方式，如：起承轉合、正反合、總分法……等便是可以加以運用的理解策略之一。因此，解碼的範圍就不宜包含較長篇幅形式的段與篇，而將之純粹界定在字、詞、句的部分。

人的認知是極其繁複的，依據現代認知心理學的研究，人類對於

5　周振甫：〈章句第三十四〉，《文心雕龍今譯》（北京：中華書局，2013年），頁308。

所接觸的訊息有不同的加工處理模式，如：對於一篇文章，我們採取逐字而詞再到句如此自基底而上的細讀模式來閱讀，此為一種策略；亦可採提綱挈領的略讀方式來理解。前者近似於認知心理學中「自下而上」（Bottom-up Processing）的理論[6]；而後者則接近「自上而下」（Top-down Processing）的理論。事實上，有學者提出人類的認知過程是上述兩種方式交融而成的。

目前運用「自上而下」（Top-down Processing）理論的閱讀策略有心智圖、摘要、提問……等諸多方式，本論文所述及的「解碼」策略，若以認知過程（對於信息加工或處理的過程）的理論來分析，是屬於「自下而上」的過程。「解碼」顧名思義是剝除密碼以理解，既然如此，便是指涉從小而大、從部份到整體的逐步拆解過程。循此脈絡，以下關於解碼的論述，將依文章的組成「字、詞、句、段（章）、篇」的層次，分就字的解碼、詞的解碼、句的解碼等三個部分來探究。

《文心雕龍》雖是一本以文學創作與批評為本體而寫就的理論鉅作，主要從「作者」創作視域出發的作品，但，作者「創作」的目的便是提供讀者「閱讀」，因此我們可以從創作立基點來反向探究閱讀，這是一種互證的研究方法。《文心雕龍》一書中的「文術論」談論了文學創作時的具體表現手法和修辭安排，正可以作為閱讀文本時的理解策略之一。因此，筆者遂以《文心雕龍》來做為本論文論述時的部分理論基礎，期待透過古典與現代、理論與實務的絈合與連結，以驗證此一「解碼」閱讀策略之可行性。

6　自下而上的加工過程係指「人腦對信息的加工處理直接依賴於刺激的特性或外部輸入的感覺信息」；另外，與之相對的是自上而下的加工過程，它是指「人腦對信息的加工處理依賴於人本身已有的知識結構」。見張春興：《教育心理學》（臺北：東華書局，2007年），頁6。

二　字的解碼

　　中國歷來的文學與美學範疇中，「形式」一直較少有獨立的地位，它必須附麗於思想精神所營造的「內容」之下。簡而言之，謀篇布局、冶煉詞句等「形式」方面的問題，是為了替「內容」服務而產生的。[7]因此，分析文章時，我們重視內容的主題意識、意旨理趣，勝過於對它的形式結構的了解。創作是先有思想情感（內容）再透過適切的「形式」加以組織而成就的，所以就作者而言是先「內容」後「形式」的；而從讀者的角度來說，進入文本的途徑之一是可以先「形式」再「內容」的。因為文本的「形式」是具體可見，容易操作，從具體可見的形式入手再漸次進入作者抽象思維的內容，正是「解碼」策略的立基主軸，換言之，「解碼」策略是從「形式」出發以探究「內容」；「解碼」也是從讀者視角出發進入作者內在的具體閱讀策略。

　　在談論「字的解碼」策略之前，我們先來看看中文漢字的特質與特色。目前全世界的文字粗略分為「表意文字」及「表音文字」兩大系統。表意文字也稱為「圖形文字」（logographic）；而表音文字則可稱為「拼音文字」（phonographic）。前者是指文字經由書寫顯像出來之後，其「意義」即從文字表面呈現；而後者則是指文字經由書寫顯像出來之後，其「讀音」便從表面拼讀而得之。中文漢字一般視為表意系統，那是說漢字是可以直接從字形上去區辨它的意義。不過，即使如此，部分漢字仍然有表音文字的拼音特質，例如：佔漢字大宗的形聲字便是可以採直接拼讀的，「驚、玲、菁……」等字，其聲符部分（指上列文字的敬、令、青等部件）除了具有聲音的功能之外，還

7　趙憲章：《文體與形式》（臺北：萬卷樓出版社，2011年），頁135。

擔負有意義的功能。再者，即使身為表音系統的英文字，也可能具有表意的部分，也就是說他們也以可從字面上去辨識義，例如：英文單字中為數不少（-er）結尾的單字標誌著人物的身分或角色，teacher、writer、reporter、officer 等字就分別為、教師、作者、記者、辦公員的意思。

中文漢字為母語者，在回憶語言文字時，是以意義建立索引（目錄）的；而母語是英文的人，在大腦中記憶語言文字時，是以聲音建立索引（目錄）的。表音文字，聽聲音可以寫出準確文字；表意文字，則是看文字可以理解準確意義。以漢字的三項成分（字音、字形、字義）而言，學者經研究指出漢字字形對字義的影響，大於字音對字義的影響[8]。因為中文漢字具有如此表意的特色，所以，我們可以從漢字的組合元件來對字義進行推論與理解。

《文心雕龍・練字》曾提及漢字的起源：「夫文爻象列而結繩移，鳥跡明而書契作，斯乃言語之體貌，而文章之宅宇也。」[9]劉勰說文字是語言的符號，是構成文章的基礎。文字是文章的基石，透過字、詞而句、章的累積推演才構成全篇文章的意涵。因此，從基礎的「字」的解碼開始能夠有助於後續的詞語、句子、段落乃至全文本的認識及理解。

「字」的解碼是要針對字音、字形、字義的哪一部分來解碼？還是採取全面觀照呢？這一點必須從漢字的特色來探討。漢字是由不同的個體漢字符號[10]組成的集合，這些個體依照一定的原則與邏輯組合而成的。

8　董蓓菲：〈緒論〉，《語文教育心理學》（上海：上海教育出版社，2006年），頁4。

9　周振甫：〈練字第三十九〉，《文心雕龍今譯》（北京：中華書局，2013年），頁347。

10　此處以實例來解釋所謂「個體漢字符號」的意義，如：「信」字可以細分為「人」和「言」兩個「個體漢字符號」。

　　漢字既是以表意邏輯來構字，它在形與義的聯繫上必然有密切的關聯，所以在施行「字的解碼」策略時，對於漢字的組成原理勢必要有基本的認知，而「六書」便是一個必需具備的語文知識。「六書」是關於漢字構造的系統理論，它是指「象形、指事、會意、形聲、轉注、假借」等六種構字法則。其中，象形、指事是「造字法」，會意、形聲是「組字法」，轉注、假借是「用字法」。而在字的解碼策略中，我們可加以運用的是「會意、形聲」這兩種組字法。因為象形與指事是無法割裂的「獨體文」[11]，針對獨體文我們無法再將字體加以拆解來解讀；而轉注與假借是使用文字時的用法，無關乎文字的形體組合。是故，最適合用在「字的解碼」上的便是會意字與形聲字，而其中形聲字又是漢字的最大宗。

　　漢語語音系統簡單、同音詞數量多的特點，促使漢字裡是以形聲字為主。為什麼形聲字是分別同音詞的一個極好的方式，這必須從形聲字的結構組織來談，形聲字由形旁（意符）和聲旁（聲符）兩部分構成，一組聲旁相同的形聲字，其讀音也相同或近似，這樣可以方便記錄同音詞，例如：「榕、蓉、溶、鎔、熔」等字都以「容」做聲旁，如此易於連結記憶這些同音字。又，各自有不同的形旁，表示了它們的字義歸屬，從而使彼此的意義區別開來。文字產生之前，語音是別義的唯一重要手段；文字產生之後，字形成了別義的重要輔助手段。[12]據此可知漢字是因義構型的文字，是屬於表意系統的。因此，

---

11 「獨體」的意思是指漢字結構中，僅含有一個單獨形體、不可分析為兩個或兩個以上形體的字。其形體結構完整，難以拆解分析其讀音或字義。許慎在《說文解字》的序中曾說：「倉頡之初作書，蓋依類象形，故謂之文。其後形聲相益，即謂之字。」而段玉裁在《說文解字注》中曾說「析言之，獨體為文，合體為字；統言之，則文字可互稱。」。獨體文是合體字構成的基礎。

12 鄭振峰、李彥循、王軍、唐健雄等編著：《漢字學》（北京：語文出版社，2005年），頁15-27。

我們可以透過文字組成的個體符號來推論字義以進行理解，例如：
「水」字獨立使用時有水流意義，而作為形聲字的「形旁」時，像
「江、河、海、流、湖、泊、浪、潮……」等字以水為偏旁，它表示
著這些字與水的意義相關涉。再如形旁為「頁」的一系列字「頭、
頂、顛、額、領、頸、項……」等都與頭部、頂端的意思相關、相
似。因此，若理解形旁（意符）在一個形聲字裡的意義上聯繫，便可
以約略或初步地推斷該字的意義。以「題」字為例，現代白話文中
「題」字常常用來指稱「試題」、「題目」一類的意思，但是我們從
「題」字的形旁「頁」來看，「題」字應當與頭部、頂端等意義有所
關連，查檢《說文解字》一書云：「題，額也。」據此我們可以得知
《韓非子‧解老》：「弟子曰：『是黑牛也，而白在其題。』」它的意思
便是說某黑牛的額頭是白色的。

　　理解了形聲字的「形旁」意涵之後，接著我們來理解「聲旁」的
內蘊。形聲字的聲旁（聲符）其實有一部分是兼有意義成分的，例
如：「婚」是形聲字，其中的「女」字是「形旁」標示「婚」的字義
類別；而「昏」是聲旁（聲符），除了表聲之外，也有表意的功能，
古代「婚」禮在黃「昏」舉行，因此「昏」同時表聲也具表意的作
用。不過，由於字義和字音的演變，有些形聲字的形旁或聲旁現在已
失去了表意或表音的功能。例如「球」本來是一種玉的名稱，所以以
「玉」為形旁，現在「球」字不再指玉，這個形旁就沒有作用了。再
如「海」字本來以「每」為聲旁，可是由於字音的變化，現在「海」
和「每」的讀音相去甚遠，聲旁「每」也就不起作用了。

　　除了形聲字之外，會意字也具有合體的性質，會意字通常由兩個
或兩個以上的象形字或指事字組合而成，而它的意義通常是由這些構
字的零件組合而來。例如：「明」來自「日」、「月」兩個象形字，其

意義是合日月之照，來表示明亮的意思[13]。又如：「析」，《說文》：
「析，破木也。一曰折也。」其組合來自「木」、「斤」兩個象形字，
合成「用斧（斤）來劈開木頭，而有分析、拆解之意」。因此，若能
知曉會意字中的組字零件的意義，便能對會意字加以分析及理解，也
更能熟稔漢字的組成規律。所以，「字的解碼」策略是透過對個體漢
字的認知而施行的。

從上述的立論及示例來看，「字的解碼」實奠基於讀者對象形、
指事等「獨體文」的基本認知，爾後，將此認知運用在以「獨體文」
組合而成的「合體字」（會意、形聲）上。不過，時代的遞嬗遷移
中，文字的意義與用法難免有所變化，此時，與時俱進的查檢方法或
通變之道勢必應運而生。

劉勰在《文心雕龍・練字》中曾說：

> 若夫義訓古今，興廢殊用，字形單複，妍媸異體。心既託聲于
> 言，言亦寄形于字，諷誦則績在宮商，臨文則能歸字形矣。[14]

這段話是說字義古今有別，有新興的，也有廢棄的，字形不同，要如
何取用，端視文章的需求而言。此言固然是針對創作來說，但是，就
閱讀者而言，理解文字的興衰改變也是理解文本的必要條件之一。所
以，用字的斟酌與考量不僅影響文章意義通達與否，包括旨趣的掌
握、文章的情意、文本的思維等等，也都藉由作者如何遣詞用字來精
密展現。因此劉勰《文心雕龍・指瑕》中說：

---

13 〔東漢〕許慎著，〔清〕段玉裁注：《說文解字注》（浙江：浙江古籍出版社），頁
314。
14 同注2，〈練字第三十九〉，頁350。

> 若夫立文之道，惟字與義。字以訓正，義以理宣。而晉末篇章，依希其旨，始有「賞際奇至（致）」之言，終有「撫叩酬酢」之語，每單舉一字，指以為情。夫賞訓錫賚，豈關心解；撫訓執握，何預情理。《雅》、《頌》未聞，漢魏莫用，懸領似如可辯，課文了不成義，斯實情訛之所變，文澆之致弊。而宋來才英，未之或改，舊染成俗，非一朝也。[15]

劉勰以為文章寫作的基本途徑，不外用字和立意兩個方面：用字要根據正確的解釋來確定含義，立意則要通過正確的道理來闡明。對於晉代以降不少訛誤字義的用法，一直積非沿用未曾改善的風氣，劉勰是有所感慨的。所以，文章既然由字起始，再到詞、句、章而成篇，基底的功夫若未紮實，自然無法完善通透表達文本的旨趣。這也是解碼策略從「字」開始的用意。

三　詞的解碼

現代中文漢語作為一門學科包括語音、文字、詞彙、語法（文法）、修辭等五大部分。因此，我們在閱讀中文文本時便是在上述五大基礎所塑造出的語境中進行的，或許，我們不認為自己具備何種語法、修辭……等能力，事實上，在以中文為母語的種種語用情境下，我們是擁有上述能力而不自覺的。接續上一節的字的解碼之後，我們要探討的是文章產生意義的最小單位——「詞」，「詞」的解碼。

詞是由語素構成的，詞是最小的能夠自由運用的語言單位[16]，例

---

15 同注2，〈指瑕第四十一〉，頁366。

16 張志公：《語法與修辭》上冊（廣西：廣西教育出版社發行，臺灣版權由臺北新學識文教出版中心負責，1987年），頁28。

如:「這是動人的春天。」此句話是由「這」「是」「動人」「的」「春天」五個單位組合而成的。這五個單位可以自由的運用在不同的句子裡,以「春天」一詞為例,可以與其他詞語創造出:「『春天』是美麗『的』季節。」這樣的句子,若將春天拆開成「春」與「天」兩個部分,它就失去原本「春天」一詞的獨到意義而成了另外兩個不同的詞語了。因此,張志公以為「最小的」及「能夠自由運用的」這兩個要素是「詞」最基本特點[17]。

張志公說:「一個句子所要表達的意思,是通過句中一個個詞語的意義表現出來的。離開了詞語的意義,句子就失去了表達的功能。因此辨析詞語的意義,是造句的先決條件。」

張志公的說法確立了詞語是構成句子的重要元素,不過,詞語也是透過句子的呈現後,才能具有獨特性及區辨度。如:

魯迅在〈藥〉裡的一段敘述:

> 那人一只大手,向他**攤**著;一只手卻**撮**著一個鮮紅的饅頭,那紅的還是一點一點的往下滴。
> 老栓慌忙**摸**出洋錢,抖抖的想**交**給他,卻又不敢去**接**他的東西。那人便焦急起來,嚷道,「怕什麼?怎的不**拿**!」老栓還躊躇著;黑的人便**搶**過燈籠,一把**扯**下紙罩,**裹**了饅頭,**塞**與老栓;一手**抓**過洋錢,**捏一捏**,轉身去了。[18]

此處魯迅一連用了十幾個與手部動作相關或相近似的字詞:「攤」、「撮」、「摸」、「交」、「接」、「拿」、「搶」、「扯」、「裹」、「塞」、

---

17 同注12,頁29。
18 黃繼持編:《魯迅全集》(臺北:臺灣商務印書館,1998年),頁45。

「抓」、「捏一捏」，透過指涉略有差異的手部動詞，而能傳神地顯現出小說人物的舉措態度、心理變化。小說的戲劇張力及人物形象就是藉由這樣細微變化的刻畫而躍然紙上、活靈活現。上述這些以手部衍義而生的詞語透過句子的前後文意脈絡來凸顯其間的差異及各自精準的意義。

詞的構成原理就語法專家所言，可以分成單純詞和合成詞[19]。它們各自有不同的組合方式，例如：「電燈」、「路燈」、「桌燈」等詞語是以前面語素「電」、「路」、「桌」等字來限制並修飾後一個語素，以完成該詞語的意義，這種組合稱為「偏正式」詞語。再者如：「老師」、「老爸」、「桌子」、「椅子」這些詞語，它們是在主要語素「爸」、「師」、「桌」、「椅」等字的前面或後面加上一些不影響語意的詞綴而成的，這又是另一種構詞的組合方式。[20]

上述是一般談論語法或文法的書籍對於詞語的定義及分類，透過這些語法知識我們可以對於文本有更為精確的解讀。筆者於此，希望在語法知識之外，能開發出對於詞語理解的其他策略。由於解碼策略是以一完整文本為施行範疇，因此，即使是屬於「詞」的解碼也是企圖對於句子、段落、篇章進行解讀，而非僅是單純某一詞語意思的了解。循此理路，筆者對於「詞」的解碼策略，是從該詞語在文章上下文脈絡中的「語用」關係進行分析。例如：「衍戎的態度熱情大方，衍戎的哥哥卻□□□□。」這句話中我們不知道□□□□的詞語是什麼？但是，從「卻」字可以推斷□□□□的意思應該與「熱情大方」相異。這是透過文句前後的語境，也就是上下文脈絡而推論出來的。如此推論的關鍵來自我們日常中對於「卻」字的理解，知悉「卻」字

---

19 同注12，頁30。
20 許世瑛：《中國文法講話》（臺北：臺灣開明書店，1992年），頁22-30。

是一個轉折的詞語，它常常呈現相反的概念。

再者，我們看以下這段節錄的散文：

> 我記得那以不快樂為傲的年歲。因為快樂便是被收買，不快樂才是清醒，才是□□□□。那不成熟的想法卻有**可怕的真理**，今天我看看自己，除了已經被收編，面目模糊，沒有更好的形容。如果所謂的「成熟」衡量的是一個人慾望快樂的強度，那麼成熟的人是以最大的努力減少不快樂的人。成熟是以平常犧牲了**高貴**，以算計替代了**熱血**。[21]。

上述文句中有幾處文意待推斷：其一是「不快樂**才是**清醒，**才是**□□□□」，從上下文意中我們可以判斷□□□□內的詞語是用以描述不快樂的，加上「才是」一詞共出現了兩次，應是屬於排比修辭的句型，而排比修辭是指兩個以上語意概念相近似的文句，連續排列使用。根據這兩個條件，我們可以推論出□□□□應該要和「清醒」一詞屬於類似的概念，並且它也是用來修飾「不快樂」一詞。

其二，「那不成熟的想法卻有**可怕的真理**」、「成熟是以平常**犧牲**了**高貴**，以算計**替代**了**熱血**」，這兩句中畫有下標線的詞語部分，都因著前面的字詞含意而相對應地衍生出來。例如：「卻」字使得「不成熟的想法」和「可怕的真理」兩個概念對照了起來；而在「以平常犧牲了高貴，以算計替代了熱血」這句子中的「犧牲」和「替代」兩個轉折詞語，使得高貴」、「熱血」與「平常」、「算計」這兩組屬於對應的詞語必須是相反的概念，才能讓前後文意順接。

這種利用詞語來解碼詞語的方式是閱讀理解可以施行的策略之

---

21 張讓：《剎那之眼》（臺北：大田出版社，2000年），頁55。

一，我們以大學學測試題來檢視詞語解碼策略的應用。

閱讀下文，依序選出最適合填入□□內的選項[22]：

甲、小個子繼續跑，我繼續追；激湍的河面□□著一線白光，很像是球，在另一端與我競速賽跑。（張啟疆〈消失的球〉）

乙、那段日子裡，每當我的思念□□得將要潰堤時，竟是書中許多句子和意象安慰我、幫助我平靜下來。（李黎〈星沉海底〉）

丙、此刻，我獨自一人，□□對望雨洗過的蒼翠山巒與牛奶般柔細的煙嵐，四顧茫茫，樹下哪裡還有花格子衣的人影？（陳義芝〈為了下一次的重逢〉）

（A）浮滾／洶湧／蕭索　（B）映照／沖刷／悠然
（C）浮滾／沖刷／蕭索　（D）映照／洶湧／悠然

上面題目中（甲）選項可以從「激湍的河面」、「很像是球」這兩個詞語判斷「浮滾」的用法較「映照」更為適切。激湍的河面是無法平和如鏡而映照事物的。（乙）選項可以透過兩個線索來判斷，其一「我的思念」是名詞，□□的詞語是用以形容思念的狀態（可以視為「主語」＋「謂語」的句式；我的思念□□（　），所以將「我的思念洶湧」與「我的思念沖刷」兩者互相比較，前者較符合語法結構及文句意義。其二我們也可以用「潰堤」來溯源推論「洶湧」的用法比「沖刷」好。至於（丙）選項則透過「獨自一人」來推導出「蕭索」比「悠然」好。

22 參見財團法人大學入學考試中心網站101年度大學學測國文科測驗試題。

這樣的解碼策略不僅適用於現代白話文，於古典文學中亦然。我們試看以下例證：

閱讀下文後，回答問題[23]。

余居西湖寓樓，樓多鼠，每夕跳踉几案，若行康莊，燭有餘燼，無不見跋。始甚惡之，□□念鼠亦飢耳，至於余衣服書籍一無所損，又何惡焉。適有饋餅餌者，夜則置一枚於案頭以飼之，鼠得餅，不復嚙蠟矣。一夕，余自食餅，覺不佳，復吐出之，遂並以飼鼠。次日視之，餅盡，而余所吐棄者故在。乃笑曰：「鼠子亦狷介乃爾。」是夕，置二餅以謝之。次日，止食其一。余嘆曰：「□□狷介，乃亦有禮。」（俞樾《春在堂隨筆》）

依據文意，依序選出□□內最適合填入的選項：
（A）已而／不亦（B）俄而／不失
（C）從而／不無（D）繼而／不惟

我們可以從「始甚惡之」的「始」字來推論□□中應當是「接著、然後……」等意思，表示一種時間上先後的關係，於是，答案「繼而」便呼之欲出了。而後面選項，也因著「乃亦」一詞來加以推論，便能發現「不惟」（不只）一詞較為適切。由上述例證可知「詞的解碼」策略在文言文或現代白話文上皆可運用。文言或白話各有其語法結構，在語法結構的基礎上，若再對詞語意義能嫻熟掌握便可以更精確地理解文本。

---

23 同注18，102年度大學學測國文科測驗試題。

四　句的解碼

漢語是孤立語，缺乏型態變化，主要靠虛詞和語序等句法手段表示語法意義，不論是字或詞語都是要放在句子的應用中才能顯示它的意義。依據現代語言學家、符號學者及認知心理學者的研究來看，對於句義的理解一般有三重意義：一是字面意義，是根據詞語的通常含義和正常語法體現出來的意義；二是文體意義，是借助語句中的修辭手法而產生的某種特定意義；三是情境意義，是借助語句中出現的情境而隱含的某種深層意義。[24]因此，句子作為解碼策略的最長單位，意味著句子一旦語義表達清楚之後，接續的段落安排與組織規劃就能順利而恰當。

在分析句子的解碼策略之前，我們得先辨析句子的意義是什麼？

> 傳統的語法中，句子的定義是：表達一個「完整意思」的單位，它至少有一個主語和一個謂語。[25]

也有這樣主張的：

> 語言學家和哲學家認為大多數的句子都有兩個基本成分，即講述的題目和對於題目的說明。[26]

香港語言學專家鄧仕樑則說：

24　馬笑霞：《語文教學心理研究》（浙江：浙江大學出版社，2001年），頁185。

25　黃長著等譯：《語言及語言學辭典》（上海：上海辭書出版社，1981年），頁321。

26　同注20，頁360。

關於句子可以有這樣的認識：不管用什麼術語，除了單詞構成的句子，一般句子都有陳述的對象和陳述的內容兩個部分，可以用教學語法系統中的「主語」和「謂語」兩個術語來表示。[27]

關於句子的解碼，筆者擬從三個層次來加以開展，分別是句法結構、標點符號及寫作手法。

（一）句法結構

中文的句法結構是屬於「語法」的一環，語法是語言的組織規則，語法規則主要是指詞的變化規則和用詞造句的規則。因為漢語缺少詞的型態變化，所以漢語的語法主要是講用詞造句的規則。以下就句子的語法概念略述：句子粗分為單句和複句兩類，單句的閱讀理解可以從字的解碼和詞的解碼來進行，因此，此處我們不再討論單句，而從複句來進行解碼。複句是指兩個以上的分句所組合而成的一個句子，不同的複句有不同的層次結構和不同的組合關係。

複句可以分成以下兩大類：

1 聯合關係的複句

分句之間的地位不分主次。

（1）表示並列關係的複句。單用：也、又、還、另外、同時、同樣。成對：也……也……。又……又……。不是……而是……。一面……一面……。

---

27 鄧仕樑：〈從「寫東西要一句是一句」說起〉，《閱讀與寫作教學》（香港：香港中文大學出版社，1998年），頁103。

例：虛心使人進步，驕傲使人落後。

（2）表示選擇關係的複句。寧願……也不……。與其……不如……。不是……就是……。

例：奢則不遜，儉則固，與其不遜也，寧固。[28]可以取，可以無取，取，傷廉；可以與，可以無與，與，傷惠；可以死，可以無死，死，傷勇。[29]

（3）表示連貫關係的複句。首先……然後……。起初……後來……。就、便、才、於是、然後、後來、隨後、接著。

例：他們從地上爬起來，擦乾淨身上的血跡，掩埋好同伴的屍首，又繼續戰鬥。

（4）表示遞進關係的複句。不但（不光、不只、不僅……）而且（還、也、又、並且、更、反而、反倒……）。

例：他非但不承認自己的錯誤，還一味把責任推給別人。

（5）表示解說關係的複句。

例：孟子以為：富貴不能淫，貧賤不能移，威武不能屈；此之謂大丈夫。

2 主從關係的複句

分句之間的地位有主有次，分句中有一句的意思是主要的。

（1）表示因果關係的複句。因為……所以……。既然……那麼……。因此、因而、以致。

例：因為大學期中考試日期將屆，所以圖書館裡滿滿都是人。

---

28 見〈論語述而第七〉第三十五則，《四書讀本》上冊（臺北：三民書局，2005年），頁151。

29 同注23，〈孟子離婁下〉第二十三則，頁499。

（2）表示轉折關係的複句。雖然（儘管）……但是（可是、卻、
而）……。儘管……還……。可是、但是、但、卻、不
過……。

例：雖然我們無法任意加長生命的長度，但是可以擴充生命
的廣度及挖掘生命的深度。

（3）表示條件關係的複句。只要……就……。除非……才……。
只有……才……。無論（任憑、不論）……都……。

例：只有吃得苦中苦，才可以成為人上人。

（4）表示目的關係的複句。為了、以便、以免。

例：為了參加馬拉松比賽，衍戎三個月前就開始準備。

（5）表示假設關係的複句。如果（假如、倘若、要是、倘使、若
是……）……就（那麼、那、便）……。

例：如果不付出努力，就無法讓夢想成真。

茲以上述的複句類型來分析魯迅小說〈孔乙己〉的一段文字。

我從此便整天的站在櫃檯裡，專管我的職務。雖然沒有什麼失
職，但總覺有些單調，有些無聊。掌櫃是一副凶臉孔，主顧也
沒有好聲氣，教人活潑不得；只有孔乙己到店，才可以笑幾
聲，所以至今還記得。[30]

①雖然沒有什麼失職，但總覺有些單調，有些無聊。（轉折句
式）

②掌櫃是一副凶臉孔，主顧也沒有好聲氣。（並列句式）

---

③掌櫃是一副凶臉孔，主顧也沒有好聲氣，（因此）教人活潑
　不得。（因果句式）
④掌櫃是一副凶臉孔，主顧也沒有好聲氣，教人活潑不得；只
　有孔乙己到店，才可以笑幾聲。

　　上述文句包括兩個分句並以分號隔開，屬於並列句式，「教人活潑
不得」與「才可以笑幾聲」兩者剛好是咸亨酒店裡兩種不同的氛圍。

⑤只有孔乙己到店，才可以笑幾聲。（條件句式）
⑥只有孔乙己到店，才可以笑幾聲，所以至今還記得。（因果
　句式）

（二）標點符號

　　標點符號是用來標明詞句的關係、性質以及種類，它可以協助讀
者更明確了解文句的意義，進而在文本的理解上更為細緻完整。除了
閱讀之外，標點符號對於寫作上的表意也具有決定性的影響。香港教
育當局在某年香港高等程度會考中文學科考試的報告書中曾說：

　　　標點符號運用仍然不足。有一段十餘行僅用一句號者，亦有文
　　　句未完而用句號，造成結構殘缺者。[31]

　　大陸著名語言學者朱德熙也說過：

---

31 見《香港高級程度會考報告》（香港：香港考試局，1995年），頁178。

> 目前的傾向是句號用的太少，該用句號的地方往往用了逗號。
> 原因就是覺得前後文意上有聯繫，害怕用了句號之後，會把這
> 種聯繫割斷。[32]

上述引文中可以看出，一逗到底、無法妥善使用各式標點……等現象是現今社會在書寫時常見的普遍現象，筆者在中學任教現場，也發現這樣的狀況極為常見。

標點符號是陪伴現代白話文應運而生的，而文言文作品中雖然沒有句讀符號的產生，但是斷句的概念是存在於創作者的心中，因為它是一種思維、語氣的抑揚頓挫之呈現方式，正如韓愈在〈師說〉中提及：「彼童子之師，授之書而習其句讀者，非吾所謂傳其道、解其惑者也。」[33]

而《文心雕龍·章句》中嘗云：

> 至於「夫、惟、蓋、故」者，發端之首唱；「之、而、於、
> 以」者，乃劄句之舊體；
> 「乎、哉、矣、也」者，亦送末之常科。據事似閒，在用實
> 切。巧者迴運，彌縫文
> 體，將令數句之外，得一字之助矣。

《文心雕龍·頌贊》亦云：

---

32 朱德熙：〈標點符號的用法〉，《語法、修辭、作文》（上海：上海教育出版社，1984年），頁49-60。

33 見韓愈〈師說〉，《康熹高中國文》第一冊第一課（臺北：康熹出版社，2013年），頁3。文中語意完足的稱為「句」，語意未完而可稍停頓的稱為「讀」。「句讀」是古人指文章休止和停頓處。

　　　　贊之為文，並揚言以明事，嗟嘆以助辭也！

　這句話說明了感嘆詞的功用，在古代沒有使用標點符號的文言文時期，透過實詞與虛詞在文句中的位置可以表現出文意的推演、情意的發展。因此，實詞見其內容，虛詞可以突出神氣。所以《文心雕龍・章句》云：「詩人以『兮』字入于句限。《楚辭》用之，字出于句外。尋『兮』字成句，乃語助餘聲。」《詩經》的「兮」字多數用於句內，故說「入於句限」；而《楚辭》的「兮」字則多在句末使用。劉勰說虛字有助餘聲，可知他明瞭虛字在文中不可省。學者張嚴曾說：「文章乃虛實相生者也，實字其形體，虛字其性情也。虛字在篇章間有發聲、助語、承接、送末等功用。」[34]上述兩段文字說明在古代沒有句讀標點的時期，文人已經知道藉由不同虛詞在不同位置的使用方法來表現文句的意涵及情感的起伏，虛詞看起來沒有具體意義，但在文句中的意義卻是實在而貼切的，它可以協助我們對於沒有標點符號的文言作品加以句讀，以明白文意。

　　目前我國頒行的標點符號共有十五種，各有其在不同語境狀態下所使用的規範，這些標點符號對於現代文本的理解產生一定的助益。例如：從驚嘆號知悉情感的起伏，從問號明瞭疑問之所在，而句號則是用於一個語意完整的句末，所謂「語意完整」的句子是指講述一個「訊息」清楚而完整的句式。因此，透過標點符號的判斷的確是一種可以理解文本意義的策略。我們知道一個句子統領若干文字需要連接起來，才能發生作用；一個章節有一個完整的意思，意思必須表達完畢才構成章節。而所謂的字、詞、句、段、章的分野及範疇也是在文字與標點符號共同組合之下，才得以明確地知曉。

---

34 見張嚴：《文心雕龍文術論詮》（臺北：臺灣商務印書館，1973年），頁82。

目前教育部頒定的通用標點符號有十五種：

> 句號、逗號、頓號、分號、冒號、引號、夾注號、問號、驚嘆
> 號、破折號、刪節號、書名號、專名號、間隔號、連接號等十
> 五種。其中，橫式「引號」改為「 」『 』，「連接號」為新增，
> 「間隔號」為原「音界號」之改稱。[35]

上述符號中影響句子意義判讀的最大關鍵是句號。朱德熙曾說過：

> 句號代表一句話終了以後的停頓，表示以上是一個完整的句
> 子。而怎樣才算完整，要從結構和意義兩方面去考慮。[36]

上述引言顯示了在「一逗倒底、少用句號」的狀況下，文句意義的掌
握與理解勢必會有齟齬扞格之處。

　　在現行十五種標點符號中，書名號、專名號、間隔號、連接號是
針對專門名詞及特用詞語的標注；而冒號、頓號、引號、問號、驚嘆
號、刪節號等在界定及使用上較無困難，於此不多加論述。

　　而對於句子意義及文本解讀影響較為顯著且常為讀者誤用的是：
逗號、句號、分號、夾注號、破折號。先嘗試分述其義界如下[37]：

　　1.夾注號：用於行文中需要注釋或補充說明。它有兩種型態，甲
　　　式：（　）。乙式：——　　——。

---

35 見教育部《重訂標點符號》修訂版，http://www.edu.tw/files/site_content/M0001/hau/c2.htm。

36 同註27

37 此處標點符號的定義說解及示例參考自教育部《重訂標點符號》修訂版網站資料及楊遠編著，倪臺瑛修訂：《標點符號研究》（臺北：東大圖書公司，2011年）。

　　例：寒夜中，不管是誰家的燈光，都讓人——尤其是漂泊的旅
　　　　人——有種溫暖的感覺。（補充說明使語氣可以連貫）

　　例：蘇軾，字子瞻，號東坡居士，宋眉山（今四川省眉山縣）
　　　　人。（注釋說解）

2. 破折號：用於語意的轉變、聲音的延續，或在行文中為補充說
　　明某詞語之處，而此說明後文氣需要停頓。

　　例：帶一卷書，走十里路，選一塊清靜地，看天，聽鳥，讀
　　　　書；倦了時，和身在草綿綿處尋夢去——你能想像更適
　　　　情、更適性的消遣嗎？（徐志摩〈我所知道的康橋〉）（語
　　　　義的轉變）

　　例：漢武帝時，掌管音樂的衙署——樂府，負責搜集民間歌謠
　　　　來配樂唱歌。（補充說明）

3. 分號：用於分開複句中平列的句子，這些句子意義相等或近
　　似，關係密切。

　　例：鯨魚是獸類，不是魚類；蝙蝠是獸類，不是鳥類。

　　例：勿以善小而不為，勿以惡小而為之。

4. 逗號：用於較長的句子中中間有語氣停頓之處，或複句中的需
　　要區隔的各分句，甚至一些並列的短語。逗號是標點符號中使
　　用最頻繁也最難恰如其分使用的一種，再者，因為逗號位置錯
　　誤，而讓語意改變的情形所在多有。

5. 句號：適用於一個語意完整的句末。有學者說使用標點符號
　　時，首先要能使用句號，我以為此言不假，因為「句子」是文
　　章中表意完整的基本單元，如果每個句子可以明確區分，那麼
　　整段、整篇的意義便能夠清晰且有脈絡地聯繫組織起來。

　　上述五類影響文本句子意義較為顯著的標點符號，筆者嘗試以下
列兩則文本進行分析如何

透過標點符號的使用來理解文意。

傳統的男強女弱觀念造成的刻板印象，其實是人類文明發展到後期才產生的。例如女媧補天的故事：共工氏怒觸不周山，以致天柱折、地維絕，使天破了個大洞，最後是靠女媧耐心的煉石來修補，可見男人闖了禍由女人收拾善後早有前例。古代是母系社會，原本沒有男強女弱的觀念，男性革命奪權後，父權終於成了強權。男性之所以能夠奪權成功，主因恐怕還是由於女性承擔了懷孕生養下一代的天職，在那段時期不暇他顧。

設想若是更進一步，讓男人也能懷孕生小孩，父代母職，這世界會產生何等變化？我想世界會比較和平——（破折號：改變意思，另起一意並有解釋及說明）因為好戰愛鬥的男人要花些時間去懷孕、生產、坐月子、哺乳、帶小孩，用在戰爭上的時間就可以減少。尤其是產婦會分泌一種綽號「愛之激素」的荷爾蒙 oxytocin（催產素）（夾注號：用以補充說明），當「愛之激素」（引號：特別標註的引號具有特殊的意義或指涉）在體內分泌時，這個人——（破折號：改變意思，另起一意並有解釋及說明）因為無論男女，就會母性大發，變得溫柔慈悲，愛心十足。

世界上的紛爭這麼多，與其聽各國領袖空言甚麼減少製造核武器這種廢話，不如鼓勵他們去做袋鼠男人，號召人類不分男女都來生小孩，個個沉浸在「愛之激素」裡，才會是個比較有效的解決辦法吧！[38]

---

38 國教院TASA試題。

振保的生命裡有兩個女人，他說的一個是他的白玫瑰，一個是他的紅玫瑰。一個是聖潔的妻，一個是熱烈的情婦——普通人向來是這樣把節烈兩個字分開來講的（破折號：改變意思另起一意並有解釋及說明）。也許每一個男子全都有過這樣的，至少兩個。娶了紅玫瑰，久而久之，紅的變了牆上的一抹蚊子血，白的還是「床前明月光」；（分號：區隔兩個並列的分句，分句的語意概念相似或相反）娶了白玫瑰，白的便是衣服上沾的一粒飯黏子，紅的卻是心口上一顆硃砂痣。（張愛玲〈紅玫瑰與白玫瑰〉）[39]

在上面節選的〈紅玫瑰與白玫瑰〉小說中，我們看到它使用了四個句號，意謂著此段文句有四項主要的語意概念，而這四個句子結合成一個段亂。嘗試以表格分析此四層次的概念如下：

	小說文字	意涵說解
第一個句號	振保的生命裡有兩個女人，他說的一個是他的白玫瑰，一個是他的紅玫瑰。	詮釋男主角振保生命中兩個類型的女子
第二個句號	一個是聖潔的妻，一個是熱烈的情婦——普通人向來是這樣把節烈兩個字分開來講的。	接續前一層次，說明白玫瑰與紅玫瑰的差異，它們分別代表妻子與情婦。
第三個句號	也許每一個男子全都有過這樣的兩個女人，至少兩個。	從振保延伸到每個男人都可能或明或暗有這樣兩種類型的女人。

---

39 張愛玲：《傾城之戀——張愛玲短篇小說集之一》（臺北：皇冠出版社，1991年），頁52。

	小說文字	意涵說解
第四個句號	娶了紅玫瑰，久而久之，紅的變了牆上的一抹蚊子血，白的還是「床前明月光」；娶了白玫瑰，白的便是衣服上沾的一粒飯黏子，紅的卻是心口上一顆硃砂痣。	分開論述男人們在無法同時腳踏雙條船的狀態下，娶了其中之一個對象後，另外未娶者便成了想望而未得的期待。此處揭示人性對於「得到」、「得不到」的矛盾心理。

　　根據上述表格中的分析，我們知悉「句號」在文本意義理解上所扮演的重要角色，「句號」是一個語意完整的結束記號，通常段落或篇章是藉由幾個語意完足的句子加以組合而成。因此，段落或篇章的意義就是透過整合句子意義而成。

　　前述所討論的五種標點符號中，夾注號與破折號是文句中重要轉折與標誌的符碼；而分號、逗號、句號，則對於句義的理解有相對明顯的影響。分號和逗號在某些情況下可以互通，這也是造成分號與逗號在劃分時有模糊之處。分號的主要特性是對「語意的劃分」，並且它所劃分的大多是「句」，而它所能達到的功效是「意」。例如：托爾斯泰名作〈安娜·卡列尼娜〉中的句子：「幸福的家庭是相似的；不幸福的家庭各有各的不幸。」「分號」隔開了兩個語意完整的分句，透過「分號」將兩句子對列以凸顯彼此在意義上的對比及互見。

（三）寫作手法

　　筆者曾在自己的一篇論文中提及將「文體分類」（論說文、記敘文、抒情文）視為「寫作手法分類」（敘事手法、描寫手法、議論手

法、說明手法）這樣的觀點。[40]此四大類別的內容幾乎可以容納所有文本的寫作手法，因此，如果我們嘗試對一個句子進行分析以幫助理解，除了語法結構知識、標點符號之外，「寫作手法」亦是一個可以施行的解碼策略。

朱光潛曾說：

> 宇宙一切的現象都可以納到四大範疇裡去，就是情、理、事、態。情指喜怒哀樂之類，主觀的感動，理是思想在事物中所推求出來的條理秩序，事包含一切人物的動作，態指人物的形狀。文學的材料就不外這四種，因此文學的功用通常分為言情、說理、敘事、繪態（亦稱狀物或描寫）[41]

循此概念，以下略述四種寫作手法的定義及內容：

1. 敘事手法

　　「敘事」顧名思義是作者針對線性時間中人物、事物的推展及變化歷程加以敘述。由於「敘事」是時間歷程中演變現象的載錄，因此，它是動態的呈現。

　　例：今天上午八點四十分，火車從臺北開出。

2. 描寫手法

　　「描寫」是作者針對個人於空間中所見人物、事物的種種觀察結果加以描摹，所以，它常常通過感官的摹寫來狀擬出被觀察者的樣態。也因此，「描寫」是空間中靜態的呈現。

---

40 見楊曉菁〈從PISA文體分類審視中文文體類別之適切性〉，101年度「修辭學與國語文教學國際學術研討會」（2013年6月7日，國立高雄師範大學主辦）。

41 朱光潛：〈寫作練習〉，《談文學》（臺北：大坤書局，1998年），頁58。

例：這一枝梅花只有兩尺來高，旁有一枝，縱橫而出，約有二三尺長；其間小枝分歧，或如蟠螭，或如僵蚓，或孤削如筆，或密聚如林；真乃「花吐胭脂，香欺蘭蕙」。[42]

3. 說明手法

說明主要任務是藉由「說明」傳遞訊息供大眾知曉，像是：解說事物、闡明事理、表達意念等等，它通常具有知識性、客觀性、說明性的傾向。因此，若以寫作手法來看，「說明手法」它通常能夠呈現關於「如何」（how）這一類問題的答案。簡而言之，針對事理的來龍去脈或事物的特徵、形狀、結構……進行闡述，藉此以達到傳播知識或訊息的目的便是「說明手法」。因此它在生活實際層面的應用寫作上常常可見：像是學術性的小論文、各類趨勢圖表、使用說明、導引手冊……等等。

4. 議論手法

「議論」是四種寫作手法中最為突出作者本身觀點理念的一種表達方式。「議論」顧名思義是對某一主題加以評議討論，具有個人主觀性，帶有「說服意味」，主要透過觀點的提出以獲得閱讀者的認同。而議論的論點[43]來源，主要有四種：

（A）作者對於某一話題（topic）提出看法並加以闡釋，以說服舊看法之人。

（B）對於某個待解決問題（problem）的見解，屬於建議性質，論述較為平和。

---

42 曹雪芹：《紅樓夢》第五十回，（臺北：里仁書局，2007年），頁109。

43 議論文的文意發展可由三個部分撐持而成。分別是論點（主要觀點）、論據（支持論點的例證）、論證（將論點和論據連綴完整的論述過程）。

（C）對於疑難問題（question）的發現，以科學領域的研究較
多。

（D）對於一個具爭議、矛盾的問題（issue）選擇立場、表態
立場或捍衛立場[44]。

「議論手法」在書寫時的用語多具有明白、確切、清楚的特質，較少
情緒的詞語、口語化的用字、無關緊要的連綴用語。

而劉勰在《文心雕龍·論說》篇中曾提及「論」與「說」兩種古
典文章體裁的含意及內容，雖然與現代白話文對於論與說的概念略有
出入，但是某些意念是可以相通的，他說：

> 論也者，彌綸群言，而研精一理者也。……原夫論之為體，所
> 以辨正然否。窮于有數，究于無形，鑽堅求通，鉤深取極；乃
> 百慮之筌蹄，萬事之權衡也。故其義貴圓通，辭忌枝碎，必使
> 心與理合，彌縫莫見其隙；辭共心密，敵人不知所乘：斯其要
> 也。[45]

這段話對於「議論」的內涵、要義、拿捏操持的分寸……等等，條分
縷析地娓娓道來，讓人能更明確議論手法的掌握原則。

以下藉龍應臺〈目送〉為例，說明這四種手法在句子解碼上的
應用：

> 華安上小學第一天，我和他手牽著手，穿過好幾條街，到維多
> 利亞小學。（敘事）九月初，家家戶戶院子裡的蘋果和梨樹都

---

44 葉黎明：〈議論文的四種類型〉，《寫作教學內容新論》（上海：上海教育出版社，
2012年），頁290。

45 同注2，〈論說第十八〉，頁167-170。

綴滿了拳頭大小的果子，枝枒因為負重而沈沈下垂，越出了樹
籬，勾到過路行人的頭髮。（描寫）

很多很多的孩子，在操場上等候上課的第一聲鈴響，小小的
手，圈在爸爸的、媽媽的手心裡，怯怯的眼神，打量著周遭。
他們是幼稚園的畢業生，但是他們還不知道一個定律：一件事
情的結束，永遠是另一件事情的開啟。（議論）[46]

在這段節選文章中，我們看到不同寫作手法的交錯使用，共同組合成
表意完全的段落。首先作者以敘事和描寫的手法刻劃了一段九月天的
街景畫面，為下文作者孩子即將入小學的歷程點滴進行鋪墊。看似與
主題無直接相關的敘述卻是一種饒富意味的文學筆觸，與《詩經》的
寫作手法「興」有近似的功能。[47]

在運用寫作手法進行句子分析時，原則上可以採句號作結的一個
完足句子為範圍，因為只有在完整表意的句號之內，寫作手法才能清
晰明白呈現。寫作手法的釐析讓我們可以梳理文本中文意進行的脈絡
層次及前後關聯，對於文本意義的理解有其功能性。

五　結論

劉勰在《文心雕龍・知音》中曾說：「夫綴文者情動而辭發，觀

---

46 龍應臺：〈目送〉，《目送》（臺北：時報出版社，2008年），頁6。
47 「興」的意義及功能歷來學者的持論稍有不同，成功大學中文系翁文嫻教授說：
「明明白白出現，卻一點也搞不懂它們的關連，所謂有景有情，但景與情，是處於
將交融卻未交融的狀態，有一個很大的空隙，要讀者努力補足，這便是《詩經》
「興」體與後代唐詩景情狀態不同之趣味。」見〈《詩經》「興」義與現代詩「對
應」美學的線索追探──以夏宇詩語言為例探研〉，《中國文哲研究集刊》第三十一
期，2007年9月，頁121-148。

文者披文以入情，沿波討源，雖幽必顯。」[48]作者創作與讀者鑑賞是以不同角度切入，兩者的視角是對望，但其目的都是到達作品的核心。作者是先有情感而後再行文屬辭，由內容而生形式；讀者則是相反，是從形式進入內容，以明瞭文本意涵及作者創作訴求。因此，本論文既以「閱讀」為主軸，所採取的視角是讀者的，於是從「形式」的分析再進入「內容」的玩繹，是屬於比較具體而明確可行的策略。

　　「解碼」策略便是屬於從形式入手的閱讀方法。透過「字的解碼」，我們可以加深對於漢字表意系統的了解及應用，而「詞的解碼」，則讓讀者在詞語結構的知識之外，還能利用推論的方式來增進閱讀的效能。至於「句子解碼」則是在語法結構的基礎上結合區辨標點符號，將文本中的標點與文字視為同一整體，標點協助文字有了情緒、有了表情，標點讓讀者可以更輕易掌握文本的意義。末了的寫作手法分析，則是跨越形式進入了內容核心，進而更深入地探索作者創作的本意與精神，真正完成劉勰所言：「沿波討源，雖幽必顯」的境界。本論文期待透過古典文學理論的佐助與互見讓具系統性、序列性的閱讀策略，能夠提供讀者進入文本與作者對話時，產生明確的指針與引導。

---

48 同注2。

參考文獻

黃長著等譯：《語言及語言學辭典》，上海：上海辭書出版社，1981年。

朱德熙：《語法、修辭、作文》，上海：上海教育出版社，1984年。

張志公：《語法與修辭》上下冊，大陸：廣西教育出版社發行，臺灣
　　　　版權由臺北新學識文教出版中心負責，1987年。

林　尹：《文字學概說》，臺北：正中書局，1991年。

張愛玲：《傾城之戀——張愛玲短篇小說集之一》，臺北：皇冠出版
　　　　社，1991年。

許世瑛：《中國文法講話》，臺北：臺灣開明書店，1992年。

黃繼持編：《魯迅全集》，臺北：臺灣商務印書館，1998年。

朱光潛：《談文學》，臺北：大坤書局，1998年。

鄧仕樑：《閱讀與寫作教學》，香港：香港中文大學出版社，1998年。

張　讓：《剎那之眼》，臺北：大田出版社，2000年。

賴蘭香：《中文傳意——寫作篇》，香港：香港城市大學出版社，2001
　　　　年。

呂叔湘、朱德熙著：《語法修辭講話》，遼寧：遼寧教育出版社，2002
　　　　年。

鄭振峰、李彥循、王軍、唐健雄等編著：《漢字學》，北京：語文出版
　　　　社，2005年。

張春興：《教育心理學》，臺北：東華書局，2007年。

〔東漢〕許慎著、〔清〕段玉裁注：《說文解字注》，浙江：浙江古籍
　　　　出版社，2007年。

龍應臺：《目送》，臺北：時報出版社，2008年。

竺家寧：《詞彙之旅》，臺北：正中書局，2009年。

趙憲章：《文體與形式》，臺北：萬卷樓出版社，2011年。

楊遠編著，倪臺瑛修訂：《標點符號研究》，臺北：東大圖書公司，
　　2011年。

葉黎明：《寫作教學內容新論》，上海：上海教育出版社，2012年。

周振甫：《文心雕龍今譯》，北京：中華書局，2013年。

對話與獨白交織的空間
——以巴赫金美學觀點為起始閱讀幾米《我的世界都是你》

陳宜政[*]

摘　要

作為一種哲學思考，米哈伊爾·米哈伊洛維奇·巴赫金（Михаил МихаЙловичБахтинг, 1895-1975）可謂二十世紀60年代逐漸於西方備受重視的俄羅斯思想家，其於社會學角度出發，將語言學方法和社會學方法結合，以此研究語言及其運用，從而提出其獨特的「超語言學」理論，而此一理論構建在其對話主義之思想基礎上。幾米筆下總充滿著奇幻旅程，其2016年2月最新力作《我的世界都是你》（*All of My World Is You*），由歇業的旅館小主人——小女孩帶領讀者進入不同房間，並出現過去曾住過此房間的各式旅人，藉由各式旅人與女孩的對話與各自獨白，旅人們擁有難以忘懷的過往記憶，讓滿心不捨心愛小黑狗離去的小女孩重新看待這個人世間，亦有了機會重新看待自己的失落：世間難有不消失的永恆，但珍視的回憶卻可以一直在心底陪伴著自己，亦可感受到世界的不同光彩。本論文試圖由巴赫金對話理論分析幾米《我的世界都是你》，以理解在科技文明的當代，人與物

***

[*]　國立高雄師範大學國文學系兼任助理教授。

我的真誠關係可超拔離世，帶出自我救贖力量，超凡入聖，持續人世間的時空旅程。

關鍵詞：幾米、巴赫金、美學、對話、《我的世界都是你》

一　前言

　　幾米[1]筆下總充滿著奇幻旅程，其2016年2月最新力作《我的世界都是你》（All of My World Is You），歇業旅館小主人——小女孩因為心愛的小黑狗狗離世，寫了多封思念信，想要寄給小黑狗，並祈禱小黑狗可以收到她所寄出的思念信。小女孩喜歡到旅館裡不同房間遊逛，每一個房間都充滿她與小黑狗一同玩耍的回憶。當她走進旅館裡樓上房間，突然遇見形形色色奇怪人物，除了怪獸，每一位旅人都說曾經住在這房間，因為收到思念信件，又陸陸續續回到這間旅館。藉由旅人與女孩的對話與各自獨白，旅人們擁有難以忘懷的過往記憶，讓滿心不捨心愛小黑狗離世的小女孩重新看待人世間，亦有機會重新看待自己的失落：世間難有不消失的永恆，但令人珍視的回憶卻可永遠在心底陪伴自己，心中的世界也可因此擁有不同光彩。

　　本論文先由巴赫金對話理論分析，再進入幾米《我的世界都是你》之獨白與對話關係，後則理出獨白與對話之空間閱讀模式，最末必須體認的是：在科技文明的當代，人與物我的真誠關係可超拔離世，帶出自我救贖力量，超凡入聖，因而平凡如你我可以持續人世間的時空旅程。

1　幾米多部作品被改編成音樂劇、電視劇、電影，《微笑的魚》改編動畫曾獲柏林影展獎項。幾米曾被Studio Voice雜誌選為「亞洲最有創意的五十五人」之一，亦為Discovery頻道選為「臺灣人物誌」（從臺灣挑選出六位代表臺灣精神的人物，包括布袋戲一代宗師黃海岱、趨勢科技董事長張明正、誠品創辦人吳清友、臺灣昆蟲生態紀錄先驅李淳陽、綜藝節目名主持人張小燕及繪本作家幾米）六位傑出人物之一。幾米作品曾獲得多座金鼎獎，也獲得比利時為賽勒青少年文學獎、西班牙教育文化體育部主辦的出版獎之藝術類圖書年度首獎，瑞典彼得潘銀星獎，也入圍林格倫紀念獎，此乃國際上最大的兒童及青少年文學獎項。

二 巴赫金美學觀點

　　米哈伊爾‧米哈伊洛維奇‧巴赫金（Михаил МихаЙловичБахтинг，1895～1975）可謂二十世紀60年代逐漸於西方備受重視的俄羅斯思想家，其於社會學角度出發，將語言學方法和社會學方法結合起來，以此研究語言及其運用，從而提出其獨特的「超語言學」理論，而此一理論則構建在其對話主義之思想基礎上。

　　「話語」一直是巴赫金「超語言學」的核心概念。現實社會中最主要的符號就是語言，而語言的具體存在形式就是話語。巴赫金非如索緒爾（靜態語言體系），而以動態語言——語言交際現象做為自己的研究對象。巴赫金認為句子是靜態的語言體系單位，只有當句子進入一定的語境（上下文），與其所處的特定時空、社會、文化等背景發生聯繫，並獲得特定的話主（作者）和聽者（讀者），形成前後應對的交際關係時，才能成為言語交際的單位，此時，「話語」才能具有真實的涵義。巴赫金將人的存在視為以他人的存在為前提，認為任何一個人的意識與話語都不可能是孤立的，而存在於他人的意識與話語的聯繫中。整個世界就是一張前人與後人、自我與他人縱橫交錯的大網，且相互交往的主體之間秉持以人為本、互相尊重、平等相待的原則，以「對話」原則延伸至社會生活與人文領域，已非簡單的「你一句，我一語」的對話，而是主體間思想的深刻體現。

　　1929年巴赫金於其著作《馬克思主義與語言哲學——語言科學中的社會學方法基本問題》提綱挈領闡明自己語言哲學觀，強調語言中的三項要素：人的創造、社會的功用、價值的屬性，同時將「對話」與「獨白」對立，前者強調語言的交際功能，後者則批評當時語言學中的結構主義。

（一）獨白

巴赫金認為「獨白」傾向表現在審美活動中，此即作者與其筆下撰寫的主角合而為一，因此整部作品只表達一種自我描繪的意識，從而破壞具有兩分性質的審美活動。巴赫金說：

> 當只有一個統一而又獨一無二的參與者時，不可能出現審美事件……審美事件只能在有兩個參與者的情況下才能實現，它要求有兩個各不相同的意識。主角和作者互相重和，或一起堅持一個共同的價值，或互相敵對，審美事件便要受到動搖，代之開始出現倫理事件（抨擊性文章、宣言、控告性發言、表彰和致謝之詞、謾罵、內省的自白等）；於不存在主角或者說是潛在的主角時，此即為認識事件（論著、文章、講稿）；而當另一個意識是包容一切的上帝時，便出現了宗教事件（祈禱、祭祀、儀式）。[2]

由此可了解巴赫金觀點下的「獨白」意義，在獨白作品中，主角或恐喪失自己的聲音和地位。因此巴赫金認為：

> 語言不是死物，它是總運動著、變化著的對話交際的語境。它從來不滿足於一個人的思想、一個人的聲音。語言的生命，在於這人之口轉到那人之口，由這一語鏡轉到另一語鏡，由此一社會團體轉到彼一社會集團，由這一代人轉到下一代人。[3]

2　巴赫金：《巴赫金全集》第一卷，石家莊：河北教育出版社，1998年，頁118-119。
3　巴赫金：《巴赫金全集》第五卷，頁312。

由此可知，話語是語言交際的最小單位，語言的生命在於話語。任何話語都具有「內在對話性」[4]。一方面，任何話語總是處在社會的、歷史的言語文脈中，不管我們的一段對話看起來多麼具有獨白性，實際上它都是對他人的回應，都同先於他的其他話語處在程度不同的對話關係之中，是先前話語持續和反響；另一方面，任何話語都「希望被人聆聽、讓人理解、得到應答」。[5]

（二）對話

「對話」一詞源於希臘語 Dialogos（dia 意為「通過」，logos 意為「語言」）。它們具有兩層含義：1.兩個或兩個以上的人們之間的對白，此對白亦可以動作、手勢等以表示；2.以對話或談話的形式寫就的文學作品及其一部分。

巴赫金的「對話主義（dialogism）」又稱對話性，是指話語（包括口頭語和書面語）中存在兩個或兩個以上互相作用的聲音，他們形成同意、反駁、肯定和否定、保留和發揮、判定和補充、問和答等言語關係。對巴赫金而言，語言的本質就是「對話」，生存充滿著「對話」，兩者在同一狀態中，語言的本質才曝露出來。生存的特性，即是語言的特性──「對話性」。巴赫金說「存在即意味著對話的交際」[6]，他認為人的存在不是靜態的實體，而是動態的發展行為，是人與人間的聯繫和交往。「在一個社會裡，人們所見的不是思想，而是思想交流；不是表述，而是表述同其他表述的交往。」[7]巴赫金先

---

4 巴赫金：《巴赫金全集》第四卷，頁208。

5 孔金、孔金娜原著，張杰、萬海松譯：《巴赫金傳》，上海：東方出版中心，2000年，頁12。

6 巴赫金：《巴赫金全集》第五卷，頁340。

7 巴赫金：《巴赫金全集》第五卷，頁225。

將人的存在看成是以他人的存在為前提，任何一個人的意識都不可能
是孤立的，而是存在於他人的意識關係中。巴赫金更認為由於話語作
為個人的一種社會行為，代表個人參與社會交往，體現著個人意識，
因此必然體現著是與非、善與惡、真與假等倫理立場，在內涵也應是
獨一無二乃為獨立個人的表徵。

三　體現生命的獨白與對話

　　《我的世界都是你》一書，幾米藉由一家已經歇業的老旅社作為
劇場，搬演故事場景，小女孩為一隻心愛小黑狗的逝世傷心難過圖
1，當她追憶起她和小黑狗共同生活的往日時光，走進大人不准她進
入的樓上房間，進入她自己的夢境，也進入了別人的夢境，這一幕幕
體現生命獨白與對話的劇場故事於是上演。

圖1　《我的世界都是你》封面

（一）故事簡介

　　故事圍繞在一間已經歇業的舊旅館。因為歇業，空出來的房間
好多好多；因為歇業，那些過去發生的故事也好多好多；因為歇業，

小女孩和小黑狗的往日美好生活更多更多。以主角小女孩為主軸，穿針引線，帶領讀者進入六個不同的房間，進入六段不同回憶，分別以七種不同場景，療癒小女孩失去心愛小黑狗不同層次與面向的傷感心靈。

1 房間

（1）房間一——附近森林裡研究各種奇妙植物的園丁——因為愛而分離

　　一個熱愛植物園丁種植他的寵物：胖胖樹，一株造型裁剪成豬形狀的小樹。從小樹種成大樹，胖胖樹也有喜怒哀樂，高興時候可愛，生氣時候變成壞蛋，愛在雨中散步，愛喝游泳池的水，當胖胖樹長成，它將走進森林成為一棵大樹。

（2）房間二——爸爸和媽媽離婚的小鼓手——因為分離而愛

　　曾經和爸媽住在旅館房間的小鼓手，那年暑假爸媽離婚，小鼓手大聲怒吼怨恨爸媽的自私，更像全身長滿了刺，傷害任何安慰他的人。小鼓手鎮日遊蕩，只想敲碎令人痛恨的世界。一日夜裡，看見媽媽在月光下落淚，小鼓手擁抱母親一起流淚到天明，那一刻起小鼓手驚覺自己已經長大，再也敲不出憤怒的聲音。

（3）房間三——撿到一張信，神奇變到這裡的怪獸——從冰冷電視找尋慰藉

　　從未住過旅館的紅鬍怪獸，撿拾一封信件而現身旅館。心愛的電視機壞了，讓紅鬍怪獸沒有卡通影片可以觀看，不想起床、不清楚自己的眼睛和耳朵放哪。和小女孩邂逅之後，因失去小黑狗的女孩一句

「你知道天堂在哪裡嗎？」，紅髦怪獸終於體認這世界也有「沒有電視」的存在。

（4）房間四──落魄的鋼琴搬運工──從搬運鋼琴再次出發

一位相當受歡迎的鋼琴演奏家，在事業最輝煌的時候開始沉迷於酒精世界，在生命最落魄時住過旅館，過著荒唐的日子，逃離熟悉的城市，雖無法再次演奏，仍思念鋼琴，於是找到最接近鋼琴的方式，搬運的生活是焉展開，熟悉音符讓他的生命打從心裡重新開始。

（5）房間五──因為一場暴風雨摧毀了家，又失去船槳的綠衣女郎──失去而詠嘆

由於一場暴風雨讓大水淹沒了郵局、馬路和美術館，綠衣女郎也在瞬間失去了一切。綠衣女郎發現人總是在失去之後才懂得珍惜，未聽見小樓仍舊有人輕聲歌唱，未看見樹林裡花朵依然綻放，因而她在心中詠嘆：「星辰從不為誰嘆息，時光從不為誰留駐！」

（6）房間六──知道所有事情的天使──反教條帶來光明

一位反傳統身著黑衣，知道所有事情的天使，一反「天使張翅飛翔」的慣常形象，他總是以俯臥方式現身於所有場景中，知道小女孩為小黑狗寫信、祈禱，知道小女孩許下的所有願望，小女孩此時由天使口中體認自己是幸福的。

幾米以視覺意象作為其創作起點，故事的產生原本毫無串聯，因2005年欣賞誠品戲劇節，由黎煥雄導演戲劇《Kenji 賢治》，誠品敦南店地下室頓時成為低矮扁長盒型的劇場，幾米如此道出對整齣戲的想法及觸發：

（整齣戲）只有四位演員，裝置極簡，燈光潔淨，卻呈現一幕幕豐富無比的動人意象。我深受感動。這樣一個單一透視的樸素空間，卻讓我目眩神迷，靈感湧現。隔年春天，我將此久久無法退去的美麗，畫成一百二十張圖（名為「四季」）。[8]

「四季」曾於2006年在上海雙年年展及學文創「和幾米上學學去」特展展出。2015年幾米創作遇到瓶頸，在思索創作的苦悶歲月中又再度翻出「四季」，原先因空間創作形式的創作，於是產生新的可能性。幾米說：

展覽之後，我一直試圖將這組同時表現不同時空與不同人物的創作組合編成一本書，怎奈書的翻頁形式，不同於展覽空間的特性，無法完全呈現創作時的概念。……歲月給了智慧和從容，一個玩笑的嘗試，竟然幸運地爬梳出另一種可行的方式：讓「四季」裡的幾組人馬進駐一個歇業的旅館，和旅館裡的小孩玩遊戲，透過故事的流動找到空間感。最後完成《我的世界都是你》這本書。[9]

從空間轉化成平面，再由平面轉化成空間，這層層轉化的過程，讓念頭有了形體，於是符號承載意象時，幾米所使用的符號即充分表達其欲傳達的故事與意念，場景於是乎顯得特別重要。

---

8 幾米：〈與四季的排練〉，《四季》，臺北：大塊文化，2016年，序言（沒有頁碼）。《我的世界都是你》只用了《四季》中的四十張圖，因為幾米不捨另外八十張，試了幾種編排方式，最後回歸劇場編排形式，成為《四季》一書。

9 幾米：〈與四季的排練〉，《四季》。

2 場景

在《我的世界都是你》一書中，幾米以小女孩進入不同的旅館房間，進入了七個共同的場景，陳述了六個不同的人物故事。幾米利用平面空間的假想線，製造了向畫面中心內部延伸的視覺錯覺，讓整個空間有了天、地、左、右、上、下的界線。

（1）場景一——「常去散步的公路」

圖2公路的左右各有城牆，將路的盡頭向圖面中心拉長延伸，這條馬路是無人的雙線道，遠方掩映著夕陽紅照，山外連著山，一張白色信紙悄然地從天空滑落，前景是行人穿越的斑馬線，但卻無半點人影。《我的世界都是你》主角小女孩過去常和小黑狗在此散步，「最近不時颳起可怕的龍捲風」[10]；小女孩夢境裡照顧胖胖樹的園丁於此將胖胖樹牽引進入森林；愛看卡通影片的怪獸，一邊欣賞他心愛的卡通影片，一邊漫步在月牙高掛的無人公路。

圖2 《我的世界都是你》那條我們常去散步的公路

---

10 幾米：《我的世界都是你》，常去散步的公路。

（2）場景二——「可以爬到雲上的樓梯」

圖3幾米以粉紅牆面營造氛圍，「那個可以爬到雲上的樓梯」將視覺從左下至右上延伸，和讀者視角平行的內牆多個窗，窗內糾結錯落的枝幹，卻由延伸至房間天花板，此場景原應呈現粉嫩浪漫氣氛，卻因幾米的組合形式產生的強烈的反差效果。

這座「可以爬到雲上的樓梯」超乎常理，因而「有人看見天使溜下來玩」，而天使不該擁有翅羽嗎？可以「飛下來」玩的天使，在此怎需要樓梯爬下來玩？種種的不合理，傳達小女孩可望見已病故的小黑狗；因為心愛的電視機摔壞，怪獸無法欣賞卡通影片，他曾躲在樓梯下，不想起床；鋼琴搬運工則試圖搬鋼琴走上樓梯，感嘆自己：「曾經是個受歡迎的鋼琴家，擁有掌聲和財富。」黑衣天使則在樓梯下臥眠，告訴小女孩曾經寫過的信，小黑狗都收到了。

圖3 《我的世界都是你》那個可以爬到雲上的樓梯

（3）場景三——池底長滿青草的游泳池

圖4已關閉的游泳池，乏人問津，不僅池裡沒水，池底更長滿青草，藍天上白雲飄來又飄去，一張白信紙同樣由天空滑落。

　　小女孩一句「不知道春天會不會開花」[11]，或許是對小黑狗的思念有所期待；小女孩夢境中游泳池嶄新，池裡更有充沛的水，那個種植胖胖樹的園丁，曾帶胖胖樹來到游泳池，心滿意足的口吻道：「胖胖樹太愛喝水，千萬不要讓它靠近游泳池。」[12]那位父母離婚的擊鼓女孩，站在游泳池邊擊鼓，游泳池因乾涸產生裂痕，池底更有幾片楓樹落葉，擊鼓女孩當天起覺得自己已經長大，敲不出憤怒的鼓聲；愛看卡通影片的怪獸，戴著毛手套、毛襪與他心愛的電視，泡在游泳池水裡欣賞他的電視；鋼琴搬運工於冬季嚴寒，將鋼琴搬到游泳池底，四處白雪覆蓋，鋼琴的主人堅持送搬運工鋼琴，他卻感嘆：「我無法回到從前，一切都已經不一樣了。」[13]

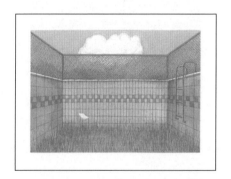

圖4　《我的世界都是你》長滿青草的游泳池

（4）場景四──「山頂上的噴水池」

　　圖5四周幽暗深邃，四根柱子架出觸目可及的天與地，噴泉從鯉魚嘴拋物線射出，小女孩說：「山頂上的噴水池已經沒有人去了，只

11　幾米：《我的世界都是你》，春天開不開花？
12　幾米：《我的世界都是你》，胖胖樹太愛喝水。
13　幾米：《我的世界都是你》，我無法回到從前，一切都已經不一樣了。

有我還會到那裡許願。」[14]畢竟那兒是她曾經與小黑狗共同遊戲的地方，許願者將自己的祈願寄託在一枚硬幣裡，隨著硬幣投入池水，祈禱自己的願望也能落實，如今許願池乏人問津，是否象徵希望破滅？

那年夏天父母離婚的擊鼓小女孩，曾在山頂的許願池擊鼓，然而鼓聲太令人傷心，四方樑柱被傷心的聲波震碎，石塊四處飛射，原來鯉魚口只有一條拋物線水柱，在傷心鼓聲催促下，成樹狀四射飛濺；黑衣天使臥躺在樑柱上，對小女孩說：「我知道妳許下的願望，終將成真。」[15]許願池鯉魚口噴射出涓涓水柱，四周群草叢生，象徵希望再度降臨。

圖5　《我的世界都是你》山頂上的噴水池已經沒有人去了

（5）場景五——「躲著大兔子的郵局」

圖6磚牆石瓦推砌成郵局，門扉敞開，一隻綠色大兔子仍舊躲在郵局裡，繼續啃蝕著郵局裡的信。與其他場景相異，此處反倒是地面已飄落一張信。吃著信的綠色兔子，不就是立於大街小巷的綠色郵筒，承載著寄件人的情感的信件，就這麼啃食下肚。

愛研究植物的園丁在郵局門口拉著胖胖樹，「胖胖樹高興的時候

---

14 幾米：《我的世界都是你》，沒人去的許願池。

15 幾米：《我的世界都是你》，願望終將成真。

是小可愛，生氣的時候會變成大壞蛋。」[16]園丁拉扯繩索的樣子，像是胖胖樹正在生氣，胖胖樹一副想掙脫韁繩的模樣；父母離婚的擊鼓女孩，站在郵局門口擊鼓，綠色兔子從郵局門裡望著她，鼓聲震裂了磚牆；鋼琴搬運工將鋼琴倚著郵局磚牆，自己蹲坐在鋼琴上，感嘆著：「我過著荒唐的日子，愛我的人漸漸離去。受不了人們異樣的眼光，我逃離熟悉的城市。」[17]綠色大兔子拖著腮，從郵局口呆望著搬運工；家園被大水淹沒的綠衣女子，載著一條黑狗划著綠色小舟，行駛過郵局，綠衣女子拾撿一張掉落水裡的信件，一邊在心裡沉吟：「大水淹沒郵局。多少情書被沖散，多少故事消失了。」[18]郵局為了傳遞人與人之間情感而存在，當大水淹沒一切，造成情感傳遞極大的阻礙。

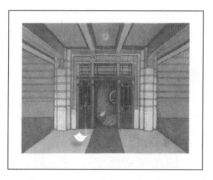

圖6 《我的世界都是你》大兔子依然躲在郵局裡沒被發現

（6）場景六——過完聖誕節就要拆除的火車站

圖7擁有綠色欄杆剪票口的火車站，不知站名，站外飄著雨，遠方樹影搖曳，從空中落下一張信箋，在灰暗的地磚與水泥牆面，那張

---

16 幾米：《我的世界都是你》，胖胖樹的心情變化。

17 幾米：《我的世界都是你》，搬運工感嘆。

18 幾米：《我的世界都是你》，大水淹沒郵局。

從空中飄落卻未被雨水打濕的信箋為全幅最亮處，特別顯眼。

擊鼓小女孩在布滿乾草的火車站擊鼓，天花板和牆壁因鼓聲龜裂，小女孩曾激動大叫，怨恨離婚父母的自私；綠衣女子站立於綠色小舟，在淹水的火車站候車，站上正停靠一輛綠色列車，綠衣女子醒悟：「總是在失去之後，才懂得珍惜。」[19]

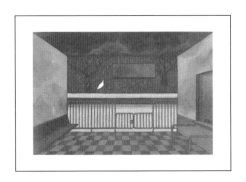

圖7　《我的世界都是你》過完聖誕節，火車站就要拆了

（7）場景七──有著日本風味的紅色橋墩

《我的世界都是你》於小女孩穿針引線敘述故事前的前導頁，幾米雖然沒有放置「紅色橋墩」場景圖，[20]然在六則故事裡卻是六位故事人物重複出現在紅色橋墩，或斷裂、或完好、或雨、或雪，紅色橋墩象徵故事人物在故事中的心境。

此七個場景既是故事所敘事的房間，更是幾米所營造的劇場空間，讓不同心情故事的傳中人物，與景物產生了可見的連結，與雖不見卻可感的情感綿延。

---

19 幾米：《我的世界都是你》，綠衣女郎嘆息。

20 在《四季》一書中，卻有一張紅色橋墩圖（第83張），沒有人物，只有一張從天空飛落的白色信紙。

（二）女孩的獨白

在巴赫金美學論文〈審美活動中的作者與主角〉，提及作者與主角的關係是主體存在的基本對話形式之一。作者與主角即是自我與他者，主體的建構是在這兩者的對話和互動過程中形成的。

在倫理與認識的存在事件或過程中，主體在開放的、活動的世界中生活與行動，此時自我是一個開放的、建構的完成。

在審美歷程中，作者作為生活在現實世界的開放性的自我，處於主角的位置，他的生活導向是倫理的、認知的，「價值的中心是主角及其體驗的總體，而其他的倫理和認識的價值都必須服從這個總體」[21]現實生活中的每一個人主角看自己總是未完成的、開放的、片面的。看別人他者則不一樣，別人在我眼中總是一個完整的存在，我們對別人的主觀印象常常把別人看成是一成不變的、完成了的對象，雖然自己心裡明白別人與我們一樣，總是以一種發展的、不確定的、未完成的眼光，或者說一種不抱有成見的眼光，但實際上我們看自己和看別人總是不一樣。

在審美活動中，主體作者卻力圖克服這種生活中的在倫理和認識意義上觀察別人、觀察自我的片面性。審美主體作者力求全面、整體地把握主體的各方面，在不同的層次和側面把握生活主體主角的全部，從而把握了自己，在與主角的價值交換——對話，創造與建構出完美的主體。[22]

---

21 劉康：《對話的喧聲》，臺北：麥田，1995年，頁94。

22 作為審美主體的作者，必須要透過主體的「視域剩餘」、「外在性」、「超越性」三條件以實現。一般人往往看不清自己，我的視角不可能被你的視角替代，但我和你的視角卻可以互相補充，此即是「視域剩餘」。視域剩餘構成了主體觀察世界時的外在性（outsideness），外在性指主體的自我對於他者在時間和空間兩個層面上的外在，在審美過程中，作者刻意保持一種外在於主角的位置，外在於主角的所有部分——在時間、空間、價值和意義上均處在主角之外，唯有如此作者才能創造一個

　　《我的世界都是你》作者幾米化身小女孩，小女孩與自己內心獨白，圖8當她與自己的內心對話，同時她的行為動作，也因過去與小黑狗一同存在的環境之提醒，顯現在外。

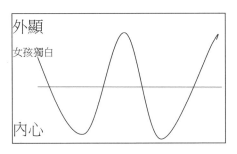

圖8　小女孩獨白曲線圖

　　圖9小女孩手中抱著小布狗，穿越陰森悲涼的方形墓塚群區，紅髮小女孩傷心低頭不語，只道：「媽媽送我一隻小布狗，要我別再傷心。」[23]小布狗雙眼直瞪著前方。圖2方形墓碑塚佔滿整幅畫面，並在平面圖象中，以放射線勾勒出前景與後景，將空間感劃分出來。此時小女孩顯得渺小、微弱、傷悲，雙手緊抱著小布狗，走向未知的遠處。

整體的、涵蓋了各個不同側面的主角，主角的建構就是通過作者對主角的外在、整體的認識，或自我與他者互相外在而又互相對話的過程來實現的。巴赫金說：「作者必須把自己置身於自我之外。作者必須從與我們在現實中體驗自己的生活的角度不同層面來體驗自我。只有滿足了這條件，他才能完成自己，才能構成一個整體，提供超在（transgredience）於自我的內在生活的價值，從而使生活完美。對於他的自我，他必須成為一個他者，必須通過他者的眼睛來觀察他自己。」（劉康：《對話的喧聲》，頁96）

23 幾米：《我的世界都是你》，小女孩抱著媽媽心愛的小黑狗。

圖9　《我的世界都是你》媽媽送我一隻小布狗

　　圖10小女孩一頭紅髮在圖象中特別顯眼,「她將小布狗放在枝椏上,傷心地走向更遠處,小女孩說:「可是我看著它,就會掉眼淚。」[24]面對著無生命、更無法互動的小布狗,小女孩怎麼可能會將過去所有熱愛小黑狗的心情撫平?圖10整幅黑灰的畫面,小女孩背對著小布狗走向更遠處,將小女孩內心表露無遺。

圖10　《我的世界都是你》可是我看著它

　　圖11小女孩蹲坐在中央,四周皆是枝幹交錯,可以讀出小女孩心頭紊亂不堪,在黑暗中,一句:「你現在在哪裡?」傷心寂寞的小女孩此時此刻,原來應該有小黑狗的陪伴,期待卻落空。小黑狗的逝去,小女孩的失落,再次重擊讀者心靈。

24　幾米:《我的世界都是你》,小女孩將小黑狗放在枝椏上。

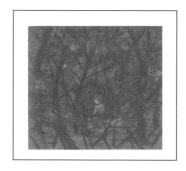

圖11　《我的世界都是你》你現在在哪裡

　　圖12小女孩無論日與夜，不斷地將自己的思念化為信箋，它將信箋從窗口一張一張丟擲，小女孩心中發語：「聽得到我的聲音？」「收得到我的信嗎？」「你收到我的信了嗎？」[25]這一連串的懸問，無人可以回答，也無人願意回答。

圖12　《我的世界都是你》收得到我的信嗎

　　圖13小女孩在白天無法見到小黑狗，信箋亦不知能否送達？她於是希望在夢中可以見到小黑狗，她躺在單人床上，敞開床前的大窗，窗外的黑色氣球引領的小女孩，走進夢鄉，迎向夢境。此時，畫面頁面不再是白色，而以灰色頁面區分小女孩的現實生活與夢境。

---

25 幾米：《我的世界都是你》，小女孩一連串獨白。

圖13　《我的世界都是你》希望每個晚上都可以夢見你

　　圖14、圖15像是連續畫面的切割，身著睡衣的小女孩直接從床上驚醒，隨著黑色氣球，一路走上樓梯，走上爸爸不准她進入歇業旅館的樓上房間，圖15爸爸還曾神秘兮兮地對她說：「樓上的房間，每一間都有鬼喔！」[26]黑色氣球和彩色氣球相對，能否與小黑狗相見？正與綺麗的夢境逐漸靠近，也逐漸遠離著。小女孩跟著黑色大氣球，進入第一個閃耀綠光的房間，也進入第一個與他人展開對話的故事裡。

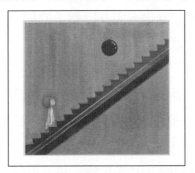

圖14　《我的世界都是你》旅館歇業後，爸爸就不准我們到樓上
　　　　房間玩

26　幾米：《我的世界都是你》，爸爸說樓上房間都有鬼。

他總是神秘兮兮地說：「樓上的房間，每一間都有鬼喔！」

圖15　《我的世界都是你》

（三）女孩與夢中人物的對話

　　巴赫金認為，美的本質乃是不同生命體驗和不同的價值體系的對話、交流、溝通和同時並存，審美活動乃是自我向他者的投射，站在他者的角度來領會他者的內心體驗。他批判了二十世紀初流行的移情說的謬誤，指出自我與他者的人生體驗的互相投射，只能是觀察視角的互相交換和感情上的互相呼應，而不可能是渾然忘我，你我不分，以我代你的感情置換和同化，因此巴赫金的對話美學是一種強調社會性、反對個體心裡直覺主義的美學理論。[27]

　　在審美過程中，外在的距離是整體把握主體、把握世界，從而向超在的理想趨近的必要條件。宗白華認為「空靈和充實是藝術精神的兩元」：「藝術心靈的誕生，在人生忘我的一剎那，即美學上所謂的『靜照』。」[28]在另一方面，在空靈和「幽淡的境界背後仍潛藏著一種宇宙豪情。」[29]宗白華理念中認為藝術最高的境界是空靈和充實的結

27　劉康：《對話的喧聲》，頁99。

28　宗白華：《美學散步》，上海：人民出版社，1981年，頁21。

29　宗白華：《美學散步》，頁25。

合，「能由空、能捨，而後能深、能實，然後宇宙生命中一切理一切事無不把它的最深意義燦然呈露於前。『真力彌滿』，則『萬象在旁』，『群籟雖參差，適我無非新』。」[30]宗白華從藝術的角度闡述的「空靈」與「充實」美學，可與巴赫金「外在」、「超在」相為參照。

《我的世界都是你》小女孩追隨著黑色大氣球，進入不被允許的二樓旅館房間，發展六段不同故事，在七種場景中，展開六個與不同人物的對話。圖16小女孩分別與六個不同人物、不同背景、不同心理特質的人物對話，看似不同世界的人，看似不同頻率的對話，卻在自我與外在的轉換交流中產生了交集點，無論此交集點是外顯的，或是發言者內心的，它都能使對話內涵產生新意義，讓發言者彼此慰藉，並產生生活新能量，繼續在各自的生命裡成長。

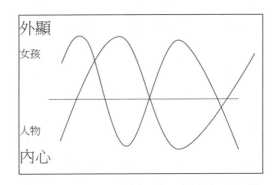

圖16　小女孩與夢境人物對話曲線圖

小女孩隨著黑色氣球，先後進入六個房間，與六個擁有不同心情故事的人物對話──種植胖胖樹的園丁、爸媽離婚的小鼓手、愛看卡通的怪獸、曾是鋼琴家的搬運工、暴風雨摧毀家園的綠衣女郎、知道所有事情的黑衣天使。他們與小女孩的相遇，造就六段不同的對話：

---

30 宗白華：《美學散步》，頁25。

1 房間一──種植胖胖樹的園丁圖17-22

小女孩與園丁展開對話，聊起自己的寵物，一樣百般呵護自己的寵物，然而園丁樂觀開朗，當胖胖樹長大回到森林，園丁的反應是，雖然難過：「不過！我會再種一棵樹。」[31]小女孩卻是：「我只愛我的小黑狗狗，我沒有辦法再去愛其他的小狗。」[32]對話的焦點因寵物始，但各自找到自己情緒出口，看似無交集卻是由彼此的對話找到支持生活的力量。

圖17 《我的世界都是你》我不是鬼，我是園丁

圖17旅館的長廊還是一片灰暗，小女孩隨著黑色氣球，進入泛著綠光的房間，幾米營造刻意詭譎，地磚亦能生長出藤蔓植物並爬滿室內牆緣，小女孩於是和喜歡研究並種植各種植物的園丁展開對話。[33]

---

31 幾米：《我的世界都是你》，園丁會再種一棵樹。

32 幾米：《我的世界都是你》，小女孩已經無法再愛其他的狗。

33 為了清楚呈現出對話內容與察覺對話焦點，故筆者以表格方式排列對話，並加以解說與分析。在《我的世界都是你》原著中，並沒有說明由誰發言，而只是以不同的字體粗細區別對話，小女孩發言者為細體字，而進入房間的人物發言則為粗體字。

表1　小女孩與園丁對話表

對話＼角色	小女孩	園丁
一	嗨，請問你是鬼嗎？	
二		我不是鬼，我是園丁。以前住過這個房間，在附近的森林裡研究各種奇妙植物。
三	這個花盆裡種的是什麼？	
四		我的寵物：胖胖樹。 胖胖樹喜歡曬太陽，在草地上奔跑。 胖胖樹高興的時候是小可愛，生氣的時候會變成大壞蛋。 胖胖樹喜歡下雨天，我們常在雨中散步。 胖胖樹太愛喝水，千萬不要讓它靠近游泳池。
五	胖胖樹長大以後呢？	
六		它會慢慢走進森林裡，變成一棵真正的大樹。
七	胖胖樹離開你，你不會捨不得嗎？	
八		當然會啊！不過，我會再種一棵樹，好好愛它。
九	我只愛我的小黑狗狗。 我沒有辦法再去愛其他小狗。	

在小女孩和園丁一問一答的過程中，可以比較出兩人對於寵物的

態度，同樣的寵愛，同樣的悉心呵護，同樣的形影不離；然而當園丁
的胖胖樹長成，園丁了解適時放手，讓胖胖樹回到真正屬於他的大自
然，小女孩對於死去的小黑狗則是無法接受他的離開。兩人對話有交
集，但內容走勢曲線最後則是分開。

圖18 《我的世界都是你》我的寵物：胖胖樹

圖19 《我的世界都是你》高興的時候是小可愛，生氣的時候會變成
大壞蛋

圖20 《我的世界都是你》胖胖樹喜歡下雨天

圖21 《我的世界都是你》胖胖樹太愛喝水

圖22 《我的世界都是你》它會慢慢走進森林裡

　　由圖18、圖19、圖20、圖21、圖22可以見得外型像小豬的胖胖樹，從小樹逐漸成長成大樹的過程。園丁悉心呵護胖胖樹，出現過的場景亦是小女孩和小黑狗過去經常出沒的地點：藏著綠色大兔子的郵局、紅色橋墩的日本橋、游泳池、夕陽與磚牆路口。從園丁的動作與神情可以了解他對胖胖樹的愛，胖胖樹終究得離開，他可以將同樣的愛移轉給下一株樹苗。小女孩此時斬釘截鐵：「我只愛我的小黑狗狗！我沒有辦法再去愛其他小狗。」[34]失去心愛寵物的當下，她仍然無法接受事實，任憑悲傷的情緒淹沒的自己，希望小黑狗能繼續陪她聊天、作夢和遊戲。

---

34 幾米：《我的世界都是你》，我只愛我的小黑狗。

2 房間二──憤怒小鼓手圖23-27

繼幾米前一本著作《忘記親一下》，藉由電車進入磚牆地景，以彩色磚牆呈現電車叮噹聲，並借用保羅・克利（Klee Paul, 1879～1904年）名畫〈靜態與動態的漸變〉（Static-Dynamic Gradation），以視覺呈現聽覺印象方式。[35]於《我的世界都是你》，幾米亦由彩色地磚呈現小鼓手鼓聲的律動感。

圖23小女孩進入彩色磚塊房間，一條紅地毯引領她與小鼓手相遇，並產生對話。幾米透過磁磚的色彩呈現鼓聲律動，磚塊近大遠小，亦能由平面空間呈現旅館房間的三度空間感。

圖23 《我的世界都是你》我不是鬼，我是小鼓手

---

35 請參酌筆者論文〈從讀者接受角度理解跨領域文本──論幾米《忘記親一下》（Kiss & Goodbye）之多媒體美感經驗〉，發表於2016年5月19-20日「第二屆多元文化匯流與跨域實踐國際學術研討會」。

表2 小女孩與小鼓手對話表

角色 對話	小女孩	小鼓手
一	嗨，請問你是鬼嗎？	
二		我不是鬼，我是小鼓手。 我和媽媽住過這個房間，那年暑假爸爸媽媽離婚了。 我曾激動地大聲吼叫，怨恨他們的自私。 我全身長出尖銳的刺，傷害每個安慰我的人。 我什麼事都不能做，整天遊蕩，只想敲碎這個令人痛恨的世界。 一天半夜我醒來，看見媽媽像個孩子，在月光灑落的窗前哭泣。 我溫柔擁抱她，我們默默流淚到天明。 那天起我覺得自己長大了，再也敲不出憤怒的鼓聲。
三	對不起，我聽不太懂妳說的話，但是，我可以和你一起打鼓嗎？	
四		好啊，一、二、三，開始。

　　表2展現出小鼓手與小女孩「失去」的際遇，一個失去甜蜜家庭，一個失去心愛小黑狗，小鼓手無法接受父母離婚的事實，鎮日敲擊著憤怒的鼓聲。小女孩問：「請問你是鬼嗎？」在憤怒情緒的包裹下，再怎麼善良的人都看來像鬼。小鼓手開始道出自己的故事，從無法接受父母爭執終而離婚的事實，敲擊出憤怒鼓聲，一次在月光灑落

的窗前見到母親哭泣，才驚覺原來母親亦需要撫慰，從此鼓聲不再憤
怒，不再怨恨父母離異。單純的小女孩當然無法領會小鼓手的遭遇，
但她接收到從「從憤怒再尋溫馨」的動力。

圖24　《我的世界都是你》我全身長出尖銳的刺

圖25　《我的世界都是你》我什麼事都不能做

圖26　《我的世界都是你》敲不出憤怒的鼓聲

圖27　《我的世界都是你》和妳一起打鼓

　　圖23、圖24、圖25、圖26、圖27裡小鼓手進入特定場景中，當她在山頂上無人進入的許願池擊鼓，樑柱斷裂，碎石崩落，更奇異地呈現樹狀噴泉；當她站在紅色橋墩的日本橋，橋墩早就因為憤怒鼓聲而損毀，小鼓手只能站立於搖搖欲墜的橋段繼續擊鼓；當小鼓手來到已經荒廢的游泳池，見到媽媽的落淚，她從怨恨父母的自私轉為理解母親的傷痛，從此鼓聲不再憤怒；小女孩當然無法體會小鼓手轉述複雜的成人世界，她和小鼓手在房間內一起擊出振奮人心的鼓聲，房間內的磚塊被震碎，此時小鼓手和小女孩的神情慷慨激昂。

　　每當天亮小女孩夢醒，她與房間內神秘人物的偶合就得畫下句點。圖28小女孩在紅色地毯甦醒，陽光從窗外灑進，她又開始憶起小黑狗離世：「為什麼天亮了，夢就會消失？為什麼夢醒後，想念又會浮現？」[36]當情緒波動又從高潮跌至谷底，房間灰暗色彩表達小女孩此時心境。

36　幾米：《我的世界都是你》，為什麼夢醒思念又浮現。

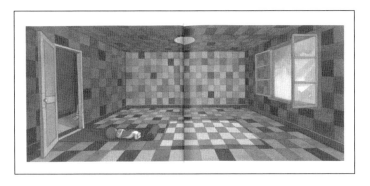

圖28 《我的世界都是你》天亮夢消失，夢醒想念浮現

　　圖29小女孩甚至自責的表達：「是不是因為我不乖，小黑狗狗才會離開我？」[37]她在牆壁上再次畫下她印象中的小黑狗，披上心愛的紅色領巾，搖搖尾巴，咧嘴吐舌，開懷大笑，小女孩繼續她和小黑狗的探險。原先這些圖沒有特定的故事主軸，幾米卻在故事和故事之間又穿插進小女孩夢醒的過度情境，讓虛實交錯，亦讓讀者的閱讀情緒可以得到緩和，進而靜下心情思索小女孩的下一步。

圖29 《我的世界都是你》如果小黑狗狗還在

37 幾米：《我的世界都是你》，是不是因為我不乖。

3 房間三 —— 愛看卡通的紅髯怪獸圖30-34

小女孩遇到一隻紅毛怪獸，從未住過旅館房間，一時撿到一張小女孩寫給小黑狗的信件，因此開啟怪獸與小女孩對話的因緣。

表3　小女孩與怪獸對話表

對話＼角色	小女孩	怪獸
一	嗨，請問你是鬼嗎？ 你也住過這個房間嗎？	
二		我不是鬼，我是怪獸，沒有住過這個房間。 我撿到一張信，就神奇的變到這裡。 我的電視機摔壞了，我好難過。 沒有卡通影片，我就不想起床。
三	小黑狗狗會用濕濕的鼻子不停地頂我起床。	
四		沒有卡通影片，我不知道眼睛要看哪裡。
五	小黑狗狗的眼睛總是一直盯著我看。	
六		沒有卡通影片，我不知道耳朵要聽什麼。
七	小黑狗狗不管在哪裡，只要聽見我喊他，就立刻飛奔而來。	
八		小黑狗狗愛你，就像我愛我的電視機。

對話＼角色	小女孩	怪獸
九	才不一樣呢！	
十		妳是不是很想去找他？
十一	當然。你知道天堂在哪裡嗎？	
十二		天堂？應該就是在天上吧！
十三	那裡很好玩嗎？為什麼去了就不回來呢？	
		我相信小黑狗狗會回來看妳的。
十四	真的嗎？	

　　表3中可見小女孩的對話似乎和怪獸沒有交集，怪獸只對卡通影片感興趣，對現實人情交流一點也提不起勁兒，小女孩面對怪獸把自己對小黑狗的關愛，與他對電視卡通的喜愛類比非常不以為然，看似平行線的對話最後卻以女孩「天堂在那兒?」的提問開始產生交集，活在卡通世界的怪獸最後給予小女孩一絲希望:「小黑狗會回來看妳的。」[38]

圖30 《我的世界都是你》我不是鬼，我是怪獸，沒有住過這個房間

---

38 幾米:《我的世界都是你》,小黑狗會回來的。

圖31 《我的世界都是你》我的電視機摔壞了，我好難過

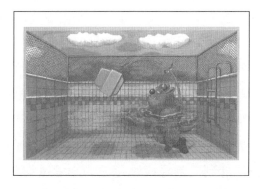

圖32 《我的世界都是你》小黑狗狗愛妳，就像我愛我的電視機

圖33 《我的世界都是你》妳是不是很想去找他

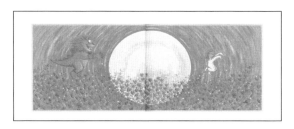

圖34 《我的世界都是你》天堂？應該就是在天上吧

　　圖30小女孩進入了怪獸房間，怪獸[39]躺在森林裡享受芬多精，但眼角的一滴眼淚透露出傷悲，森林楓紅飄零，更顯淒清；圖31怪獸坐在紅色橋墩的日本橋，十分懊惱，他心愛的電視機從橋上落下，幾米藉由一隻桃紅色飛鳥作為對照，表達電視機此時是屬於「落下」動態進行中；圖32怪獸戴著藍色手套、穿著毛襪，一邊手持著泳圈，浸泡在游泳池裡，一邊正欣賞著他心愛的卡通，對外界事物漠不關心；圖33怪獸進入夕陽路口，牙月高掛，他還是不停地望著電視機畫面，一點也不想改變，電視機裡馬路的延伸與路口馬路的延伸似可銜接；圖34小女孩希望自己能到天堂尋找她死去的心愛黑狗，怪獸驚醒：「原來真的存在著電視機外頭的世界！」怪獸希望能領著小女孩到想像中的粉紅天堂，他們站在樹梢上嬉戲，天空高掛著潔白明亮的滿月，小女孩似乎開始改觀。

4 房間四——鋼琴搬運工圖35-39

　　圖35小女孩再次進入傳出美妙音樂的房間，色彩繽紛的地板，牆壁上更懸掛著極似舞臺上的布幔，小女孩遇見正在彈奏鋼琴的搬運

---

39 幾米曾為英國著名作家海瑞・歐文（Hiawyn Oram）童書《乖乖小惡魔》（Filbert the Good Little Fiend）繪製圖版（由彭倩文翻譯，大塊文化出版，2013年），當中小惡魔為綠色身軀披上紅色怪獸皮毛，與本文專著《我的世界都是你》中的怪獸形似，皆有紅皮毛與尖牙。

工,搬運工身著藍色方格緊身衣,坐在三角鋼琴前,極為優雅的彈奏
悠揚的樂曲,小女孩嘴角揚笑極為陶醉地倚靠在門邊。小女孩不相信
眼前的會彈鋼琴的人是鬼,於是和搬運工產生一段對話。

圖35 《我的世界都是你》我不是鬼,我是搬運工

表4 小女孩與搬運工對話表

角色 對話	小女孩	搬運工
一	嗨,你不是鬼吧!鬼會彈鋼琴嗎?	
二		我不是鬼,我是搬運工。 在我最落魄的那段日子,住過這個房間。 我曾經是個受歡迎的鋼琴家,擁有掌聲與財富。 卻在事業最輝煌的時候,開始沉迷在酒精的世界裡。 我過著荒唐的日子,愛我的人漸漸離去。 受不了人們異樣的眼光,我逃離熟悉的城市。 我無法再演奏,卻依舊思念著鋼琴,後來終於找到接近他的方式。

對話＼角色	小女孩	搬運工
		有一次，我忍不住掀開琴蓋，彈起熟悉的音符。往事一幕幕滑過，淚水滴在琴鍵上。 鋼琴的主人看到，堅持要將鋼琴送給我。 我無法回到從前，一切都已經不一樣。
三	對不起，我聽不太懂你說的話，但是，你可以重新開始啊。	
四		我已經開始了！
五	如果你再開演奏會，要記得通知我。	

　　這一段對話道出搬運工真正的身分：一位相當受到歡迎的鋼琴家，享譽盛名之後卻不知珍惜，沉迷於掌聲與酒精，最後只得落魄，當他以搬運工的身分再次見到熟悉的琴鍵，一切都不一樣了。選擇意氣消沉？亦或重新站起？小女孩的天真爛漫，提醒了搬運工：「如果你再開演奏會，要記得通知我。」

　　圖36搬運工將鋼琴扛在肩上，走上那座通往天堂的粉紅梯子，一張信箋飄落在地，搬運工一人搬運著鋼琴，感覺十分費力，他彎著腰挺著背，駝著笨重鋼琴，兩腳一上一下地踩踏著階梯，一步步小心翼翼地向上前行，深怕一個閃失昂貴的三腳鋼琴就要落地；圖37搬運工單腳站立在鋼琴上，詭譎的藍色房間裡，只有牙月發出異樣的微光，搬運工背對示眾，說明自己在事業最輝煌的時候，開始沉迷在酒精的世界裡；圖38搬運工將鋼琴斜倚著郵局的牆壁，他雙手抱膝，滿臉鬍

渣,似乎在思索人生的下一步棋,那隻吃掉信件的綠色大兔子,從郵局門口目不轉睛地觀察搬運工的一舉一動;圖39小女孩的一句「你可以重新開始啊。」原先需要他人撫慰失去心愛小黑狗的小女孩,此時卻成為撫慰搬運工的力量,兩人站在放大倍數的鋼琴鍵上,彈跳起屬於自己的新樂章,明亮的星星亦隨著鋼琴樂音而閃耀光芒。人的一生中必然曾經迷失、曾經失落,小女孩與搬運工在對話之後,搬運工重新開始,小女孩則又提出嘆息:「如果所有的事物都能夠重新開始,那該有多好。」

圖36　《我的世界都是你》我曾經是個受歡迎的鋼琴家,擁有掌聲和財富

圖37　《我的世界都是你》卻在事業最輝煌的時候,開始沉迷在酒精的世界裡

圖38　《我的世界都是你》我過著荒唐的日子，愛我的人漸漸離去

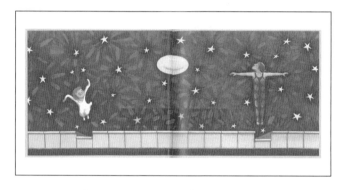

圖39　《我的世界都是你》你可以重新開始

5 房間五——滑行小舟的綠衣女郎圖40-45

圖40小女孩進入一個類似湖泊的房間，她站在渡口上向湖面上的綠衣女郎揮手，這個寧靜湖泊卻更像是街頭渠道，從湖底冒出一株全無葉片的枯樹，枯枝上還停有二十四隻白羽黑喙鳥，門邊更站了兩隻鳥正眈視這一切。綠衣女郎優雅地坐在小舟裡，手抱著小黑狗，凝視著站在渡口上的小女孩，兩人展開對話。

圖40　《我的世界都是你》我曾經擁有一切，一場暴風雨摧毀了我的家

　　表5原來房間裡的湖泊，並不是真正的湖泊，而是在暴風雨摧毀家園後的寧靜，女郎看似優雅的外表儀態，其實蘊藏著多重傷悲的心情故事。小女孩藉由女郎了解，有時「失去」是必然的過程，「失去」的不見得能夠找得回來，那些被大水淹沒的情書、馬路、美術館，都蘊藏著人們的心血和結晶，然而一旦被水侵蝕，有時再也回不了原貌，既然「失去」是必然，然們應該懂得在「失去之前」好好珍惜，「失去之後」亦能欣賞樹林裡的「燦爛花朵」，那些依舊在循環中努力活出美好的一切生命。

表5　小女孩與女郎對話表

角色 / 對話	小女孩	女郎
一	嗨，請問妳是誰？ 妳的船要去哪裡？	
二		我曾經擁有一切，一場暴風雨摧毀了我的家。我的船失去了槳，不知道將飄向何方？ 大水淹沒郵局。多少情書被沖散，多少故事消失了。

角色 對話	小女孩	女郎
		大水淹沒馬路。近的地方變遙遠，緊急的事都必須放慢了。 大水淹沒美術館。搶救回來的變得更珍貴，搶救不回來的變成垃圾。 總是在失去之後，才懂得珍惜。 妳聽，小樓裡有人輕聲唱著優美的詩歌。 妳聽，樹林裡依然開著燦爛的花朵。 星辰從不為誰嘆息，時光從不為誰停駐。
三	對不起，我聽不太懂妳說的話，但是，至少還有狗狗陪伴著妳。	
四	請問妳認識一個彈鋼琴的叔叔嗎？	
五		我不記得了。

　　圖41女郎一葉扁舟漂行過被大水淹沒的郵局，綠色大兔子僅透出一隻大眼凝視，女郎在舟中撿拾掉落在水上的信箋，她道出：「多少情書被沖散，多少故事消失了。」圖42女郎的小舟又漂向紅色橋墩的日本橋，她望向遠方的濃煙，近處又是大水，「近的地方變遙遠了，緊急的事都必須放慢了。」如此的困境中，只能靠著心境的轉換，才能度過眼前的困難；圖43大水淹沒了美術館，館內牆上的畫似乎沒有了色彩，黑壓壓的作品，因為「搶救回來的變得更珍貴，搶救不回來的變成垃圾。」女郎躺在小舟裡，淡定體悟：搶救不回來的作品，只能淡忘；圖44當她的小舟又經過那座「過了聖誕節就要拆除的車

站」，被水淹沒的車站，月臺上停靠著一輛可能無法行駛的綠色列車，她和小黑狗站在小舟裡望著那輛有可能無法行駛的列車，道出：「總是在失去之後，才懂得珍惜。」圖45小女孩和綠衣女郎分別躺在自己的小船裡，各自仰望著蒼天，船行過的水紋痕跡鮮明地在水面上短暫駐足，女郎說：「星辰從不為誰嘆息，時光從不為誰停駐。」人只有靠自己走出情緒裡的陰霾悲傷。

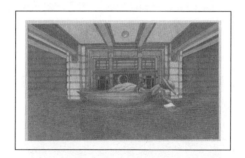

圖41　《我的世界都是你》大水淹沒郵局

圖42　《我的世界都是你》大水淹沒馬路

圖43　《我的世界都是你》大水淹沒美術館

圖44　《我的世界都是你》總是在失去之後，才懂得珍惜

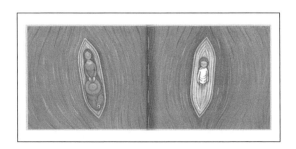

圖45　《我的世界都是你》星辰從不為誰嘆息，時光從不為誰停駐

6　房間六 —— 臥躺的黑衣天使圖46-49

圖46小女孩乘坐雲端遇見黑衣天使，黑衣天使臥躺在白雲上，女孩白衣紅髮正與天使黑衣綠髮相對，女孩一心尋找心愛小黑狗的死後

音訊，黑衣天使卻能知道所有的一切，在這個盡是藍色的房間，唯有小女孩和天使乘坐的兩團雲最為光亮，她們開始展開小女孩最末體悟幸福的對話。

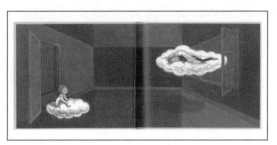

圖46 《我的世界都是你》嗨，請問你是天使嗎

表6小女孩不斷的詢問小黑狗的下落，「知道一切事情」的天使知道小女孩為小黑狗寫信、祈禱、許下願望，小女孩認為自己在失去小黑狗後得不到快樂，天使卻一步步地讓小女孩相信，她所做的一切小黑狗都已經接收到，真正的幸福的人是小女孩，她曾經和小黑狗共同營造甜蜜美好的回憶，才是值得珍藏的永恆畫面。

表6 小女孩與天使對話表

角色＼對話	小女孩	天使
一	嗨，請問你是天使嗎？ 你知道我的小黑狗狗在哪裡嗎？	
二		是的，我是天使。我知道所有的事情。 我知道妳寫信給他，他收到了。 我知道妳為他祈禱，他聽見了。 我知道妳許下的願望終將成真。 妳知道，妳有多幸福嗎？

角色 \ 對話	小女孩	天使
三	真的嗎？我真的是個幸福的小孩嗎？	
四		因為有妳，小黑狗狗也是幸福的小狗。
五	對呀，我們一同度過許多快樂的時光。	
六	那些甜蜜美好的回憶，終將永遠陪伴著我。	

　　圖47天使俯臥在「山頂上那個已經沒人要去的許願池」，鯉魚噴泉依然噴出泉水，許願池邊已經長出新草，天使看似毫不在意地對小女孩說：「我知道妳許下的願望終將成真。」圖48天使俯臥在美術館的雲朵中，美術館的牆上掛滿雲朵作品，她冷冷地告訴女孩：「妳知道，妳有多幸福嗎？」圖49天使和女孩乘坐著雲朵，飛入粉紅天堂，枝葉飄搖，花朵綻放，天使要小女孩相信自己在人間的開心喜悅，小黑狗在天堂亦能感受開心喜悅。

圖47　《我的世界都是你》我知道妳許下的願望終將成真

圖48 《我的世界都是你》妳知道，妳有多幸福嗎

圖49 《我的世界都是你》因為有妳，小黑狗狗也是幸福的小狗

　　圖50小女孩沉睡在房間內地板，地板上則有白色粉筆繪製的雲朵輪廓，小黑狗戴著黑色氣球，從滿是粉紅光芒的天堂進入房間，小女孩終究體認她和小黑狗共同度過許多快樂時光；圖51小黑狗撲向小女孩，小女孩眼角泛著淚痕，無論此時此刻是夢境抑或實境，小女孩已經能走出失去小黑狗的傷悲；圖52小黑狗戴著黑色氣球，但著小女孩飛向遠方天空，小女孩不再以身著睡衣的形象出現，她立於碧草如茵的草原，將媽媽送給她的黑布狗放在初生綠葉枝椏上，她從下仰望小黑布狗，滿臉幸福模樣；圖53在尚未進入六個奇異房間，發現六段奇異故事，展開六個奇異對話前，小女孩亦曾走過這座墓園，當時她身著黑衣，抱著小黑布狗，垂頭喪氣地由右方走向左方，在歷經神異的對話後，小女孩身著白衣，抱著小黑布狗，拿著一束鮮花和黃色氣

球，墓園裡的草地一遍鮮綠，小女孩由右走向左，若說那顆黑色氣球代表的是陰界，那麼那顆黃色氣球則是代表生氣蓬勃的陽界了。陰陽虛實，真真假假，小女孩最末擁有繼續走下去的人生活力。

圖50　《我的世界都是你》對呀，我們一同度過許多快樂的時光

圖51　《我的世界都是你》那些甜蜜美好的回憶，終將永遠陪伴著我

圖52　我知道，你一直在我身邊，從未離開過

圖53　我知道，你是風，你是雲，你是天上最明亮的那顆星星

四　獨白和對話交織的空間，三位一體的閱讀模式

　　在《我的世界都是你》幾米營造出小女孩角色，或說是自己對於
人生理解的坦然。作者化身為主角，透過主角和他人對話，而讀者所
接收到的整體閱讀模式，可謂含有三位一體（作者、主角、讀者）的
全面性，因此作者獨白則顯然有引領讀者思考的主導位階，顯得十分
重要。巴赫金理論曾提出「作者獨白」（author's confession）：

> He conveys the impression they produce on him now as artistic
> images and gives utterance to the attitude he now maintains toward
> them as living,determinate persons from a social,moral, or other
> point of view; they have already become independent of him,and
> he himself has becomeindependent of himself as their active creator,
> that is, has become a particular individual, critic, psychologist, or
> moralist.[40]

---

40 M.M.Bakhtin,*Art and Answerability—Early Philosophical Essays*,translation and notes by
Vadim Liapunov,edited by Michael Holquist & Vadim Liapunov,University of Texas
Press,1990,p.7

作者所塑造的人物形象、社會的、道德的價值觀，甚至是一個小小的觀點，都有其蘊含之獨特意義。在《我的世界都是你》身為主角的小女孩其實蘊含著幾米希冀讀者理解之道。

小女孩在故事最末，描述自己游移在虛實世界中尋找小黑狗的最終成因：

> 小雨是你，落葉是你，大地是你，彩虹是你，陽光是你，天空是你，雲是你，風是你，星星也是你，我的世界都是你。[41]

那些她與小黑狗最美麗的回憶與畫面，無論是充滿陽光的風景，抑或生命中不可逃避的逆境，只要有與小黑狗的回憶存在，她的人生就有往下走的動力。當讀者藉由理解小女孩的救贖，進而理解作者幾米和身為讀者自己的救贖，這一層層抽絲剝繭深透價值核心的閱讀歷程，筆者將此歷程繪製成圖54「讀者理解《我的世界都是你》圖」，以下列點深入分析。

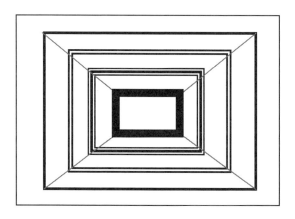

圖54　讀者理解《我的世界都是你》圖

---

41 幾米：《我的世界都是你》，我的世界都是你。

（一）幾米的劇場空間

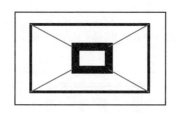

圖55　幾米創作空間圖

　　幾米《我的世界都是你》藉由劇場空間以創作，在筆者「自繪讀者理解《我的世界都是你》圖」中，圖55顯示最外圍的單線長方形與最內圍的粗線長方形以及四條假想斜線，區分了天地空間，在此空間中幾米以其最真誠的創作打動讀者，由小女孩的獨白與六個房間的住客對話，產生幾米和讀者的心靈對話。

（二）小女孩進入歇業的旅館房間

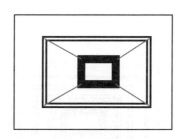

圖56　小女孩想像空間圖

　　圖56顯示第二層雙線長方形與最內圍的粗線長方形以及四條假想斜線，構築了小女孩的夢境空間。當小女孩進入了六個不同的房間，和六個不同背景的人物對話，她以失去小黑狗的傷感心情和六位與他遭遇不同的人對話，時而這對話呈現平行線狀態，各自有各自的主軸；時而這對話又出現交錯點，讓彼此的對話產生交集。在小女孩進

入爸爸不准她進入的二樓旅館房間，讀者閱讀小女孩想像夢境且又穿
越時空的立體空間。

（三）曾經住在房間裡的主角

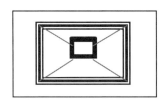

圖57　房間主角回憶空間圖

圖57顯示第三層三線長方形與最內圍的粗線長方形以及四條假想
斜線，代表小女孩進入歇業旅館房間後遇見六個不同人物的過去式空
間。六位人物以各自的心情與遭遇，進入七種可能發生的場景中，產
生自己對於周遭環境的心情解讀，此時場景空間誠然呈現出不同心情
變化的風景。

（四）讀者的理解空間

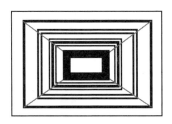

圖58　讀者理解空間圖

圖58顯示第一層單線、第二層雙線、第三層三線的長方形與與最
內圍的粗線長方形以及四條假想斜線組合，成為讀者理解幾米整本創
作的理解空間。

　　讀者藉由幾米創作的小女孩角色進入了歇業旅館房間，隨著女孩追逐小黑狗的靈魂，隨著女孩與園丁、小鼓手、怪獸、搬運工、女郎、天使產生不同的對話，沒有虛假安慰，只有最真誠的心靈交流，因為在充滿不完美的人世間，唯有以彼此的真誠對話，才能讓各自受傷心靈得以超拔與救贖。

五　結語

　　幾米《我的世界都是你》塑造歇業旅館二代作為敘述觀點，小女孩到樓上房間尋找與心愛小黑狗的回憶，卻歷經與六位旅人對話，在七個對話場景中交織著彼此的生命色彩。在《我的世界都是你》成書前為「四季」展覽，原先為一百二十幅各自獨立的劇場圖像，幾米靈光乍現，透過巧思，將八十幅圖像與圖像串聯成以劇場概念製作的繪本《我的世界都是你》，幾米引導讀者進入他所創造的劇場空間，讀者又進入主角幻想的對話空間，更進入各式旅人的心靈空間，穿梭在各式空間的讀者，更像是時空旅人。

　　本論文藉由巴赫金對話理論，當中「自己眼中之我」、「我眼中之他人」、「他人眼中之我」，此三種自他或自自的關係，「現實生活中也好，文化中也好，任何有價值的東西都分布在這些結構基礎的周圍。」讀者進入作者幾米塑造《我的世界都是你》層層對話空間，更進入疊疊的獨白場景，表面看似時間流動已靜止的歇業旅館，其實蘊藏著深厚豐富的生命心靈之旅。

　　小女孩帶領讀者進入不同房間，遇見各式各樣的旅人，旅人們各自擁有難以忘懷的過往記憶，藉由旅人與女孩各自獨白與對話，讓滿心不捨心愛小黑狗離世的小女孩重新看待世間，亦有機會重新看待自己的失落：人世間難有不消失的永恆，珍愛的回憶卻可以一直在心底

陪伴著自己，選擇遺忘，感受世界的不同光彩。《我的世界都是你》讓作者、主角、讀者在反覆吟詠，自我獨白，抑或與心靈旅人產生對話，彼此擁有持續於人世間的生存動力。

參考文獻

一　幾米專書

幾　米：《我的世界都是你》，臺北：大塊文化，2016年2月。

幾　米：《四季》，臺北：大塊文化，2016年6月。

二　美學論著

宗白華：《美學散步》，上海：人民出版社，1981年。

M.M.Bakhtin,Art and Answerability — Early Philosophical Essays, translation and notes by Vadim Liapunov, edited by Michael Holquist & Vadim Liapunov, University of Texas Press, 1990

M.M.Bakhtin, Toward a Phliosophy of the Art, translation and notes by Vadim Liapunov, edited by Michael Holquist & Vadim Liapunov, University of Texas Press, 1993

劉　康：《對話的喧聲——巴赫汀文化理論述評》，臺北：麥田，1995年。

巴赫金：《巴赫金全集》，石家莊：河北教育出版社，1998年。

巴赫金原著／白春仁曉河等譯：《文本對話與人文》，石家莊：河北教育，1998年。

孔金、孔金娜原著，張杰、萬海松譯：《巴赫金傳》，上海：東方出版中心，2000年。

巴赫金：《巴赫金全集》第一卷，石家莊：河北教育出版社，1998年

〔日〕北冈誠司著／魏炫譯：《巴赫金——對話與狂歡》，石家莊：河北教育，2001年。

趙毅衡：《符號學：原理與推演》（修訂本），南京：南京大學出版社，2016年。

《白蛇傳‧遊湖借傘》戲詞
的修辭探究

馬薇茜*

摘　要

　　傳統戲曲的呈現，除了演員的動態與靜態的肢體動作，還包括許多綜合藝術，而最重要的特色就是「合歌舞以演故事」，而每一齣戲的故事文本則由劇中每位演員的戲詞所組合進而表現；有鑒於此；戲曲文本藉由傳統戲曲的演出，將文學意涵超越了二維的時空，表現出一種三維的動態特性，傳統表演將紙上文辭字句躍躍欲動於舞臺上，讓觀賞者接納感官、視覺、文學與藝術的交綜運用，進而造成觀者印象與感官間的交錯與移情，使整個意象更能鮮活達到人物場景中的意境，從表演中的戲詞進而達到超越平常對於文學中的強烈性與美感的印象。

　　本文以中國四大民間傳說之一的《白蛇傳》，也是傳統戲曲最重要的劇目之一，藉由修辭學的語法基礎，以《白蛇傳》中的折子戲「遊湖借傘」橋段為論述，分析探究戲曲戲詞的修辭表現，並將演員

* 臺北市立大學中國語文學系博士生，國立臺灣戲曲學院進修推廣組組長。

這個「人」透過文本戲詞中來詮釋戲曲角色、呈現表演的內涵，這樣的表演最大特色不僅局限於語音或文字等某一方面，而是能幫助看戲與聽戲的觀眾，更能體會故事情節進而產生其文本與演員表現的相互共鳴。

關鍵詞：傳統戲曲、修辭學、白蛇傳

一　前言

　　修辭一詞來源最早出現在中國古代著作《易經》云：「修辭立其誠」，是修飾文辭的意思。修辭是增強言辭或文句效果的藝術手法。自語言出現，人類就有修辭的需要。修辭可以修飾自己的文章、語言，清楚傳達自己的意思，以吸引別人的注意、加深別人的印象和抒情效果。釐清修辭用法能更清楚了解別人的意思，不會受修辭手法的影響而有所誤解，也便於分析、欣賞文學作品，以進一步理解其作品意涵。

　　本文以筆者本身所學傳統戲曲專長，藉由修辭學之學理期以運用「戲曲」唱段文本表現，依照修辭學術理論進行實際相關呼應與對照，探討戲曲中與修辭學中，藉由文字書寫以藝術表演形式的轉換進行分析比較，試圖尋找修辭學術與表演戲曲文本之相關文詞做出分類，皆逐步的瞭解戲曲與修辭學中的規範與差異，並探討透過修辭與戲曲文本中進行轉換戲曲美化之過程關係與特色，本文以「遊湖借傘」演出戲詞唱段文本中將其男女對話與故事場景情境進行對照解析。

二　簡介

　　本齣戲以《白蛇傳》是中國著名民間傳說，與《孟姜女哭長城》、《牛郎織女》、《梁山伯與祝英臺》稱為中國四大民間傳說，又名《許仙與白娘子》。故事傳說於南宋或更早，在清代成熟盛行，是中國民間集體創作的文本，故事發生於杭州、蘇州及鎮江等地，流傳至今有許多版本，但在戲曲故事中基本有包括借傘、盜仙草、水漫金山、斷橋、雷峰塔、祭塔等情節，本文將以傳統戲曲京劇「遊湖借傘」演出一折之戲詞唱段進行對照與解析。

　　「遊湖借傘」故事內容是描述錢塘人許仙於清明時節掃墓祭祀後，返家途中經過西湖遇雨與白蛇、青蛇化身的兩位女子相遇，並透過借傘躲雨與返家之緣份，讓許仙與白蛇共同搭乘船隻，兩人在船中相互心生愛慕之意。之後許仙借取傘之名義與白蛇訂期再聚續緣，許仙與白蛇兩人互許姻緣共處，這齣折子戲是一個修鍊成人形的白蛇精與凡人許仙浪漫曲折唯美的愛情故事。

三　戲詞中的修辭用法

　　本文藉由「遊湖借傘」演出戲詞唱段，將男女主角對話與故事場景情境之戲詞與修辭學進行解析，筆者在進行書寫時深刻感受修辭對戲曲產生的實用性，在文學中修辭目的是以文章讓讀者能引發其共鳴與感覺、感受，然而在戲曲表演上則是透過文本合歌舞演故事中，讓觀眾透過外在的視覺感官，產生內在的感知，進而深入到故事的情境與角色，達到修辭實際用之記述、表現、揉合三種不同之境界。

（一）記述的方式

　　透過記述的方式將其事物更能條理性、組織性、型態性等方式，進而藉由修辭運用在戲曲抽象與概念化的方式來傳達實物。

（二）表現方式

　　而在表現方式則藉由修辭積極的表現方式，則將文字具體及體驗化的生活經驗，以個人情感進行抒發，但在戲曲的表現方式是透過演員傳達其思想並產生臺上與臺下觀眾共鳴。

（三）揉合的方式

揉合是以記述與表現二者融合，一方面以消極、一方面以積極的方式共同進行，並將想像與理解的方式合而為成的進行表現[1]，以下將逐次加以析論。

依前列修辭原則在「遊湖借傘」戲詞中，使用的修辭技巧，有下列諸項：

1 譬喻

本文在這齣戲戲詞使用譬喻修辭用法頻繁也較多，譬喻修辭是文學之重要法門，涵蓋事物情境之罕見者，以習見者解釋之[2]，宇宙自然中人事物，彼此之間存在著許多同類似的特點，寫作時將其想抒發的情感就「打比方」的方式進行，可以用具體的、淺顯的、熟知的事物去說明或描寫抽象的、深奧的、生疏的、事物的一種修辭方法；比喻是一般由被比喻的事物、比喻事物和關聯兩事物的比喻語的三個要素所構成，簡稱喻體、喻詞、喻依三要素，但這三個要素其實不一定都同時要出現。

（1）明喻：這是喻體、喻詞、喻依三者都同時出現，明顯地用一種事物來說明另一種事物。其基本格式如：甲像乙。通常運用的比喻詞有：像、好像、好比、彷彿、如同、如、比如、宛如、比方、似乎、像⋯⋯一樣、像⋯⋯似的、彷彿⋯⋯似的，如⋯⋯一般、⋯⋯似的等等。

（2）暗喻：暗喻又叫隱喻。把比喻事物和被比喻事物直接聯在一起，這種喻體和喻依同時出現，它基本格式是「甲是乙」。常

---

1 王志忱，修辭學，世紀書局印行，民國70年10月，頁12-13。
2 王志忱，修辭學，世紀書局印行，民國70年10月，頁27。

用的喻詞有「是、簡直是、成為、成了、變為、變成、無疑是」等等。

（3）略喻：省略了喻詞，只有喻體、喻依的譬喻，叫作略喻，故而無喻詞，如：牡丹，花之富貴者；獅，百獸之王也。

（4）借喻：用比喻事物代替被比喻事物，喻體和喻詞都不出現，只剩下喻依這是借喻，它的基本格式是「以乙代甲」。

本文將有關「遊湖借傘」戲詞中範例進行解析如下：

A. 蘇堤上楊柳絲把那船兒輕挽，顫風中桃李花似怯春寒。這段譬喻中使用了明喻與暗喻，將蘇堤景物以文字實境呈現但又巧妙的運用季節與景物，展現了氣候與白蛇初到人間內心的緊張與不安的情緒。

B. 雖然是叫斷橋橋未曾斷，橋亭上過遊人兩兩三三，似這等好湖山愁眉盡展，也不枉下峨嵋走這一番。這段將看似完整的橋卻又命名為斷橋，以暗喻、借喻表現出劇中人物與故事結局中的不完整，而又運用了回文把遊人兩兩三三的描述出自己內心不安的七上八下心境與孤單，而再以明喻的方式將湖山景色與自身的惆悵心情進行相互對照。

2 轉化

本文在這齣戲使用轉化修辭戲詞較頻繁也多，而轉化在文章書寫時，作者將描寫事物時，轉變它原來的性質，變成另一種與原來本質截然不同的事物，而加以形容敘述的修辭方法，叫作轉化。轉化可以將物擬人、將人擬物、或以此物擬彼物以及化抽象為具體。

（1）人性化（擬人法）：把"物"當成"人"加以描述,使物體具有人體的動作行為、思想、感情等……。

（2）擬物化（擬物法）：是「以人擬物的方法」'把"人"當作其他動物、植物、甚至無生物來描述，叫做「擬物」法[3]。

（3）形象化（將虛擬實）：使"抽象"的觀念"具體"化。

A. 好一似洛陽道巧遇潘安，這顆心千百載微瀾不泛，卻為何今日裡起狂瀾？這段將洛陽的地名景物，以文字表達所遇男主角為心中的君王與高不可攀的仰慕的心情，並透過水的流動起伏象徵自我心境的波動，展現了愛慕又緊張的情緒。

B. 一霎時西湖天晴雲淡，柳葉飛珠上布衫。

C. 若把西湖比西子，淡妝濃抹總相宜。這兩句將自然景物與實景人物相互進行轉化，而西湖倒映遊人西子，隨湖中水波模糊清晰比喻女子容妝點飾。

3 象徵

任何一種抽象的觀念、情感、與看不見的事物，不直接予以指明，而由於理性的關聯，社會的約定，從而透過某種意象的媒介，間接加以陳述的表達方式，稱之為「象徵」。

（1）普遍的象徵：在語文中，放諸四海皆準，可以獨立存在，不受上下文限制的，是為「普遍的象徵」。

（2）特定的象徵：受作品的上下文控制的象徵，在某一部文學作品中，在一定的場景氣氛下，某項事物含蘊某種象徵意義。在其他的場景或不同的作品中，此項事物卻不一定具備同樣的象徵意義[4]。

A. 駕彩雲離卻了峨嵋仙山，人世間竟有這美麗的湖川，這一旁

---

3 吳正吉，活用修辭，高雄復文圖書出版社，民國80年，頁267-286。

4 吳正吉，活用修辭，高雄復文圖書出版社，民國80年，頁337-364。

保俶塔倒映在波光裡面，那一旁好樓臺緊傍著三潭。透過戲詞分為兩種場域與意境，人間與仙境，實境與虛境將現實的景物映照於波光倒映，透過實體的現蒸性傳達感受虛實性。

B. 適才掃墓靈隱去，歸來風雨忽迷離，百忙中哪有閒情意，柳下避雨怎相宜？這段將自我的心境人世與往生，親人與外人的環境，透過風雨中傳遞內在哭泣的聲音。

4 類疊

類疊是同一個詞、語或句子，接二連三反覆使用的修辭法，叫做類疊法。

（1）疊字：同一字詞的連接使用。

（2）疊句：語句的連續出現，或稱「連接反覆」。

（3）類句：語句隔離的出現，或稱「間隔反覆」[5]。

A. 雖然是叫斷橋橋未曾斷，橋亭上過遊人兩兩三三，似這等好湖山愁眉盡展，也不枉下峨嵋走這一番。以疊字斷橋未斷遊人兩兩三三，表現出故事相遇的悲劇與內在的矛盾，橋未斷表現出故事真實的連接性，而斷橋則說明了故事的結局。

B. 最愛西湖二月天，斜風細雨送遊船，十世修來同船渡，百世修來共枕眠，共枕眠，共枕眠呀啊。以宿命論說出十世修來同船渡，百世修來共枕眠，說法看似美好的共枕眠為夫妻白頭，但又以斜風細雨與遊船說明了這婚姻波折與辛酸。

5 呼告

當感情達到最高峰的時候，對於正在敘述的事情忽然改變原來的

---

5 徐芹庭，修辭學發微，臺灣中華書局印行，民國80年，頁200-207。

語氣將想像中的對象，不管是人、事或物，都當做已在面前的人，向他呼叫、傾訴……，就是呼告。

（1）「普通呼告」：呼告通常是呼告面前的人。

（2）示現呼告：如果呼告的人並不在面前，而把那個人當作在面前的呼告，帶有示現的性質，則為「示現呼告」。

（3）人化呼告：有時甚至呼告物，這種將物人性化的呼告謂之「人化呼告」[6]。

湖邊買得一壺酒，風雨湖心醉一回。啊，客官，莫非要雇船麼？這對為普通呼告的使用方式進行戲曲表演中的現在進行式。

6 感嘆

用呼聲或類似呼聲的詞語來表現內心的驚訝或讚嘆，傷感或痛惜、歡笑或譏嘲、憤怒或鄙斥、希冀或需要等情感的修辭法。

（1）利用嘆詞構成的感嘆句

（2）利用助詞構成的感嘆句

（3）利用嘆詞和助詞構成的感嘆句

悵望姮娥歸天上，不問姓氏太荒唐。這段以感嘆的方式表現驚訝或讚嘆的表現，將女主角比照天上月娥高攀不上，故要把握當下詢問姓氏以免錯失而感嘆。

7 借代

借代是中文語文特色之一，用另一詞語來替代某詞語，以求新奇與典雅，在談話或行文中，放棄通常使用的本名或語句不用，而借用和這個人、事、物，有密切的關係的東西來替代稱呼它，必須具有貼

6　黃慶萱，修辭學，三民書局印行，民國74年，頁379-390。

切、具體、新穎、含蓄美等[7]。
　（1）以事物的特徵或標幟代替事物
　（2）以事物的所在或所屬代替事物
　（3）以事物的作者或產地代替事物
　（4）以事物的資料或工具代替事物
　（5）部分和全體相代
　（6）特定和普通相代
　（7）具體和抽象相代
　（8）原因和結果相代
悵望姮娥歸天上，不問姓氏太荒唐。這段將女主角借天上明月中的嫦娥，借代遙望與渴望之情。

8 倒裝

　　又稱倒裝、倒置、倒句，是語言修辭法的一種。主要是把詞語或句子內的重要部分置前以作強調。
　（1）倒裝詞：倒裝詞語的定義為將詞語的主詞與修飾詞部份倒置，把重要部分放於最前，以強調此部分。
　（2）倒裝句：現代漢語的句子成分的順序，一般為「主—謂—賓」，「定（狀）—中心詞」，但在文言文中，在一定條件下，句子成分的順序會發生變化的，這就是古漢語中的所謂倒裝句，即指文言文中一些句子成分的順序出現了前後顛倒的情況。一般會把重要部分放於最前，以強調此部分[8]。
雖然是叫斷橋橋未曾斷，橋亭上過遊人兩兩三三，似這等好湖山愁眉盡展，也不枉下峨嵋走這一番。這段倒裝句以橋為主、人為輔，橋需

7　何永清，修辭漫談，臺灣商務出版社，民國89年，頁15-18。
8　徐芹庭，修辭學發微，臺灣中華書局印行，民國80年，頁158-160。

人走過方能賞四周情境，人雖被湖山環繞而顯於內心受限，但卻以看似愁容迷濛的情境將內心的不虛此行就此表現出。

9 摹況

　　人的五官眼、耳、鼻、舌、身是認識世界的最主要器官。通過語言喚起讀者的各種感覺，特別是視覺和聽覺，把事物的顏色和形狀、聲音、情狀等描摹出來，即為摹況（摹寫）。對事物的各種感受，加以形容描述，叫做摹寫法。包括視覺、聽覺、嗅覺、味覺、觸覺等的感受。

（1）視覺摹寫
（2）聽覺摹寫
（3）嗅覺摹寫
（4）味覺摹寫
（5）觸覺摹寫[9]

本齣戲詞中，一霎時天色變風狂雲暗。這段是以氣候轉變的視覺摹況方式。

10 誇飾

　　語文中，將客觀之人、事或物的特點，透過主觀情意，故意用誇大鋪張地渲染與鋪飾描述的手法，使它與真正的事實相差很遠，以加深讀者的印象，這種修辭技巧稱為「誇飾」。使用誇飾修辭必須注意主觀方面是出自於作者的情意之自然流露，還有客觀方面不致於會被誤為是事實。誇飾修辭可以使句子或文章呈現言過其實、一鳴驚人的效果。如果運用得當，不但可以使再也普通不過的句子，變為新奇鮮

9　吳正吉，活用修辭，高雄復文圖書出版社，民國80年，頁2-20。

明，同時也能夠聳動讀者的情感，加強印象，彰顯作者所要表達的情意，藉以打動讀者的心坎，領略作者的真意。

　　誇飾修辭的種類，依內容來區分，可以分為空間、時間、物象、人情與數量五種。依形式來分類，還能夠分為放大與縮小兩種。

　　適才掃墓靈隱去，歸來風雨忽迷離，百忙中哪有閒情意，柳下避雨怎相宜？這段將祭祖淒涼心境以風雨情境進行內心感傷渲染，通常躲雨在實際可遮掩的實體物下，將避雨於柳下情境這是進行誇飾的比較。

11 設問

　　在書寫文章時，為了引起對方的注意，故佈疑陣、巧妙設計疑問，將平鋪直敘語句轉變為詢問語句，不以普通方式敘述，不直接陳述出意見、想法，故意採用詢問或詰問的語氣，這是設問法常用的書寫方式。設問可依提出問題的方式分為三類[10]。

（1）提問：以自問自答的方式，把自己的意見或是看法，透過一問一答的方式表現出來，先提出問題，緊接著說出答案。提問——自問自答。

（2）激問：又叫做反問或詰問就是用反詰的方式發問，這種設問表面上雖然沒有提出答案，其實仔細想一想，答案正在問題的反面，而且氣比較強烈。激問——答案在問題反面。

（3）疑問：只提出問題，而答案卻不在文中告知，以引發讀者的思考。

適才掃墓靈隱去，歸來風雨忽迷離，百忙中哪有閒情意，柳下避雨怎相宜？這段戲詞雖傳達出佳人美貌，但產生出柳樹中避雨的矛盾性與不合理，就是為了引起對方的注意而產生疑問。

---

10 吳正吉，活用修辭，高雄復文圖書出版社，民國80年，頁52-90。

12 引用（暗用）

　　文章中引用別人的話或典故、俗語等，叫做「引用」法。引用是一種訴之於權威或訴之於大眾的修辭法，利用一般人對權威的崇拜及對大眾意見的尊嚴，以加強自己言論的說服力[11]。

（1）明引：明白指出索引的話出自何處。

（2）暗用：引用時不曾指明出處，直接將引文偏知在自己反文章或講詞中。

　　　最愛西湖二月天，斜風細雨送遊船，十世修來同船渡，百世修
　　　來共枕眠，共枕眠，共枕眠呀啊。

百世修來同船渡,千世修來共枕眠，出自明代萬曆年民間流傳的《增廣賢文》與《中華聖賢經》。

13 對偶

　　語文中，上下兩句，或一句中的兩個詞語，字數相等，句法相似，有時還要講究平仄相對，叫做對偶法，主要是使形式工整，音調和諧。

（1）句中對：同一句中，上下兩個短語，自為對偶。

（2）單句對：上下兩句，字數相等、詞性相同、平仄相對。

（3）隔句對：一、三句對仗，二、四句對仗。

（4）長對：超過四句的對仗方式，奇句對奇句，偶句對偶句，至少三組[12]。

　　　謝君子恩義廣，殷勤送我到錢塘，我家住在紅樓上，還望君子
　　　你早降光，清茗玉露待君訪。莫叫我望穿秋水，想斷柔腸。這

---

11 黃慶萱，修辭學，三民書局印行，民國74年，頁99-120。

12 黃慶萱，修辭學，三民書局印行，民國74年，頁447-466。

段以居住處名稱錢塘與紅樓進行對偶呼映以秋水對柔腸，傳遞
出柔腸萬段與水的波折與流動無盡等待。

14 飛白

飛白是故意援誤的一種修辭方法。

作者模仿、記錄或援用某些音近或別音的字詞，製造錯誤以達到
喜劇效果等目的。這種作法違反了一般語用的準則，產生弦外之音或
幽默特色[13]。

問君子家住在哪裡，改日登門叩謝伊。

過往男女有別，男外女內之說，在本段以飛白產生弦外之音與故意的
方法，女性主動登門產生其幽默特色。

15 映襯

將兩種不同的，特別是相反的觀念或事實，並列起來，兩相比較
使語氣增強，意義明顯的修辭法，叫做[映襯]法。對比越是強烈，越
是能給人鮮明的印象。

（1）反襯：對同一事物或人，以完全相反或矛盾的語詞來形容或本
質的觀點，並加以描寫。

（2）對襯：對於兩種不同的人、事、物，用兩種不同或相反的觀點
加以形容描寫[14]。

這君子老成令人喜，有答無問把頭低，青兒再去說仔細，請君子得暇
訪曹祠。這段以反襯、對襯於內心的矛盾，要與不要之間藉由人物相
反的現象，進行描寫其內心情境。

---

13 黃慶萱，修辭學，三民書局印行，民國74年，頁137-157。

14 黃慶萱，修辭學，三民書局印行，民國74年，頁287-302。

16 押韻

押韻，又作壓韻，是指在韻文的創作中，在某些句子的最後一個音節都使用相同或相近的韻母，使朗誦或詠唱時，產生鏗鏘和諧感。這些使用了同一韻母音節的地方，稱為韻腳。

京劇中唱詞亦有押韻，為「十三轍」是京劇唱詞的韻腳分類；根據中州韻和北京語音劃分。分為：中東、江陽、衣期、姑蘇、懷來、灰堆、人辰、言前、梭波、麻沙、乜邪、遙迢、由求。

（1）謝君子恩義廣，殷勤送我到錢塘，我家住在紅樓上，還望君子你早降光，清茗玉露待君訪。莫叫我望穿秋水，想斷柔腸。本段以戲曲中「十三道轍」中，發現這部份多以江陽發音為主要戲詞書寫。

（2）適才掃墓靈隱去，歸來風雨忽迷離，百忙中哪有閒情意，柳下避雨怎相宜？這段以戲曲中「十三道轍」是以衣期發音為主要戲詞書寫。

17 雙關

一語同時關顧到兩種事物或兼含兩種意義的修辭方法，是為「雙關」。

（1）諧音雙關：一個字詞除了本身所含的意義外，兼含另一個同音或音相近的字詞的意義。

（2）詞義雙關：一個詞語在句中兼含兩種意思。

（3）句義雙關：一句話或一段字，雙關到兩件事物或兩層意思[15]。

---

15 何永清，《修辭漫談》，臺北：臺灣商務出版社，民國89年，頁24-26。

戲詞：

> 謝君子恩義廣，殷勤送我到錢塘，我家住在紅樓上，還望君子
> 你早降光，清茗玉露待君訪。莫叫我望穿秋水，想斷柔腸。

清茗與玉露皆為茶，而茶中的深淺與濃淡就傳遞出內心的明與暗，對
於情感的濃淡的深切盼望之雙關用語。

四　戲曲與文學性用法

（一）文字意象的傳遞

在傳統戲曲戲詞表現，除了具有文學本身的意涵但又運用了藝術
上表現的發聲與韻律的結合「韻律」，而「文學語言」是藝術的並提
供「感性」的認識，在文字的表現「情感」與「哲思」及「意境」是
文學的要素，任何語言文字都是表達情感和思想的，但一般實用性和
知識性的表達，往往是用「抽象」的語言「概念語言」，如：美、
醜、善、惡、喜、怒、憂鬱、高貴），與文學不同。文學中的用詞是
透過「具體生動」的「形象」來表達思想情感的。這種具體形象的語
言，文學上稱為「意象」。因此，傳統戲曲戲詞文學的創作以戲詞帶
動聲韻，就是在傳達演出中的「意象」，藉由演員表現說明與唱法將
其「意象」或「意境」與演員本身的家境與性格，透過戲詞將其表現
影像畫面與模擬出表演者之演出所有狀態。

（二）文字影像的再現

我們利用語言文字進行溝通交流時，首要的關鍵當然是要懂得每
個詞的意義。傳統戲曲戲詞是用具有表義特徵的詩句及表現演員在舞

臺上的場景語言,「意象」是人對意識上的回憶與想像,其原物非真實性的存在,但卻能藉由文字讓人在知覺上重新的感受其完整或產生部分之原始印象與感受。

在這句話乍看似乎抽象,不妨舉例說明:我們肉眼看到某種顏色,腦海中便會烙下該顏色的「影像」(image),這種主觀的感覺其實是那客觀顏色的「摹擬」或「重複」。英文的「意象」(imagery)一字源自拉丁文(imago),即為「摹擬」或「重複」之意。當然,人腦海中所呈現的影象,未必皆是感官與外界事物直接接觸的結果,也可能是超越時空與行為範圍,是記憶中的,或者想像力的產物,甚至可能是幻象的產物,而文學或藝術上,會產生了「意象」的一個粗淺的定義:意象是「心理上、心中的畫面。畫家畫一朵牡丹花,觀眾看到,腦中便出現一朵牡丹花的形象,詩人「寫」一個「牡丹」名詞,無論文字「象形」與否,讀者透過「覺」與「思」的活動,腦中也會出現一朵牡丹花,甚至及能感受所代表的意境「富貴」,所以文學有時會將意象的方式進行文字書寫、而藝術則是藉由意象進行繪圖與表演的意境方式呈現,因此,詩人的內在抽象的情感與思想必需轉換為「意象」,任何詩的語言也就帶有濃厚的畫面性。

(三)文字與表演「移就」感官

綜觀在人常用的感官中,口與耳朵是以說話及聽受方式訴諸聽覺的、眼睛是用來收視的視覺、口則是以食感受其味是味覺、鼻則以氣味感受其嗅覺。而在文學修辭上藉由文字上傳遞其作者描述的意境與心境,將感官意象經營將其情境進行意念上的感知而進而達到想像。

詩文學有時運用文字意境的描寫,創造出顛倒迷離的氣氛,產生讀者感官上的美妙。這種技巧在修辭學上稱為「移就」,交綜用各種接納感官的詩句,有時透過文字傳達其視覺或觸覺的感官。

以「松柏愁香澀」為例，是描寫淒涼景色，但以用「愁香澀」三字表示即能感受，「愁」是以「心」為感受，「香」是以「鼻」為感受，「澀」是以苦澀的「味覺」與「觸覺」去感受的，將特殊的氣味色調，藉著各種感官交綜，則將其移就感官意味傳達之文字意境就有感。

美好的詩詞意境，不僅在求意象的逼真，更須求意象含義的飽滿，而戲曲表演亦有此功能與效用，透過文詞意境用組合的方式表現，戲曲文本組合的方式以合歌舞演故事、藉由文學、舞蹈、音樂同時並用來呈現，並將許多不同時空的意象，看似無相關的連繫，但利用其表演與文學進行共同的表現，而藉由文字上的感官與表演方式產生出新的意象與「疊映」在舞臺上，達到「轉位」的目的。這種感官表演文學性的技巧手法，在文學中看似在一種靜態，但是在戲曲表現方式則是以動態的形式中呈現靜態與感官上的想像，進而使觀者內心興起輕袂、激昂、悲憤與活力等情緒或感覺，藉由戲曲文字與表演的重組，成為一個有活動力與吸引力的文學性藝術。

（四）戲曲與一般文學性意境表現差異

意境上之修辭方式，主要為比擬、誇飾、設問、感嘆、婉曲、譬喻、諷喻、諭飾、呼告。本文中戲詞多以譬喻為多用法，而比擬是將宇宙萬物客觀存在人事物，將原本對人事物無感無知無覺的狀態，藉由作者觀察與體驗，產生極深情趣與融合意念，進行移情作用，並將外在之物予以人性化、情趣與幽默與動作，使對無感無知無覺之人事物而有了感官與知覺的意識與意境。

有時亦將靜態敘述的形象，改為動態表現方式呈現動作的意象，將抽象理論觀念，改作具畫面的視覺意念與想象，讓感官交綜運用與接納，造成印象與感官間的移情，使意象更活潑生動新鮮。

在文學中抽象理論只是空的觀念與想像，較難引導讀者進入切身
實感的環境與場域，因為它無法成為顯明與實際的「意象」實景，是
需要想像與畫面，若以戲曲戲詞中文字，並改以演員以固定形象，將
抽象的字句與文詞藉由表演為具體的再現畫面，文字詩句藉由演員將
靜態敘述的形象，改作動態表演的動作表現就有了意境與感動的演出
畫面與效果。

而文字「意象」，藉由演員表現意態與神情，則能將紙上文辭字
句躍躍欲動於舞臺上，讓觀賞者接納感官與視覺文學與藝術的交綜運
用，進而造成印象與感官間的交錯與移情，使整個意象更達到意境中
的鮮活，引起超越平常對於文學中的強烈性與美感的印象。

五　結語

綜觀修辭學與戲曲文本中的戲詞皆是透過文字為媒介表達自我思
想與情感，而戲曲則藉由戲詞以演員進行表演，傳達其故事，戲詞和
修辭一樣以文學中的文字與文詞形式，將其文字表現出詞義與意境，
然進一步分析可發覺出修辭的使用是藉由文字的形式表現後讓人進行
欣賞與感悟，而戲曲文本戲詞的表現同樣是藉由文字形式，但表現的
方式多了身段與合歌舞的表演，讓人從中感受美感與省思的過程，進
而達到鑑賞與教化的作用。

我們以內外在的方式分析，則可發現修辭學中的文字藉由文字傳
遞出讓觀者外在有了感官，內在有了知覺，進而讓其身心這感官有了
意象、意境的感受畫面；而戲曲中戲詞文字是運用演員以講唱文學的
表演方式，讓觀賞者在內在感受達到深層感官，影響視覺與感覺進而
達到省思與教化的作用。

戲詞因為有表演，所以表現的詞語更簡明扼要與清楚，三兩句即

可將人物性格、情境、心情,這些就透過演員以表演的方式呈現出來,故這是一種重疊的表現方式,我們可以感受演員藉由戲詞、音韻的表達,將一真一幻的意象複疊在同一舞臺畫面,這種舞臺表現演出方式需要進行三度轉換,作家、表演者、觀賞者的三方疊現的表現與感受;而文學則是以作者書寫與讀觀者藉由文字想像而有了畫面,這種表現方式是二度的轉換,我們即可了解這是作者以文字表現方式,讓讀者有想像的再現畫面,故我們可以了解修辭是一種以文學體裁為主,透過各種繁複的修辭技巧與文字,將其思想深度有更深的境界與感悟,而戲曲戲詞創作看似亦如其他文學作品的創作一樣,多了聲韻、音韻,並透過演員在搬演故事,以詩歌為本質,密切結合音樂和舞蹈,加上演技,以講唱文學的敘述方式,通過妝扮,運用代言體達到文本的表現,讓觀賞者透果演員表現出豐富多彩的燦爛的意象,而且更主要的是體現出一種鮮明的藝術特質,並在視覺與心靈上有了更多感官,呈現一種獨特的意象化的品格。

從本文中實質上我們發現戲曲「遊湖借傘」戲詞修辭中多是使用譬喻與轉化,而「譬喻」與「轉化」,也是眾多修辭經常使用的兩類,但對戲曲的意義、功能價值與表現手法之不同,是在演員這個「人」運用修辭技巧,更能彰顯其心理狀態的變化,透過修辭後的戲詞,更能具體呈現表演的內涵,幫助看戲與聽戲的觀眾更容易體會劇情與演員產生共鳴。

《白蛇傳‧遊湖借傘》戲詞修辭語句分析表

角色	唱段	修辭語句
白素貞	駕彩雲離卻了峨嵋仙山，人世間竟有這美麗的湖川，這一旁保俶塔倒映在波光裡面，那一旁好樓臺緊傍著三潭。	象徵
	蘇堤上楊柳絲把那船兒輕挽，顫風中桃李花似怯春寒。	譬喻
	雖然是叫**斷橋橋**未曾斷， 橋亭上過遊人兩兩三三， 似這等好湖山愁眉盡展， 也不枉下峨嵋走這一番。	頂真 類疊 譬喻／轉化 倒裝
	一霎時天色變風狂雲暗	摹況
	好一似洛陽道巧遇潘安，這顆心千百載微漪不泛，卻為何今日裡陡起狂瀾？	譬喻 轉化
許仙	適才掃墓靈隱去，歸來風雨忽迷離， 百忙中哪有閒情意，柳下避雨怎相宜？	象徵 誇飾／設問
老艄翁	湖邊買得一壺酒，風雨湖心醉一回。 啊，客官，莫非要雇船麼？	轉化 感嘆／呼告
角色	唱段	修辭語句
老艄翁	最愛西湖二月天，斜風細雨送遊船， 十世修來同船渡，百世修來共枕眠， 共枕眠，共枕眠呀啊。	引用（暗用） 對偶 類疊
許仙	一霎時西湖天晴雲淡，柳葉飛珠上布衫。	轉化
白素貞	雨過天晴青山如洗，春風暖暖拂羅衣。	譬喻／類疊
許仙	若把西湖比西子，淡妝濃抹總相宜。	譬喻／轉化
白素貞	問君子家住在哪裡，改日登門叩謝伊。	飛白
許仙	寒舍住在清波門外，錢塘池畔小橋西，	

角色	唱段	修辭語句
	些許小事何足在意，敢勞那玉趾訪寒微。	借代
白素貞	這君子老成令人喜，有答無問把頭低， 青兒再去說仔細，請君子得暇訪曹祠。	映襯
	謝君子恩義廣，殷勤送我到錢塘， 我家住在紅樓上， 還望君子你早降光，清茗玉露待君訪。 莫叫我望穿秋水，想斷柔腸。	押韻 雙關 轉化／對偶
許仙	悵望姮娥歸天上，不問姓氏太荒唐	感嘆避諱／（借代）

《白蛇傳‧遊湖借傘》修辭語句統計表

唱段	修辭語句	次數
駕彩雲離卻了峨嵋仙山，人世間竟有這美麗的湖川，這一旁保俶塔倒映在波光裡面，那一旁好樓臺緊傍著三潭。	象徵	2
適才掃墓靈隱去，歸來風雨忽迷離。		
蘇堤上楊柳絲把那船兒輕挽，顫風中桃李花似怯春寒。	譬喻	6
似這等好湖山愁眉盡展		
好一似洛陽道巧遇潘安，這顆心千百載微漪不泛		
雨過天晴青山如洗		
若把西湖比西子		
淡妝濃抹總相宜。		
似這等好湖山愁眉盡展	轉化	6
一霎時西湖天晴雲淡，柳葉飛珠上布衫。		
淡妝濃抹總相宜。		
卻為何今日裡陡起狂瀾？		
湖邊買得一壺酒，風雨湖心醉一回。		
莫叫我望穿秋水，想斷柔腸。		
雖然是叫斷橋橋未曾斷。 春風暖暖拂羅衣。	回文	2
唱段	修辭語句	次數
橋亭上過遊人兩兩三三，	類疊	2
十世修來同船渡，百世修來共枕眠，共枕眠，共枕眠呀啊。		
這君子老成令人喜，有答無問把頭低，	映襯	1

唱段	修辭語句	次數
青兒再去說仔細，請君子得暇訪曹祠。		
謝君子恩義廣，殷勤送我到錢塘，	押韻	1
我家住在紅樓上，還望君子你早降光，清茗玉露待君訪。	雙開	1
莫叫我望穿秋水，想斷柔腸。	對偶	1
也不枉下峨嵋走這一番。	倒裝	1
一霎時天色變風狂雲暗	摹況	1
百忙中哪有閒情意，柳下避雨怎相宜？	誇飾	1
百忙中哪有閒情意，柳下避雨怎相宜？	設問	1
湖邊買得一壺酒，風雨湖心醉一回。	感嘆	2
悵望姮娥歸天上，不問姓氏太荒唐		
啊，客官，莫非要雇船麼？	呼告	1
最愛西湖二月天，斜風細雨送遊船	引用（暗用）	1
問君子家住在哪裡，改日登門叩謝伊。	飛白	1
寒舍住在清波門外，錢塘池畔小橋西，些許小事何足在意，敢勞那玉趾訪寒微。悵望姮娥歸天上，不問姓氏太荒唐	借代	2

《白蛇傳・遊湖借傘》戲中統計結論修辭語句使用次數總表

修辭語句	使用次數
譬喻／轉化	6
象徵	2
類疊	2
呼告	2
感嘆	2
借代	2
倒裝／摹況／誇飾／設問／ 引用（暗用）／對偶 飛白／借代／映襯／押韻 雙關／對偶	1

《白蛇傳・遊湖借傘》戲詞

白素貞：

【南梆子】駕彩雲離卻了峨嵋仙山，人世間竟有這美麗的湖川，這一旁保俶塔倒映在波光裡面，那一旁好樓臺緊傍著三潭。

蘇堤上楊柳絲把那船兒輕挽，顫風中桃李花似怯春寒。

小　　青：姊姊，這三潭景色有多秀麗，真是黃鶯弄澤，春燕翻飛。

瞧！這遊湖的男男女女，還都是一對兒一對兒的。

白素貞：是呀，不到園林，怎知春色如許，出得洞府，方知人間翠麗。

小　　青：斷橋……欸，姊姊，既然叫斷橋，怎麼橋又沒斷呢？

白素貞：青妹呀！

【西皮流水】雖然是叫斷橋橋未曾斷，橋亭上過遊人兩兩

　　三三，似這等好湖山愁眉盡展，也不枉下峨嵋走這一番。

小　　青：唉唷！怎麼下雨了。

白素貞：【西皮搖版】一霎時天色變風狂雲暗，

小　　青：那旁有位少年男子拿著雨傘走來啦。

白素貞：在哪裡？

小　　青：在那兒呢。好俊秀的人品啊！

白素貞：【西皮搖板】好一似洛陽道巧遇潘安，

這顆心千百載微漪不泛，卻為何今日陡起狂瀾。

小　　青：姊姊，咱們找個地方避避雨吧！姊姊，姊姊！

許　　仙：【西皮搖板】適才掃墓靈隱去，歸來風雨忽迷離，百忙中哪

　　　　　有閒情意，

小　　青：姊姊，咱們就在這兒避避雨吧。

許　　仙：【西皮搖板】柳下避雨怎相宜？

　　　　　二位娘子，天下這般大雨，柳下怎能避得？

小　青：我們主婢二人，掃墓歸來，不想遇此大雨，真不知道該怎麼
　　　　辦呢？

許　仙：喔……喔……就請用我這把雨傘吧。

小　青：那好。

白素貞：只是君子你呢？

許　仙：不妨事，不妨事。

　　　　不知二位娘子家住哪裡？

小　青：就在這錢塘門外。

許　仙：喔，待我去喚隻船來。

白素貞：多謝了。

許　仙：不妨事，不妨事。

老艄翁：唔……

許　仙：喂！船家！將船划過來。

老艄翁：來了……

【吹　　腔】湖邊買得一壺酒，風雨湖心醉一回。

啊，客官，莫非要雇船麼？

許　仙：正是。

老艄翁：你們要到哪裡去呀？

許　仙：先送二位娘子到錢塘門，再送我到清波門，多把你船錢就是。

老艄翁：好，待我搭了橋板，請上船來。

許　仙：二位娘子請。

白素貞：多謝君子。

老艄翁：啊，客官，湖中的風大，你們要靠攏些啊！

小　青：是啊，風大雨大，來來來，咱們三人共用一把傘吧。

許　仙：不妨事，不妨事。

老艄翁：開船了。

【吹　　腔】最愛西湖二月天，斜風細雨送遊船，

十世修來同船渡，百世修來共枕眠，共枕眠，共枕眠呀啊。

許　仙：雨停了。

【西皮搖板】一霎時西湖天晴雲淡，柳葉飛珠上布衫。

小　青：小姐，雨過天晴，這西湖又是一番風景了。

白素貞：是呀。

【西皮流水】雨過天晴青山如洗，春風暖暖拂羅衣。

許　仙：【西皮流水】若把西湖比西子，淡妝濃抹總相宜。

白素貞：青妹，

【西皮流水】問君子家住在哪裡，改日登門叩謝伊。

小　青：君子，我家小姐問你家住哪裡，改日好登門拜謝呀。

許　仙：不敢當，

【西皮流水】寒舍住在清波門外，錢塘池畔小橋西，

　　　　　　些許小事何足在意，敢勞那玉趾訪寒微。

小　青：小姐，他就住在清波門外。

白素貞：【西皮流水】這君子老成令人喜，有答無問把頭低，

　　　　　　青兒再去說仔細，請君子得暇訪曹祠。

小　青：君子，曹公祠堂附近，有紅樓一角，就是我們小姐的住處，

　　　　　　君子有空，請來坐坐。

許　仙：小生改日定當登府拜訪。

小　青：你可一定要來的。

許　仙：來的。

老艄翁：錢塘門到了。

小　青：唷，怎麼又下雨了？這傘……

許　仙：小姐只管拿去，我改日來取就是。

白素貞：多謝君子。

許　　仙：不妨事。

白素貞：【西皮流水】謝君子恩義廣，殷勤送我到錢塘，我家住在紅
　　　　　　　　　　　樓上，還望君子你早降光，清茗玉露待君訪。

莫叫我望穿秋水，想斷柔腸。

許　　仙：好一位娘子。

　　　　　【西皮搖板】悵望姮娥歸天上，不問姓氏太荒唐。

　　　　　　　　小娘子請轉！小娘子請轉！

小　　青：君子，什麼事呀？

許　　仙：倉促之間，不曾問得你家小姐尊姓啊？

小　　青：我家小姐姓白。

許　　仙：喔，姓白。

小　　青：我叫小青。

許　　仙：原來是青姐。你可知道我姓什麼？

小　　青：你呀，姓許，對不對呀？

許　　仙：我姓許，你是怎麼知道的？

小　　青：哎，你那雨傘上，不是有這麼大一個「許」字嗎？

許　　仙：哈，不錯不錯！

小　　青：君子，明兒個早點兒來，免得我家小姐久候。

許　　仙：一早就來，一早就來。青姐慢走。哈哈哈哈。

許　　仙：方才那位小姐她姓……

　　　　　她姓什麼？哈呀，她姓什麼？

老艄翁：她姓白！

許　　仙：啊……她姓白。

老艄翁：啊，你們不相識呀？哎呀呀呀，我還道你們是一家人呢。

許　　仙：這就叫「相逢何必曾相識」！

老艄翁：「一朝相識便成家」。

許　　仙：這……

老艄翁：呃……

許　　仙：呃……

老艄翁：呃……

許　　仙：呃……

老艄翁：哈哈哈哈……

許　　仙：開船！

參考文獻

何永清，《修辭漫談》，臺北：臺灣商務出版社，民國89年。

王志忱，《修辭學》，臺北：世紀書局，民國70年。

徐芹庭，《修辭學發微》臺北：臺灣中華書局印行，民國73年。

吳毓華，《戲曲美學論》，臺北：國家出版社，民國94年。

黃慶萱，《修辭學》，臺北：三民書局印行，民國74年。

吳正吉，《活用修辭》，高雄：高雄復文圖書出版社，民國80年。

語文教學叢書 1100017

閱讀理解與修辭批評

主　　編	楊曉菁
執　　編	李侑儒
校　　稿	楊曉菁、李侑儒

發 行 人	陳滿銘
總 經 理	梁錦興
總 編 輯	陳滿銘
副總編輯	張晏瑞
編 輯 所	萬卷樓圖書股份有限公司
排　　版	林曉敏
印　　刷	森藍印刷事業有限公司
封面設計	菩薩蠻電腦科技有限公司

發　　行　萬卷樓圖書股份有限公司
　　　　　臺北市羅斯福路二段 41 號 6 樓之 3
　　　　　電話 (02)23216565
　　　　　傳真 (02)23218698
　　　　　電郵 SERVICE@WANJUAN.COM.TW
大陸經銷　廈門外圖臺灣書店有限公司
　　　　　電郵 JKB188@188.COM
香港經銷　香港聯合書刊物流有限公司
　　　　　電話 (852)21502100
　　　　　傳真 (852)23560735

ISBN 978-986-478-103-4
2017 年 6 月初版
定價：新臺幣 520 元

如何購買本書：

1. 劃撥購書，請透過以下郵政劃撥帳號：
　　帳號：15624015
　　戶名：萬卷樓圖書股份有限公司

2. 轉帳購書，請透過以下帳戶
　　合作金庫銀行 古亭分行
　　戶名：萬卷樓圖書股份有限公司
　　帳號：0877717092596

3. 網路購書，請透過萬卷樓網站
　　網址 WWW.WANJUAN.COM.TW

大量購書，請直接聯繫我們，將有專人為您服務。客服：(02)23216565 分機 10

如有缺頁、破損或裝訂錯誤，請寄回更換

國家圖書館出版品預行編目資料

閱讀理解與修辭批評 / 楊曉菁主編.
-- 初版.-- 臺北市 ：萬卷樓, 2017.06
　面 ；　公分

ISBN 978-986-478-103-4(平裝)

1.漢語教學　2.閱讀指導　3.修辭學

802.03　　　　　　　　　　　106011854